汲古選書 34

明治の碩学

三浦　叶　著

はしがき

私は早稲田大學を卒業前年に教授牧野謙次郎（號は藻洲）先生から助手をしてくれと頼まれ、昭和八年卒業すると助手となり、また東洋文化學會（會長は男爵平沼騏一郎で學會は大東文化學院を作った母體である。會員は會長との關係から司法省關係者も居たが、漢詩文の大家もかなり入っていた）にも委員として入り、その機關誌『東洋文化』を終戰直前まで毎月編集した。

江戸時代から湯島には孔子を祀る聖堂があり、之を中心にした斯文會が、その機關誌『斯文』を發行し、わが『東洋文化』誌と兩者は相竝び、世間からは高尙な漢學の會誌として見られていた。

然し私が編集した昭和八年から次第に世は戰時下に進み、原稿料も出ないので依賴も思いのままにならず、原稿作りに大變苦勞した。東洋文化學會の會長平沼男爵は、一方で又財團法人無窮會の會長でもあったので、兩者は合併し、『東洋文化』も無窮會より發行され、會計が豊かになり、原稿料も多少出るようになった。よって、當時會員中には漢詩文を作る者がかなりいたので（これには國分靑厓翁が詩壇の選者であったことも一因であろう。）そうした人々の趣味に合う雑誌にしたいと考えた。當時猶お詩文活動をされている、明治時代から高名だった老詩家の方が多數居られたので、私はこれらの人達、或いはその門下の人々を訪ね、明治詩人の人となり、作品等に就いて、世人の知らない逸傳、祕話等を聞いてその原稿を作り、校閲を得て發表した。又別に遺族の方を訪ねて直話を聞いて原稿を作った。果してこれは大變好評であった。

私は前に「明治漢文學史」を作った際に之を參考にした。これらの話も今日では得難い明治詩話になると考え、この文人の逸傳祕話の聞書を、各方面の斯文關係の會誌などに發表してきた。

このたび汲古書院はこの明治文人碩學の逸傳の出版も承諾して下さったので、私は上述の如く碩學・文人の門人や遺族の直話を集めて作った。

一例を擧げれば、明治の代表的碩學、文人の川田甕江の死の直前に、贈位、敍爵の話があり、宮内省も認めていたが、突然山縣有朋の意見によって敍爵は立消えとなった。こんな祕話など、甕江の研究者も初めて聞く話であろう。

これは私が甕江の女婿杉山三郊翁を度々訪ねて色々な話を聞いていた折、最後の日に、玄關で挨拶して歸ろうとすると、突然呼び止め、君に祕中の祕の話をしておけば、何かなるであろうといって、再び座敷で對坐し、以上の如く話されたのである。

甕江は備中高梁（松山藩）の山田方谷の門人である。高梁（松山藩）は朝敵であるから、その朝敵の學者を表彰してはならぬといわれたのである。そこで、三郊翁は最後に幕臣勝海舟などはどうしたのだ、と語られたのであった。

さて、私は『東洋文化』の編集上の必要から前述の如く明治の高名な碩學・文人の事を、その門人や遺族などから聞いて書いたが、之を三つのグループに分けて大略説明しようと思う。

先ず第一は、私が學生時代に早大で教わった恩師は、世間で名聲の高かった碩學、文人の方が多かったので、これらの先師片影を述べ、次いで當時碩學文人の評判の高かった方々の叢談を聞書し、終りにその頃東京には三古會という、日本一と評していい傳記研究會のグループがあり、幸い私は若年ながら入會できて、こうした人々の話を聞き、又教示されたことも色々あったので、このことを記しておく。

平成十二年九月

三　浦　　叶

明治の碩學

目次

明治の碩學

先師片影

牧野藻洲先生

先生は文久二年、讃岐の高松に生まれ、昭和十二年三月二十四日、東京都中野區江古田一丁目の自宅で逝くなられた。享年七十六。

二歳の時、藩の儒員中村恆次が先生を相《み》て「呱々として乳を呑む英物、他年必ず名を成すあらん」と曰ったという。

八歳で父と兄に從って句讀を受け、始めて『大學章句』を讀んだ。明治五年（十一歳）に藤澤南岳について學んだ。南岳は翌六年に大阪に徙った。

先生には兄があったが、先生が十二歳の時に歿した。その時母から、これからはお前が旦那様になったのだから勉強をするようにといわれた。この主人になるといわれたのが、子供心に嬉くて勉強したのであろうと語られたことがある。

友人には長尾雨山・黑木欽堂・野村龜太郎等がいた。親類にも同年輩の者がいたが住居があまり離れていたので、文章の話をするのは長尾・黑木くらいであった。

老人から昔話を聞くのが樂しみであったから、自然友達には若い者が少なく、たいてい老人で、よく五、六十歳くらいの人を訪ねていた。

先生はよく近世の先哲の逸話を話されたが、それは父から聞いておられたのである。即ち書見に倦むと、父に何か話をしてもらおうと思ったが、父は耳が遠かったので、こちらから話を江戸の方へ持ってゆくと、色々話をされた。こうして父から江戸の學者の話を聞いていたという。

父は耳が遠かったので、先生が代って塾(靜修館)の監督をし、明治九年、十五歳の時から塾生を敎えていた。塾生は二三十人いて、西川八太郎・友安盛遠が塾頭であったが、これらは又友人でもあった。こういうことで塾頭の方が先生より年上であったから馬鹿にし、その上先生が時間のことなどでやかましくいうので、いつか揚足をとってやろうとし、そのため輪講の時などは議論がわいて火花が散るようであった。

先生は胃が惡かったので、撃劍をしろとか、畠をいじってみろなど色々運動をするように勸められたが、何もしなかった。といって別に趣味道樂があるのでもなく、隨って藝はなかった。ただ「後赤壁賦」と『史記』の「項羽本紀」の朗讀を折々することがあったくらいである。酒を飲むことは樂しみの中に入らなかった。松平天行先生の話に、牧野君の隱し藝は「項羽本紀」の朗讀であった。ある日戸塚の拙宅へ來て共に飯を食ったことがある。その時前田多藏が席に居合せていた。先生は酒がまわってくると膝をポンポンと打始めたので、頃はよしと「項羽本紀」の朗讀をねだった。すると先生がやり始めた。前田は口が惡いので、それが終ると、「ナーンダ」といった。

明治十年（十六歳）、大阪の藤澤の塾に入り、ここに一年いた。

嘗て大橋訥庵が父の松村に、學問には經學が必要である。そして腐儒となるな、韓退之・蘇東坡はこれを腐儒と見よ、といったそうである。先生はこの話を父から聞き、若い時分に經學を學んだ。そのために文章の方も文人となれず、經學と文章とが半分ずつになったと語られたことがある。

明治二十六年（三十二歳）に東京に移り、居を花園町に借り、ついで根岸宮永町に移り、二十七年に上根岸に移った。

陸羯南の家は加賀の前田家の外側にあった。そこを根岸では鶯横町と呼んでいた。先生の住居は前田家の別邸内の奥の方にあって、板塀一つを隔て、前田家の庭と接していた。そして同じ別邸内に正岡子規も住んでいて、羯南の所へは子規の門を抜けて行くと近いので、ここを通り抜けていた。

この羯南の宅へは『日本新聞』に關係していた桂湖邨・國分青厓などといった人々が寄り集って、よく圍碁をしていた。しかし先生は、嘗て青厓が、「牧野君は碁を知らないのが璧に瑾だ」といったように碁を知らなかった。

この頃始めて漢學の廢止論があって、當時學生だった鈴木虎雄（豹軒）等と一緒に奔走した。この時『日本新聞』の方でも加勢した。先生はまた牛込にいた長尾雨山らと連絡をとるために、あちらこちらへ飛び廻った。これより前、先生が未だ郷里高松にいた時分に已に漢學廢止論があり、先生はこれを聞く度に、東京に出たら大いに働こうとじれったく思っていたのである。

先生は『日本新聞』に漢文で茶化したものを書いたが、これを讀んだ人は、漢文は裃をつけたものかとばかり思っていたが、こんなにも面白く書けるものかと感心したということである。學者の惡口を書くと、その書かれた人は、ひどいではないかといいながら、內心では『日本新聞』に自分の名が出たので喜んでいたという。ある時その人は年寄だと思って褒めて書いたところが、その人は大へん喜んで、自分はこの年になって名前が新聞に出たので、以て瞑するに足るという感謝の手紙を寄こしてきた。これを讀んで先生は、それから後は惡口を書くのを止めたという。

松平天行先生の話に、牧野先生が『日本新聞』に「太后垂簾考」を發表した時、それを見た支那公使館員は、その故事を引いて支那宮廷の實際を詳細に寫しているのを見て驚き、宮嶋大八君に、藻洲とは一體どんな人かと尋ねた。そこで宮嶋君は、藻洲は學者であって、ちょうど政界における副島蒼海・伊藤博文らと同地位の人だといったので、支那の人は副島・伊藤と同地位に見ていたという。

二十九年（三十五歳）に開成中學校に勤め、三十四年（四十歳）に早稲田大學の講師となり、本郷千駄木町に寓した。

金曜日ごとに『日本新聞』の週報に書いていた。友人たちは、學校に出ているのにあれをどうして書くのかと不思議に思ってたずねると、それは一週に一日休みがあるので、一日一晩で書きあげていたのである。實に先生は達筆であった。しかも先生は書くとなると事をないがしろにしない方で、これを松平先生に見せていた。すると松平先生は、これは大論文だからあんなものに出すのは惜しいといわれたことがあった。

三十七年（四十三歳）に牛込矢來町に移った。先生は學校から歸ってくるまでに、火鉢に鐵瓶をかけ湯をたぎらしていないと機嫌が惡かった。歸宅すると火鉢の中で香をたき、茶菓を食べ、しばらくして机に向かって筆を執っていた。

和紙を綴じた帳簿にさらさらと思うままに書きつけていたが、これが基になっていた。十行二十字詰めの原稿用紙を使用していたが、けい紙が惡いと氣が乘らぬといって、神樂坂の相馬屋の紙を用いていた。一枚も半分ぐらい、中には二三字でやめるのもあって、一つの文章ができるには五帖ほど使っていた。

最初は自分で清書していたが、早大の教授近藤潤治郎がまだ學生時代のことである。字が綺麗だったので、この近藤に清書を依賴した。これから後、人に依賴するようになった。

私は字が綺麗ではないが、先生の助手をしている時この原稿の清書を仰せつかった。その時先生は、自分で清書していると、書く度に添削するからなかなか脱稿しない。日下勺水が、最後は他人に清書さすといっていたが、これは一理あることである、と語られたことがある。

先生の文は、先生が博學多識、文藻富瞻な方であっただけに、冗長になる傾があると評する人もあった。そして反對に松平先生の文は不要と思うものを削りに削って實に簡潔であるといわれた。そこで牧野先生の草稿を松平先生が推敲して削ったなら、これこそ天下一品だと評されていて、こんな話がある。ある時小説家で露國へ行って死んだ人（二葉亭四迷か）の碑文を頼まれた。墓が小さいのとお禮ができないから、何字ぐらいに書いてくれという制限つきであった。すると先生は、これでは名前と經歴だけでもう一ぱいになる。私はお禮なしで書くから、その分だけ彫刻料にして字數を増すようにするからといったことがある。この碑はいま染井墓地に建っているという。

先生はよくこう語っておられた。我々は三度飯をいただいておればそれでよい。學者は貧乏が當然である。自分が東京へ出てきたのは、金を貯めるだけではない、また名譽を得るためでもない。何か事があった時に働くためであると。こういうことであったから、あの明治末年に起った南北朝正閏問題の時には奔走された。そしてこれが終った時には、これで自分もなす事をしたから、もう生涯することはない、といっておられた。しかし後に又皇太子妃に關する重大な色盲問題が起ると、再びこれに奔走された。

前述のように、先生は嘗て生活のために開成中學校に勤めていたことがある。校長は氣にいったのであろう、待遇をよくして長く教えてもらいたいといったところ、石田東陵が、どうせこんな所で待遇しても知れている、外から迎えにくるだろうといったそうだが、先生は平氣でここに七年間在職した。

又先生が中等教員の検定試験委員をしていた時のことである。本屋がきて、何か本をお出しなさい、賣れますからとしきりに勤めたが、先生は生活費だけあればよいといって稼がなかった。

先生は私にこういうことを教えられた。大きな事柄は一人ですべきでない、名譽欲でするように思われたり、或は又、言った、言わぬといって困るものだと。そこで先生は大きな事件が起ると、よく松平先生に相談された。松平先生はその度に「又か」といってどなられるが、その中には共に力を合わせてされるようになった。

ある日吉田松陰梟首の寫眞を示され、予の如きも當時にあっては恐らく死刑に處せられたであろうと語られた。それはかの幸徳秋水の事件の時、秋水の死刑は確實であるが、これを助けようと諜ったことがあって、まさに同罪になろうとしたというのである。即ち秋水は國民に對して諜ったのではなく、天皇に對して諜ったのである。このようなことは不祥事で實に言語道斷なことであるが、もし天皇からして、このようなことは朕の不德のいたすところである。今日はこれを赦すけれども今後は赦さない、という優諚を賜ったなら、秋水はどうするであろう。彼が眞に日本人であるなら自裁するであろう。そうすればわが國における社會黨は自滅するであろう。政府の高壓がなくても解消するであろう。且このような優諚がある以上は、桂首相をはじめ元老たちはすべて位階勳等を奉還するであろう。その時天皇から、その儀に及ばず、爾後愼むべしとの話があり、それより節儉力行を以てしたら、五年間で大いに見るところがあるだろう、というのが先生の意見であった。意表に出た、しかし高遠な識見である。

先生はこれを松平天行先生に謀られた。そして秋水の辯護人花井卓藏に、秋水に面會できるよう斡旋を謀った。花井もこの意見に贊成し、ただ一人對面することになった。時に松平先生が『政治罪惡論』を翻譯されていたので、松平先生がこの册子を持って入牢し、秋水と談論しようと乞われた。ところが宮島大八が、松平氏でも結構だが、腕力のある者で、場合によっては腕力によっても屈服させるだけの人物がいい、それには花大人がいい、今鹿兒島にいるから召し寄せるということに決った。然るにまだこの計畫が行われない前に秋水の死刑が執行されてしまった。

その後間もなく南北朝正閏の問題が起り、先生はまたこの問題のためにも色々奔走された。そこで刑事上りの某が先生の勤め先の早稻田大學や鄉里高松に於て、先生のことを種々調査した。しかし秋水とは思想が異っているというて事止みになったという。

夫人の話に、先生の性質は陽氣好きではなかったが、といって陰氣でもなかった。子供を失った時には、私には泣言をいうなといっていたが、しかし詩をしきりに書いていたから、同じことだったのでしょう。

詩を考えている時には、風呂の中でも吟じていた。國にいる頃は老子をよく讀んでいた。そして若い時には左傳を何十回かくり返して讀んだといっておられたそうである。人は勉強を努めてするが、先生は全く好きというのであったという。

ある時先生はこう語られた、今日は賴山陽の詩風をやる人がいないが、日本人は山陽・東湖の詩を學ぶべきであろう。維新當時の志士の詩の如きでもいけないが、日本人の詩は日本人らしくなければなるまい、日本詩選でも作るとしたら、果して何人の詩が選に入るであろうかと。

先生が色々大きな事をする時、常に心を許し力を併せて働いたのは松平天行先生であった。もちろん文筆上の交りも深い。兩先生は最もよくお互いを知る間であった。この松平先生に、牧野先生と知り合った初めはいつの頃かとたずねたところ、それは昔各藩から舊藩の事蹟に詳しい人が集って、その話をする史談會というのがあったが(年譜によると、二十七年、三十三歳の時、舊藩主の命によって會員となり、間もなくその幹事になった)そこに私の叔母婿がいて、會員に牧野という立派な人物がいる。交際したらよかろうとすすめられた。これが縁故で相知るよう

郵便はがき

料金受取人払

麹町局承認

8890

差出有効期間
平成16年1月
31日まで
（切手不要）

1028790

東京都千代田区
飯田橋二—五—四

汲古書院
行

通信欄

購入者カード

このたびは本書をお買い求め下さりありがとうございました。

今後の出版の資料と、刊行ご案内のためおそれ入りますが、下記ご記入の上、折り返しお送り下さるようお願いいたします。

書　名
ご芳名
ご住所 ＴＥＬ　　　　　　〒
ご勤務先
ご購入方法　①　直接　②　　　書店経由
本書についてのご意見をお寄せ下さい
今後どんなものをご希望ですか

昭和七年　早稲田漢學會送別會
中央立像向って左端筆者、續いて松本洪・牧野謙次郎・川田瑞穂三先生

になったと語られた。

これから後の話は、この松平先生から聞いたものである。

日本新聞社に關係していたため、時勢に關心をもつことができた。そしてその政治思想は陸羯南の影響を受けている。論文が得意で、主に中國問題、東洋問題に關したことを書いた。

隨筆では隨分惡口をいった。ある時三島中洲翁の惡口をいったので、門下の本城問亭等が眞向きになって談判にきたことがある。

詩は家學でしょう、ごつごつしている。古詩がよい。絶句にも娘の死を悼んだよいのがある。『日本新聞』に賦が載っているがこれもよい。『大東文化』であったか、何かに、假名交りで儒教のことを書いたことがあるが、假名交りは下手だ。
坊主と神主が嫌いだというだけに迷信がない。純粋の儒者であった。
近眼でよくお辭儀をする人であったから、人影がさすと折々女中にまでお辭儀をしていた。
大東文化學院で箱根熱海方面に旅行したことがあるが、その時内田周平君の袴と區別がわからず、これが僕のだともめた。松本洪君が牧野君のをよく知っているからというので判定してもらうと、それがたまたま新規にしたのでわからなかった。

小柳司氣太推稱の「墨子國字解」

墨子が、どんな人であるかといふことは一通り知っておいて損はないと思ふ。尚これを讀んで墨子を正確に、詳しく知りたい人があったら、他の本を見て頂きたいと思ふ。この本には主として自分の先生だった小柳司氣太先生の「墨子」によって、先生は牧野謙次郎氏著「墨子國字解」が最も善い本だと言ってゐるのでその本を參考にした。

（「墨子」武者小路實篤著、はしがき）

『東洋文化』と先生

編輯者として先ず本誌と先生との思い出を語ろうと思う。私が本學會に關係したのは昭和八年五月に始まる。それは其の年の正月頃であったか、早大に在學中先生から、若し出來るなら在京しないかと云う話があり、自分も在京したい希望を述べたところ、丁度前の編輯者山田廣藏氏が都合で之を罷められたので其の後を引繼ぐこととなったのである。斯様なわけで私は創立當時の先生と學會との關係は知らない。是は又別に話す人もあろうから、私は直接編輯上先生の御世話になった思い出を綴ろうと思う。先生と『東洋文化』とは深い關係があった。

『東洋文化』は先生の雜誌だったと云っても過言であるまいと思う。卽ち先ず毎號の卷頭を飾る講經を以ても其の斑を知るであろう。講經は已に百數十回と續いたもので、其の識見と博覽とそして又健筆に驚かされるのであるが、嘗て百回以上も書くと材料もなくなるよと洩らされたが、然し話題は猶お泉水の如く滾々と湧き出て盡きそうにも見えなかった。蓋しそれは先生の博覽強識と、そして絶えざる讀書の爲であったろう。先生は最近では東朝・東日・讀賣の三新聞の外に、次に話す如く支那新聞を見、又『日本及日本人』『大日』等寄贈雜誌は勿論、『文藝春秋』『改造』『中央公論』を始め『キング』『日の出』の如き雜誌にまで眼を通しておられたようである。

今迄に數度病氣等で筆が執れぬ時は要點を漢文で書きとめたものを敷衍して口授された。其の時淺學の私の最も苦んだのは引用の語句であった。先生はあの難しい漢語、金言名句が口をついて出るので、之を筆記する私は只文脈をつけさえすれば其の儘原稿となったのである。この講經は先生の一番樂しみとしておられたようで、病氣の際も成る丈缺かさぬよう注意し、出來る丈自ら筆を執り、仕方ない時私を召して口授された。此の度先生が重態となられても依然頭には此の事が往來しておられたようで、三月十六日、御見舞に出た時、夫人から、三浦さんがお見えになったと傳えられたところ、今度は講經が書けぬからとの御返事があった。私は此の度は御無理と思って休載のつもりで一向其の事には觸れなかったのであるが、先生の方では御心配になっていたのである。斯の如く重態であっても、尙お執筆を義務とし責任あるものの如くに思っておられたのである。

次に講經以外の編輯上のことを記してみよう。

原稿が不足でないかと懸念があると、先ず先生に相談に行った。先生も亦よく之を心配して色々お尋ねして下さった。先生は識見あり御意見のある人でしたから、編輯に窮すると折々突然御無理を云って御意見を伺った。「帝國大學總長に與えて恩賜賞の復興を勸告する」、「日支國際本論」の如き論文は、斯様な際に口授を得たものである。後者は二回連載して中止となったが、是は他の雜誌に載すと相當の原稿料になる大論文だよと笑いながら惜しげもなく話されたものである。

彼の天皇機關說の問題が起った時は、先生は矢張り之を憂慮され、問題の推移に深甚の注意を拂っておられた。一日お訪ねすると、松本洪君が來たから雑誌にこの事を書く事を勸めたと話され、自らも「天皇機關説に就いて政府諸公に問う」と云う論文を口授された。翌日その筆記を持參すると、益〻興奮されている御様子で、川田（雪山先生）に云って會長の意見を伺ってみよ、學會が斯の如き際に默っているなら、余は學會を脫するとさえ云われた。これからして遂に百三十三號に會長の論文を掲げることとなったのである。

又私は昨年頃から明治時代先哲の逸事を聞書して續載しているが、其の談話された岡崎春石・杉山三郊（未載）・山田濟齋・石川文莊等の諸翁は、孰れも先生の御紹介によったのである。なお先生は、某に會ってみよ、某にこの事を尋ねてみよ等と、見聞を博くするようにとの御好意から色々紹介の勞をとって下さった。今日私が多數の大家先生と面識を得るに至ったのは一に先生の賜である。私は一週閒乃至十日目位には先生をお訪ねした。江古田の地は少し交通が不便であったから、從前よく出入した方々もとお足で、耳に入る事も少なかったのでしょう、往々、何か變った事はないかと尋ねられた。政治問題、社會問題、教育問題等には殊に注意されていたので、足利尊氏問題、衆議院議員選擧、天皇機關説問題、二・二六事件等等何か事があると、世論はどうかと尋ねられ、そして色々とその御意見を洩らされた。卒業當時は德川時代の漢學に就いて毎週一回伺いに行っていた關係もあろうが常に、此頃は何を讀んでいますか、勉強していますか等と御注意御鞭韃の御言葉があったが、最近は學問の事よりこの政治問題、社會問題等のお話が多かった。蔣介石が西安で張學良の爲に監禁された時は支那新聞の必讀を痛感され、自分は南方の新聞をとるから、學會で北方を取寄せるよう取計って呉れとの話があり、之を北京留學中の山本正一君に依賴したのである。其の後折々雜誌に載すような材料があるよと云う御話があった。斯様に實際編輯上から觀ると、『東洋文化』は全く先生によって出來上っていたのである。

不敏の私が今日までどうやら編輯の任を果す事が出來たのは、全く蔭に斯かる先生の御指導と御援助とがあった爲である。先生も編輯員に推された以上、失策なきようにとの厚い御好意から御援助下さったのであろう。

故に今日先生を失った事は學會の一大損失であると同時に、それは又直接編輯者の私にとっては大きな悲しみであり痛手である。

愛古田舎の先生

次に話は餘り私との事になるが、夫人のお話に、江古田に移ってからは私が最もよく出入していたとの事であるから、その思い出を書いてみようと思う。

數年前『續講經新義』を出版する時其の校正をしたが、最初はこの文中の故事に解釋をつけようと云う御希望であったが都合で中止した。又『維新傳疑史話』を附載する豫定であったが、是は頁の都合で別冊にすることにしてこれも亦中止した。昨年はこの『維新傳疑史話』を出版したいと云うので其の原稿を整理し、少し材料が不足のようであるからと、維新功臣の傳記類や明治文化史類の書物を集められた。この稿は序文も出來出版する迄になって中止となっている。

今年になってからは詩の舊稿を整理していられた。その爲か最近の先生は何かしら常に書き物をしておられるように見えた。嘗て先生は、文章を清書していると其の度に添削するからなかなか脫稿せぬ。日下勺水が最後は他人に清書をさすと云っていたが、是は一理ある事であると語られた事があるが、其の爲もあろう私はよく先生の草稿を清書した。其の淨書をしているうちに、先生が如何に筆まめであり、如何に文章を推敲鍛錬されるかを知った。最近の先生の原稿は相當難讀のものであるが大分讀み馴れたので、或る時話の序に、先生の原稿は大概判るようになりましたと云ったところ、丁度祖父默庵翁が佐藤一齋先生の處に出入してよくその字を讀んでいたと云うが、そのようだと云って笑われた事がある。

原稿で思い出したので一寸記しておく。それは先生の原稿紙には「愛古田舍草稿」とあるが、この愛古田は江古田をもじったのである。先生は笑い乍ら愛は愛媛縣の愛と同音だよと語られた。

昭和十年八月から約一ヶ月、令息巽氏が支那旅行中淋しいからと云うのでお留守居に上った事がある。此の時先生は先ず『史記』の列傳を渡され、これを何度も讀むようにと勧められた。又歸る數日前から毎朝『莊子』の講義をして下さった。先生は『莊子』が愛讀書の一ではなかったかと思う。先生は別に御趣味がないので、疲れると籐椅子にもたれて詩を口ずさまれていたが、一日頻りに何か吟じていられた。やがて書齋に入って、こんな詩が出來たから上げようと云って一枚の紙箋を下さった。それには次の如き讀莊の詩が書いてあった。

讀　莊

聖人無夢我聞周。夢覺不知蝶與周。
若使周眞聖人德。何由彼自夢莊周。

夕方になるとジンベを着て庭に出て錢苔を取っておられた。先生は私がジンベを御存知ないと思われたのでしょう、こんなものを着ているよと笑い乍ら話されたが、私も子供の時には着ていましたと田舎の夏の思い出を語った事がある。私は國が備前であるし、先生は讃岐であったから風俗、名物等よく話が合うので、夕飯の席も是で賑った。又先生は史談が得意であるし私も亦之を聞くのが好きであったから、色々の話を伺った。是は孰れ何時か記したい。

學校卒業後、私的に色々御世話になった私には、全く慈父の感があった。今日お訪ねして應接間にニコニコとした先生の御姿が見られなくなったのは非常に淋しい。この椅子に斯うして、手を斯うして等々ありし日の先生を偲びつつ茫然として待っている事が屢〻ある。先生の思い出を書き始めると、尚お早大在學中の事もあるが先ず此の位で擱筆しよう。

「東洋文化」第一五三號（昭和十二・六）

牧野謙次郎先生小傳

先生諱は謙次郎、高松に於ては弟を「コボウサン」と呼ぶので、次男である先生は訛って「コウサン」と呼ばれていた。爲に世人も亦之を名と思っていたと云う。字は君益、寧靜齋と號した。高松に居る時は靜齋と號した。『日本新聞』に筆を秉ってから多數の號を使用したが、其の中で藻洲の號が支那にまで聞えたので、遂にこれより藻洲と號するようになった。晩年江古田に住んで愛古田舍主人とも云った。書齋は祖父の號を襲いで我爲我軒と云った。謚號を文毅と云う。

先生は文久二年十一月三十日、高松市中新町に生まれた。

家は天滿宮を距る東二三丁に在った。昭和十二年三月二十四日午後九時四十八分、東京市中野區江古田一丁目二二七四番地の自宅で歿した。享年七十六。病名は攝護腺肥大併發腎盂炎。同二十七日染井墓地に葬る。

本姓は臼杵氏、初め臼杵氏は豐後臼杵に食していた。戰國時代島津氏に滅ぼされてより、子孫は讃岐松尾に徙った。共翁の時に產落したが、祖父默庵は陰に興復の志があり、贄を菅茶山に執り、後高松藩に釋褐し江戶邸の文學となった。嘉永二年七月四日歿す。享年五十四。配は田口氏、先に歿した。子が無く、兄良輔の子保太郎を養うて嗣とした。是れ卽ち先考である。二女子があった。繼室小野氏の生む所にして、長は藤澤南岳に適き次は夭折した。保太郎名は古哲、字は保大、號は松村、唯助と稱し又唯吉と改めた。年十一、父に從ひ江戶に來り佐藤一齋門に入り、又業を安積艮齋・大橋訥庵に受け旣にして昌平黌に學んだ。嘉永二年父の後を繼いで儒員となり、歸國して藩黌の敎授となり、明治初年世子及び羣公子に侍讀し、廢藩に及んで致仕し、明治二十四年一月十五日歿した。享年六十九。配は松井氏、名は元子。二男二女あり、長は古敏君、父の幼名を襲いで保太郎と云い、後久敏と改めた。鴨部小學校の訓導となり、明治六年九月歿した。享年二十二。先生は第二子である。配は志方氏、名は貞子、四男四女あり。長男行藏（明治二十四年生明治四十年歿）次男文藏（明治三十六年歿）四男晉（明治四十一年生同四十二年歿）先に歿し、三男巽（明治三十八年生）後を嗣ぐ。長女長（明治十七年生同三十八年歿）三女菊枝（明治三十二年生同三十六年歿）、四女淑子（明治四十三年生大正元年歿）先に歿し、次女琴（明治二十一年生）は佐藤仁之助氏に適く。

先生は明治二年（時に八歲）家君家兄に從うて句讀を受け始めて大學章句を讀む。殊に家兄より嚴格に教授されたと曰う。又叔母が藤澤南岳に適くを以て其の家に遊び且句讀を學んだ。文は正を父執片山冲堂に請うた事がある。今其の學統を圖示すると左の如くである。

菅茶山
佐藤一齋 ─ 牧野默庵 ─ 牧野松村 ─ 藻洲先生
物徂徠 ─ 堀南嶠 ─ 藤川東園 ─ 中山城山 ─ 藤澤東畡 ─ 藤澤南岳 ─ 藻洲先生

先生は十四歳の頃家君に従うて十八史略・世説類・左傳・戰國策等を讀書し、十七歳には已に家君を助けて家塾の教授をなし二十一歳にして之を繼いだ。塾は號して靜修學館と曰った。其の後明治二十二年東京、日光に遊んだことがあるが、同二十六年（三十二歳）には家を挈げて東京に徙り花園町に僦居し、尋いで根岸宮永町に移った。同二十七年（三十三歳）舊藩事蹟取調員となり、兼ねて史談會幹事となった。同二十九年（三十五歳）東京府開成中學校教諭となり、同三十四年（四十歳）早稻田大學講師となり、尋いで教授となり、昭和四年（六十八歳）同高等師範部長に任じ歿年に及んだ。なお大正年間に及んで、斯文會が創立されるや其の常議員に任じ（大正七年）、漢學振興會を創め後名を東洋文化學會と改めるや其の理事に任じ（大正十年頃）、大東文化協會理事、大東文化學院教頭に擧げられる（大正十二年）等、諸種學會の幹部に推され、又數年前まで中等教員檢定試驗委員を囑託されていた。

操觚界に於ける先生は、明治二十六年（三十二歳）筆を國華社に秉るに始まる。而して其の後は同三十年（三十六歳）に磯部佐一郎・中原邦平・村田峯二郎氏等と雑誌『曙』を創め、又此の頃『日本新聞』に筆を執り、三十四年より同新聞の週報に筆を執って藻洲の名を天下に高うした。同三十九年には松平康國先生と雑誌『支那』を創めた。『曙』『支那』は直ぐに廢刊となった。大正十三年よりは雑誌『東洋文化』に毎號講經を連載し是は歿する迄執筆した。先生の經歴を推察するに、先生は筆の人であった。其の博學、卓識、能文の三拍子は、先生をして終世筆を擱かしめなかった。而してそれは孰れも尊王愛國の至誠より發したもので、大義名分を明らかにし彝倫道德を正しうするにあった。故に一旦邪説詭辯を弄する者あるや、或は筆誅を加え或は輿論を喚起し、侃侃の言、諤々の論は之を紛粹し、その心膽を寒からしめたのである。

先生がこの眞面目を發揮し其の名を靑史に不朽に垂れたのは、彼の明治の終、四十四年頃に起った南北朝正閏問題である。先生の起って南朝正統論を呼號するや、遂に千歳の定論となり、國論を統一する事を得た。爾後尊皇、國體問題には常に陰に陽に先生の力が與っている。殊に大正十一二年の宮中色盲事件は、前の南北朝正閏問題と共に國體論史上先生の名を不朽に傳えるものであろう。少しく事は國體論と異なるが大正六年、早稲田大學に於いて騷擾事件があった際、其の調停に奔走したのも亦大義名分を正す熱情の溢れたものと考えられる。實に先生は國士と謂うべく、又豪傑と謂うべき人であった。先生は明治二十六年（三十二歳）『支那學』の爲に「諸子考」を艸する頃より漢學者としての名が著われて來た。爾後多數の漢籍國字解を作り漢學者として著聞した。嘗て早稲田大學で博士に推薦しようとした事があったが先生は松平先生と共に之を辭退されたのである。蓋し以て其の高名を知るに足ろう。しかし先生は其の一生を訓詁、考證等に捧げた人でない。儒教精神を體得した漢學者であった丈に斯文の爲に、儒教精神を宣揚する爲に活動した人である。即ち明治三十三年（三十九歳）文部省が中學校に於ける漢文科名を廢しようとするや、乃ち同志と謀って百方之を阻止し、其の科名を存する事を得た。同四十三年（四十九歳）には漢文學會を創設して中等學校漢文科を振興した。又前述の如く大正七年（五十七歳）には斯文會の常議員となり、同十年（六十歳）には漢學振興會を創め、東洋文化學會と改むるやその理事となり、學會の爲に力を致し、同十三年（六十三歳）には大東文化學院教頭となって後進の養成に努めた。勿論先生は早稲田大學にあって三十餘年漢學の教授に當って儒教を説き、又中等教員検定試驗委員となって教師の簡抜に力を盡された。斯の如く漢學界に於ける先生を觀る時、其の活動は明治末葉より大正・昭和に及んでおり、斯文隆盛の一發源地ともなっていたようである。

先生二歳の時、同藩の儒員中村恆次は先生を相《み》て、此の兒は他年必ず名を成すであろうと曰ったと云うが、已に當時より天下の英物たる相が見われていた。先生の風采は壯年の頃已に老成人の観があったと云うが、晩年は全く好々爺然とし、その溫容に接すると慈父の如き感があった。溫順、敦厚、恭敬、謙讓、全く有德の君子であった。先生は大義名分を明らかにした人である。隨って其の世に處するや權貴に媚びず、財寶に迷わず、名譽を貪らず、進退を誤らず、淸廉潔白にして有終の美を完うしたのである。蓋し先生は春風駘蕩たる一面に秋霜烈日の氣象を併せておられた。

先生は彝倫道德を正した人である。隨って己の身を持すること固く正しく、吾人は一世の師表として鑽仰して措かなかったのである。而して皇室の爲、國家の爲、不朽の偉功を立てながら、一向其の功を誇らず、衒はず、無位無爵、一介の處士として野に終った事は、必ずや後人をして其の高風に感激せしめるであろう。

先生は遊戲を解せず音曲を弄せず、書畫を玩ばず骨董を愛せず、ただ史記「項羽本紀」と「後赤壁賦」を朗讀する外には全く無趣味、無藝の人であった。只管學を好み書を繙いてやまなかった。而してそれは和書にまで及んでいた。嘗て當世『二十二史』を讀破した者は余を除いては稀であろうと語られたが、實に博覽の人であった。加うるに強記にして、老いて耄せず若輩をして慚愧せしむること屢〻であった。且先生は幼時より史學を好み、最も明治維新の史實に精しく、好んで勤王志士の談をされた。しかも之を批判的に。隨って尊王愛國の至誠は、健筆を驅ってこの豐富な博學と卓越した識見を縱横に吐露して夥多の經世の大文章を作られたのである。
先生の著書の重なるものを擧げると、其の經世の大文字として『講經新義』・『續講經新義』の二巻があり、漢文として『寧靜齋文存』・『默水居隨筆』があり、漢學には漢籍國字解に莊子・墨子・戰國策・史記列傳後半があり、傍註輯釋孝經定本がある。尙お詩評類纂（明治二十九齋藤坦藏同著）・大學必讀詩賦必讀（松平康國同著）・日華新辭典（松平康國同著）・模範漢文選等がある。未刊のものに、校註老子道德經・維新傳疑史話・外史論鈔（上卷）・野史臆議・東游日記・愛古田舍詩稿等がある。

先生は明治・大正・昭和と社會情勢の目まぐるしき變化の時代に活躍された丈に、其の傳記は一朝にして作られ得るものでない。ただ追悼號としてその傳記がないのは不便である爲、匆々の中に先生自作の年譜を本とし之に遺族、交遊の方々の談を參照して記したのである。其の記述の體裁に於て、其の内容に於て、物足らぬ事、不備の點があるが是は孰れ後日完成したい。末筆ながら都合で遺族の芳名に敬稱を省いたことをお斷りする。

「東洋文化」第一五三號（昭和十二・六）

牧野藻洲先生回顧談

頃日書齋を整理していると、昭和八年から藻洲先生が逝去される十二年三月まで、毎週一回愛古田のお宅へ伺っていた頃、折々先生から聞いた回顧談の聞記がでてきた。内容は先生の自敍傳の一端といってよい。今日ではこの碩學のことをよく知る人は殆んどいなくなったので、ここにこれを錄して先生を紹介すると共に、永く世に傳えておきたいと思う。

昭和八年五月十六日　牧野藻洲先生談

重野成齋が古稀の賀を迎えた時、杉浦重剛氏はその祝いに鰻を持參した。余が杉浦氏を訪ねた時偶〻氏は成齋の家から歸ったところであった。その時余はこの事を聞くや直ちに杉浦氏に次ぎの如く語った。

世に重野七絕といって、重野には他に勝るものが七つある。學絕、文絕、書絕、碁絕、等々あるが、一ついえないものがある。卽ち好色絕であると。杉浦氏はこれを聞くやいなや、「シマッタ」と大聲を發した。

同年九月二十八日　藻洲先生談

市河寛齋が長崎に遊んだ時、シナ人の中に、日本人の古人の詩を見て失敬な批評をする者があった。そこで寛齋は二つの詩を見せると、この二詩も駄目だといった。すると寛齋が笑って曰った。余が先刻示した時は杜甫及び李太白の詩である。之を惡評するのはどうだと。シナ人は爲に赤面をしたという。

菊池五山が深川に遊んだ時無銭であったから行燈部屋に入れられたことがある。その時某大名が「竹枝」を見て感じ、その作者に問う。偶〻之を知る番頭がいて、この作者は曰わくつきだという。しかし大名はその者に會いたいという、五山に會う。そしてついに五山の遊興費はその大名が代って拂ったという。その竹枝を一つ。

不 許 黄 金 償 妾 身。　黄金もて妾が身を償ふを許さず、
妾 身 只 許 有 情 人。　妾が身は只だ有情の人に許すのみ、
荊 釵 何 日 爲 君 夫。　荊釵何れの日か君が夫《つま》と爲ると、
説 盡 當 時 幾 苦 辛。　説き盡くす當時の幾苦辛を、

九年三月十一日　藻洲先生談
明治十九年か二十年頃、京都で賴復（支峰）に會ったが、彼の話に、父山陽は關藤藤陰の人物學問を以て己の後繼者と見做し、そのため三樹三郎と共に藤陰に從學させられたという。山陽は森田節齋を評し、彼は學者でないといい、藤陰を推稱していた。
同年八月七日　午後八時頃牧野先生を訪い暑中の御伺いを言上する。時に先日先生から話の

あった吉田松陰梟首の寫眞を示され、且つ曰わく、余の如きも當時に在っては恐らく死刑に處せられたであろう。かの幸徳秋水死刑の時、方に同罪にならんとしたと。われこの話を聞くのは始めてであり、その經緯を問う。藻洲先生談（本書一〇〜一一頁に載っており略す）

藻洲先生は親交の知己天行先生を評して曰はく、松平君は事が長びくと飽く。南北朝問題でも早く解決したからよかった。『東洋文化』の「講經」も二、三號書いただけで中止した。平沼淑郎氏は松平君を評して退却將軍といったが、實に逃る事は巧みで、而も都合がよいと出てくるのであると。

同年同月十七日

周禮の會讀（於川合孝太郎先生宅）が終って雜談。松本洪先生曰わく、牧野先生は記念、紀念を大別され、出典があるとのことである。記念は形見の際に用いるのみだというと。川合先生曰はく、余は先日遊仙窟及び〇〇（失念して不明）で紀念の出典を知ったが、記念の出典は未だ知らないと。

同年同月二十九日

牧野先生宅にて明治の儒學の話から孔子祭典の內幕の話があった。藻洲先生談日露戰後シナはわが國の威力に驚き、爾後留學生が多勢やって來た。早稲田大學では留學部を置いた。その時加納治五郎氏（當時高等師範學校長、學校は湯島聖堂の傍に在った）は弘文學院を創設して留學生を入れた。偶〻某シナ人（宮嶋大八氏に聞けば分かる）がいて聖廟を拜したいというので、加納氏は之を伴うて聖廟に行った。その時シナ人の敬禮が甚だ恭敬なのに感動し、孔子の祭典を復活しようとの意が動き、孔子祭典の會を擧行した。祭文は加納氏が讀んだ。しかし舊幕時代と異なり祭禮を行う人がないので、平田盛胤（古典講習科出身）に之を依賴した。ここに於いて始めて孔子の祭典に祠官が出ることとなった。以後祭文は細川潤次郎・重野安繹・星野恆等が之を行い、今日の斯文會に至って會長德川圀順公が行っている。その前には小牧昌業・服部宇之吉が之を行っていた。

十年一月十日　藻洲先生談

大正十二年地震、山本權兵衞內閣が組閣の際、澤柳政太郎が文部大臣となる內定の話があった。その時先生は平沼騏一郎・犬養毅に、澤柳は嘗て敎育敕語撤廢論者であったから、文敎府の主宰者としては不適者だと說き、ついにこの內定は止んだ。そして代って文相には誰がよいかと相談があり、大木遠吉を推した。直ちに大木に面會したが、時已に遲く研究會は是々非々の論で內閣に對するに決まった。早ければ直ぐに引受けたのにということであった。爾後澤柳の文部大臣候補の話がある時にはこの話が出て、決して文部大臣にしないという內規の如きものができたという。

澤柳は嘗て『孝道』と題した本を冨山房から發刊したが、その中に軍部の忌む所があり（ロシヤの近衞兵となって皇帝を殺さんとする話）、山縣有朋が之を發見し、寺內陸軍大臣をして陸軍は必ずこの書を買うべからずと命じた。又民間の力を借るべしといい、丁度南北朝問題の起こっていた時であったから、石黑忠悳が使者として先生に面會し、併せてこの事を論ぜられるようにと乞うた。演說會の席上でビラを撒いたように思う。

同　同月十七日（木）　藻洲先生談

龜谷省軒は己の文でも人の文でも必ず削った。短くなる。松平天行翁も斯のようである。

同　一月十三日（木）　藻洲先生訪問　先生談

祖父默庵は寺門靜軒と交りがあった。嘗て火事があって火は靜軒の近くに及んだ。よって父は祖父の命を受けて之を見舞うと、その時靜軒は坐して酒を飲んでいた。そして曰わく、今日の見舞を感謝します。但しわが家が火事に遭うた時には何を持って逃げるべきかと、可々大笑したので見ると、家には本箱が二三あったのみだったという。

重野成齋が大島に流されたのは人の妻を犯したためであった。修史館でついに主君島津氏の祖は蕃別だといったので、島津久光は怒って之を斬らんとした。黒田清隆が驚いて之を止め、今日之を斬ると問題を生ず、よって今後成齋の立身はさせないから、これにてご宥恕されたいと乞うた。かくて成齋の立身はこれ以後上ることがなかった。

同　二月七日（木）　藻洲先生訪問　先生談

『支那』という雑誌は松平天行先生が社長となって發行されたものである。

雑誌『曙』の發行は顔觸れが良かったが經營が拙劣で早く廢刊になった。そして孝明天皇の畫像を發行したが、これには東久世伯が上に御製を書いていた。ところが伯は嘗て、あの天皇の像に鬢《ビン》（頬の兩旁の髮）があったのは面白い。天皇には鬢はなかったのであると笑うて話されたことがある。大正天皇の像を本として描いたという。

同　九月七日（土）　藻洲先生談

佐藤一齋の欄外書類は『小學』が一齋先生の手で出された外は、多く五弓雪窗の手から出たといわれる。五弓は先生の書齋の掃除をするのを例としていたが、その際祕かにその稿を寫し、他から金を得て出したものだという。

『易經』の欄外書は私が河田烈の祖父から借り得て寫していたのを山田準氏に貸したが、氏から他に廻って世に出たという。

河田は一齋の愛婿で、その月下氷人の勞は祖父默庵翁がとられた。只今も一齋先生から默庵翁に宛てたその婚禮の招待狀があり保存している。

五弓は諸家に食客となり、默庵の處へもいたことがあった。そして五弓の話に、梁川星巖は學問がなく唐本は讀むことができなかったが、隣家が佐久間象山であったから象山のところに問いに行ったという。又收入は夫人の紅蘭が諸大名の姫君等に教授に行くため紅蘭の方が多く、これで生活をしていたという。しばしば夫妻は取り組みをしたが、星巖は常に紅蘭に押えられていたという。

同　九月十日
山田準氏から藻洲先生に宛てて、片山沖堂の事を尋ねて寄こされる。夕飯の時先生に沖堂の事を聞く。

沖堂は助教で江戸仕込みであったために壓迫されたという。

次ぎに侍講のことを聞く。

侍講にも表向きと裏向きと二種類があった。表向きは普通で、二季の下され物も又祝儀も普通で、食事もあまりご馳走でない。檳榔子のご紋付を拝領する。奥向きにはご馳走が出て、殘りも屋敷の方へ届けられる。食事には女の給仕がつく。（表向きには給仕がつかないから自分で食べる。）ご下賜のご紋付も羽二重で、祝儀も亦それ相應のものである。以上の如きであるから一般には之を疾むが、然し之になろうとしてその運動をする。教授は今日の學校の如く毎日出勤し、辨當も家から持參する。小使に依頼して家に取りにやることもある。

同　十一月十四日（木）　藻洲先生談　儒者の生活について聞く。

束脩は扇子か鰹節が多く、之に金一封を熨《のし》で納める。正月と盆にお禮をするが、出來る人は節句毎にもする。月謝といってはないから生活はあまり豐かでなかった。

藩の文學（教授）は各藩で樣子が異っていた。高松では祿も世祿でなく、歿するとある程度の祿は賜るがずっと減少す。又その子の器量で祿を得るのである。醫者、儒者、〇者（〇者は聞き損じたが、「者」のつく者は他に神道者、歌學者、能役者がいる）と「者」のつく三つは世祿でなかった。

儒者の生活は他に比べて低いが、位は上にまで昇ることができた。上士、中士、下士とすれば上士まで昇れた。

江戸と京都とでも生活は相當異っていた。江戸では多く諸侯に聘せられ、そのため生活も困窮しなかった。又その藩に仕えないで他の二、三藩に仕える者があった。三宅雪嶺夫人（花圃）の實家の田邊氏は（花圃は田邊蓮舟の長女）幕府にも尾張藩にも仕え、幕府の方では田邊といい、尾張では村瀬といった（蓮舟の父は尾張生まれの村瀬誨輔、號石庵。蓮舟は田邊氏の養子となった）。これは父の舊姓である。幕府もこのことは知っていたが大目に見ていた。

梁川星巖も江戸に居る時は斯の如くであった。そして夫人紅蘭の方が仙台とか加賀の如き大藩の姫たちを教えていたから收入も星巖より多かった。

これに比べて京都では、大名がいないし貧之公卿であったから斯のようなことはできなかった。江戸でなければ大阪、それでなければ京都であった。賴山陽は京都にいた。そこで詩、書、畫を書いて潤筆料で收入を計っていた。

藩の文學で且塾を開いて子弟を持つことは許されていた。又醫者で斯の如き者もあった。龜井道載の如きは卽ちこれである。

同　十二月五日（木）　藻洲先生訪問、雪山先生より依賴の蘭を一鉢持參す。藻洲先生談

南摩羽峰翁から直接聞いたが、榎本武揚は昌平黌で落第したか退學されたかどうか、とにかく退學してオランダ語を勉強し、後に幕府からオランダに留學を命じられ、ついに夫のように

（海軍奉行、維新後海軍卿、遞信・外務兩大臣を歴任、子爵）出世した。之に比べ余の如きは一介の大學教授に過ぎない。何れが先見であったか分からないと。南摩翁と榎本とは昌平黌で同窓であった。

同　三月三日　藻洲先生を訪問。明治漢學史の一閲を願う。この日三島中洲の談を聞く。先生は嘗て國會が開かれる前に上京したことがある。中洲の住まいする一番町の邸前に南摩羽峰がいた。羽峰は先生の祖父默庵と相知る仲であったから、その紹介で中洲に面會し陽明學の質疑をした。すると中洲は、なかなかよくお調べです。東京ではとてもそういう事はできません、と答えたそうである。この事を同郷の長尾雨山か黒木欽堂に話したところ、それは君、中洲は困ったであろう、といったという。

松平天行先生

松平先生は随筆を『東洋文化』誌に寄せられた。即ち「雑の又雑」がこれである。その原稿をはじめていただいた時、その話は一冊子に綴じてあった。ひまひまに書いておられたものらしい。一回分を渡されたが題がないので、何とつけましょうかと伺うとしばらく考えて、「雑の又雑」でよかろうといわれた。数回分ためおきの原稿がなくなると催促したが、数日後には送ってくださった。私はこの原稿を催促に伺うたびに、明治時代の詩文などについて色々な話を聴いた。その斷片を二、三回『東洋文化』誌に載せたが、先生はある時、自分から詩話を書こうと約束された。果して少しでもお書きになったかしら。

私が明治時代の斯文に興味をもっていることをご存知の先生は、若い頃政治學を研究するため米國に渡られた際、明治十八年五月先生を送った當時有名な文人たちの送序を一まとめにしたものをくださった。中村櫻溪・佐藤雙峰・淺見飯峰・村上信忠・小山春山・鹽谷青山等麗澤社の人々のものである。なおこの中に一つ直隷總督袁公の聘に應じて清國に赴かれた時、本城問亭がこれを送った序がある。これは内田遠湖先生の話であるが、松平君は若い時美少年で、惡くいえば輕薄才子のようであった。當時は詩も艷麗流麗で美人などを詠った。洋行する時日下勻水の妻君が、松平君を見て、かわいそうだと曰ったということである。

先生は非常に健康に注意され、色々な健康術を實驗し、最後に自彊術が一番いいといってこれを長く實行された。大學の教室でも、學生の中に肩の左右の均整がとれていない者があると、巣鴨の十文字道場に行って自彊術をやれと勸められた。先生にはこの自彊術に關する著書もある。自彊術をされていたためであろうか八十の老翁にもかかわらず白髪童顏で、矍鑠として講義を續けられた。ただ少し耳が遠いだけで、元氣はいっこう衰えられなかった。早口で、むだ口は一つもなく、顏が赤らむほどの熱意で、一氣に講義の原稿を讀まれた。神戸町のお宅を訪ねると、雑木林の中を、ステッキを大きく振り廻しながら、大股にスタスタと散歩されているのに出會ったことがある。街のどこでお會いしても、石ころがあればそれを蹴飛ばして行く元氣で、兩手を振って闊歩されていた。先生は九十、あるいは百歳までもご長命であろうと思っていたのは、私一人だけではなかったであろう。戰爭で米が配給になり、人々は闇米などを手に入れていた時、曲がったことの嫌いな先生は、若い女中に食べさすため、ご自分は新宿まで出かけて行き、あちこち廻って食べておられた。風邪から肺炎を起こして亡くなられたが、戰時下でさえなかったなら、必ず百歳まではご存命であっただろう。

先生は毎夏、日光の奥、湯本の山中に立こもって學校の講義を書かれた。講義がはじまる前には、それを教員室で下讀みし、いよいよ講義がはじまると、前述のように一氣呵成にその原稿を讀まれた。そして原稿が終ると、時間が殘っていてもそれで授業を終了された。講義はこのように正確を期せられたから、もし思い違いで原稿が當日講義の個所のものでない時は、その日は休講された。原稿はせっかく研究して作られていただけに、それをおいて、一時しのぎにいい加減の講義をするのでは氣がすまされなかったのであろう。先生は演説でも、輕々にいい加減な漫談的なことは話されない。隨って賴まれても即座には引受けられない。その代り、一たび講演でも挨拶でもする段になると、まことに堂々たる內容を、立派な文章で、むだ話一つなく述べられる、嘗て備中高梁に山田濟齋先生を訪ねた折、先生の話に、鹿兒島における頃松平君が來て政談演說をしたが、まことに立派なものであったと語られたことがある。

先生の人格がご立派であったことは、私の知る限りでは比類がない。學者としての榮譽である博士號も、漱石が斷った後であるから、猫が斷ったものが貰えるかといって斷り、四十年以上早稻田大學に關係し、大隈・高田兩總長と特に昵懇の間柄でありながら、ついに一介の教授で退かれたことなどを以ても知られるように、いわゆる娑婆氣一つなく、眞に淸高な人格者であった。世には似て非なる人格者があるが、先生は實に淸廉潔白な、無欲恬淡な高士であった。先生を知る限りの者は、何人もこの言に異存はあるまい。先生の詩文が俗流を超えて高く傑れているのも、この人格から發したもので、決して偶然ではない。

先生はあまりに清かっただけにいつまでも一事に拘泥されない、面倒さを嫌われた面があった。明治末年に起った南北朝正閏問題の時でも、また大正年間のいわゆる宮中色盲事件の折でも事件の解決が永引くと、中途でこれを投げ出してしまう傾きがあったとか聞いている。そのため平沼淑郎先生は、松平先生を退却将軍とあだ名されたと、牧野藻洲先生から聞いたことがある。天行・藻洲の兩先生は、全く性格が反對であったが、お互いにその短を補った結果、却って無二の親友となり、共に力を併せて色々な重大事件を解決されたようである。

先生は立派な字をお書きになるにもかかわらず、揮毫を好まれなかったのも、書くのが面倒なためであり、また文章が簡潔なのも、實はなるべく書くまいとするからだと語られたことがあるがここにもその性格の一端が窺われる。

先生の清廉さは、ひいては清潔を好まれた。神戸町のお住いもきれいであった。客間も書齋も整然として、雑多なものは何もおいてなかった。書物も自分に必要がないと、讀後は人にやったり賣り拂われたりして、飾るようなことはされなかった。嘗て加賀前田家の育德財團から寄贈された、同團印行の希覯書の復製本を古本屋へ賣却されたことがある。限定版のためにすぐ先生が賣られたことがわかり、今後は本を贈らないというので、門人たちがその間に入ってこれを解決したことがある。本はどんなに古書として骨董的價値があっても、先生にとっては、學問上参考にならなければ無價値である。そこで書物を飾りものにしない先生はすぐにこれを處分されるのである。

嘗て藻洲先生から、天行先生は幸德秋水が入獄した際、これを說き伏せに行こうとされたということを聞いていたので、そのことを伺ったところ、先生はその時翻譯の『政治罪惡論』を持參したと語られた。

なお先生の翻譯されたものには『十九世紀末年史』(文明協會發行)がある。著書には『英國憲法史』『英國史』がある。漢學方面では漢籍國字解は別として、『支那文學史談』がある。先生は、「支那古代史」が書きたいのだが、古物がむつかしいので止めた、と語られたことがある。

○

昭和十八年の歲末であったが、先生は松本洪・川田瑞穗・渡俊治の諸先生たちと中華料理店で會食されたことがあり、先生はその席上で自分の經歷を話されたという。私も先生からその席に招待されていたが、たまたま歸鄉中で欠席したためそれを聽くことができなかった。後日その話を伺いますと賴んでおりながら、その機會を得ずに終ったことは殘念でならない。ここには折々先生から直接聽いた話で、先生の傳記の一端をなすところを記してみよう。先生の傳記資料には、古稀の記念にその詩文集ができた時自ら書かれたパンフレット「自序代り」がある。また、「雜の又雜」も參考になろう。

先生の名、字、號などについては雅號由來記に記しておいたので、ここには省略する。

先生は先考が長崎奉行として長崎に奉職中そこで誕生された。幼時徳川慶喜に抱かれ、慶喜に脱げた草履を拾わせたことがあるそうで、将軍に草履を拾わせたのは、天下に俺一人だとご自慢であった。

少年の頃、東京の市ケ谷に住んでいて、栗山某という句讀の師について「十八史略」を習わされた。

先生の實兄は高名な英學者佐久間信恭である。先生もまた英語は若い時からはじめられた。その年は一八七二年ということを覚えておると語られた。一八七二年といえば、明治五年である。すると先生は當時十歳位の少年であった。その頃學校は牛込の逢坂にあった。川田甕江の英學塾逢坂學校である。垣根の向こうに甕江の家があって、垣根越しに見ると、甕江は前田侯・池田侯に、「日本外史」を講義していた。その頃は甕江がそんなに偉い先生だとも思っていなかった。逢坂學校は華族のために建てたといってもいい塾で、南寮と北寮とあって、南寮には華族が、北寮には士族家來等がいた。生徒の數は四五十人であった。

逢坂學校から共立學校、大學予備門に入ったが中途でやめ、それから隄靜齋の門に入った。入門當時は先生がただ一人の門人だったそうで、そのためここで熱心に仕込まれたようである。またその後、二松學舍で漢學を修めた。司法官になるには判決文が書けなければならない。そこで法律學校に入るには作文の試驗があった。このため作文を習う必要から、二松學舍に學んだ者が多いと語られたが、あるいは先生が入學されたのもこの理由であったのかも知れない。

ある日先生はこんなことを述懷された。自分は若い頃には學者というものを輕蔑していた。それが晩年にはその學者になってしまった。こんなことなら、引き續いて詩文をやっておれば、もっと上手になっていたろう。また佐久間信恭の話が出た時には、これもまた引き續いて英語をしておればよかったとも語られた。

ある時藤野海南について伺うと、海南は君子である。學問があり、人格もよいといわれたが、さらに、實はその娘をわが輩にもらってくれという話があったが、その女（海南だったかも知れない）が酒呑みだったのでことわったと語られた。先生も酒はかなり飲まれた。若い頃からお好きだったに違いない。酒呑みだからというのは、別に飲むのが惡いというのではなく、そんなに飲まれたら家計がたまらぬから、という理由のようだったと記憶している。

支那について深い研究と實際を體驗してこられた（張之洞の政治顧問）、最もすぐれた「支那通」の先生が、端的な言葉で中國を評せられたことがある。面白い言葉だったので今もなおおぼえている。それは、「支那は辭令とご馳走とを取ると何もない」。というのである。

南北朝正閏問題が起った時、先生と一しょに働いた同志の一人である三矗熊太氏は、支那問題にも興味をもっていた。南方びいきだったそうで、一日、三矗氏が先生に帖を出して無理やりに何か書いてくれと頼むので、先生は「袁賊孫妖」と書いてやったという。袁世凱・孫文に對する先生の評がこれで伺われる。

先生は日露戰爭前に「支那」と題する政治雑誌を發行されたことがある。十號位まで續いたという。

先生は、やはり支那通の一人だった宮嶋詠士翁（名は大八）と深い交りがあった。翁の歿後、昭和十八年九月二十五日に先生を訪ねると、その時先生は、今、宮嶋の碑文を書いているが、一つ困っていることがある。それは文中に觀音講のことがある。儒者に觀音講は困るといわれた。翁が書家としても著名だったことはここにいうまでもないが、この話を知る人はあまりあるまい。この時先生はまた、宮嶋の右肩は、あんまが全く相撲取りの肩のようだといった、と語られた。先生の詩文集の題僉は詠士翁の筆である。

陽明學者東敬治について聽くと、先生が矢來に住んでいた頃、東は近處にいて、ある日先生を訪ねてきた。初對面の挨拶がすむと東は、すこし陽明學をされたかネといった。そこでわが輩は、君の陽明學ぐらいいネ、と應えてやった。もちろん當時はすこししか讀んではいなかったが、と話されたことがある。

張之洞と松平康國先生

私（早大總長高田早苗）が漢口に來た目的は、主として武昌に於ける張之洞總督を訪問して、教育上の意見を鬪はす爲であった。張は當時直隷總督として、天津に蟠居した袁世凱と相對して、淸國の朝廷から頗る重んぜられて居たのである。

張總督は支那の今後の教育方針に就いて意見書を書いてもらひたいと依頼したから、私は忙しい閒に概要を認め、其を青柳君（名は篤恆）に時文に譯してもらって送った事がある。又張總督は早稻田の出身者數名を敎師として招聘したいといふ希望を語ったから、大體の約束をして歸朝後數名を派遣する事にした。當時私の友人である早稻田大學敎授松平康國君は、張之洞の政治顧問として武昌に滯在して居た。松平君は日本に於ける漢文の大家たる事は勿論であるが、張總督は流石に學者且文章家である丈に、松平君の漢文の技術には深く敬服して居た。同君の漢文と青柳君の支那語とは頗る支那の具眼者に珍重されたのであって、青柳君が私の通譯をした後に、先方の總督や巡撫が、君の支那語は支那人以上であると頻りと稱讚したのを私は屢〻耳にした。

（高田早苗著「半峰昔ばなし」四一七頁より）

松平天行先生の號

早稲田大學出版部から發行した漢籍國字解の中に、「破天荒齋　松平康國講述」のものが數種ある。破天荒齋とはなかなか振った號である。そこで地方の學生などで、此書を參考書としている者の中には、猶お相變らず先生の號は破天荒齋だと思っている者もある。勿論今日一般には天行先生で知られている。

この破天荒齋から天行に變ったのは已に久しい。明治の末年からだそうである。何故之をおやめになったかと伺うと、變だからだと仰しゃる。人が其の先師隈靜齋に、松平が號を破天荒齋と曰いますが、一體破天荒とはどう言う意味ですかと問うと、それはべら棒と曰うのだと曰われたそうである。常時は書生間に大きな號をつけるのが流行していたので、先生も之を選ばれたと曰うことである。玉川吟社の詩會に行くと、長三洲が出席者の名をつけていたが、破天荒齋と書くのが面倒なので、略して天齋と書いた。すると人々が、奇天齋正一（奇術師）のやうだと曰ったそうである。

天行が易から出たことは今更曰うまでもあるまい。

先生は他に瓊浦、北彊齋と號したことがある。瓊浦の由來は、先考が長崎奉行で長崎（瓊浦《タマノウミ》）

に在職の時、先生は此處で生まれたのでかく號したそうである。北彊齋は中庸の「在金革、死而不厭、北方之強也」から出たもの。先生は少年の頃、市ケ谷に住んでいた栗山某と曰う句讀の師に、十八史略を習ったそうである。時にこの先生が號を栗堂とつけ、この栗に對して字を子寛とつけられたと曰う。後にはこの子寛を改めて反對に、猛卿としたこともある。今日は専ら子寛が用いられている。

先生は通稱瓊《タマ》三郎と曰った。この由來は昔紙に書いたものがあったが、紛失したので今日では判らぬそうである。

松平康國先生のことども

㈠

松平康國先生の號については、嘗て『東洋文化』誌上に文人の雅號の由來を記した際、瓊浦・北彊齋・破天荒齋・天齋・天行について書いたが、頃日明治時代發行された漢詩文の雑誌『明治詩文』を繙いていたところ、その中に瓊浦の號を使った詩があった。『天行詩鈔』に収められていないので次にこれを紹介しよう。その集は第五十六集で、明治十三年十月に出版されているから、瓊浦の號はその頃使用されていたことが分かる。瓊浦は長崎のことで（長崎はたまの浦という）、先生は先君が長崎奉行で長崎に在職中この地に生まれられたので、瓊浦と號されたのである。明治十三年といえば先生は十八歳の時である。恐らくこれが一番初めの號であろうか。

秋夜過函關　　瓊浦　松平　康國

草深玉露滿征裳。嘹涙鳴過雁幾行。
一夜秋風湖畔路。函關不鎖月如霜。

師の堤靜齋はこれを評して「格高極高、讀去嫋々」と曰っている。

次に同じく明治年間に發行された漢詩文の雜誌『古今詩文詳解』第百五十三集（明治十八年二月五日刊）は、齋藤竹海が十七年に作った「破天荒齋詩卷序」がある。以てこの頃先生は破天荒齋の號を用いており、しかも破天荒齋詩卷を作っておられたことが分かる。字は猛卿といい、時に年は二十二歳であった。（竹海は文中にて二十一歳といっている。）竹海は名は實潁。參州豐岡の宮原具崖の先考に業を受けたという（「竹海詩卷序」明治詩文第五十六集）。その序は次の如き文である。

破天荒齋詩卷序

客歳夏。予訪猛卿於梅花書屋。猛卿喜予來。示文數十篇。馳騁縱橫。務盡其才。而後軌於法。絶無儇佻華縟之風。因謂猛卿曰。吾往來麗澤廻瀾二文社。得交方今文士若而人。君盍來會諸。猛卿曰。吾欲縱游名山大川。覽乎靈伯之鍾奇勝。闢異壤。可愕可欣。以恢廓其心胸。踔厲其志氣。無不厚無不碩。而受諸君子之敎。子且待之。居數月。猛卿來見。予申前言。猛卿諾。乃紹介于二社。文名頓噪。而未知其能詩。今茲十一月又往訪。猛卿出其破天荒齋詩如干卷。而屬予序。予因得卒讀其所爲古今體諸作。夫在心爲志。發言爲詩。詩之爲用。蓋所以敍哀樂。暢懷抱。旣感物而動。又因情以生者也。猛卿生華冑。幼遭時坎壈。備嘗辛酸。仳離蕩析。奉晨昏乎羈旅。感榮枯於事物。其詩故危苦淒戾。多江山之恨。禾黍之悲。若夫探討山水。憑吊古蹟。或揮綆涕。泣忠義之魂。或酹杯觴。慰英雄之魂。正氣凛然。字挾風霜。蓋雅所蓄積者然也。詩不滿數百首。而平生行蹟具其中。鄒叟云、頌其詩。不知其人可乎。今讀猛卿詩者。雖不必識猛卿。而於猛卿之爲人。或可得其概略。詩言志者。不其然乎。明治中興。百度釐革。大之禮樂兵政錢穀貨物。細之動植器械工藝。擧資諸歐米。不復見舊物。是以詩風隨而變。猛卿年才二十一。飫六經之精。茹百家之華。弗以小得而自足。以蘄爲古今有用之人。今又入大學講求歐文。研鑽切劘。將遂遊于海外以究事變之所極。他日猛卿得志。其所爲詩。又必有隨境而變。余刮目竢之。猛卿名康國。姓大久保氏。今稱松平氏。靜岡人。明治十七年甲申。東京竹海篙夫齋藤實頴敍。

この文によれば、書齋を梅花書屋といっていたこと、麗澤、廻瀾の二文社に入會を紹介したのが竹海であったこと、詩は古今體數百首を作っていたことなどが分かる。又大學に入り歐文を講究し、将に海外に遊ばんとしていたことも分かる。

十八年四月、廻瀾社の諸士が墨田川に舟遊した時、先生は米國にて政治學を修めるため五月に出航すると告げた。そこで諸士はその送序を作っているが、その一つに中村忠誠の「送松平猛卿遊于花旗序」がある。しかしこの序が出來た時には已に船が出ていたので、之を篋底に入れていた。五年して歸朝したので、六月五日、廻瀾社の諸士は芝濱にてその賀杯を擧げたと追記してある。先生の留學については河住玄學兄の『天行先生遺稿』に収められた先生の略年譜に、

十八年23歳　ミシガン大學で政治法律を學ぶ。

とある。しかし歸朝の年が缺けている。幸い前記の中村忠誠の序に「投於篋底者五年　猛卿學成而歸……己丑六月初五日　忠誠再識」とあるので、留學は五年間で、二十二年で歸朝されたことが分かる。

麗澤・廻瀾社の諸士が先生の米國留學を送った序は、いずれも先生の字を猛卿と書いているが、ただ先生の師たる隄靜齋だけは「送松平子寛之米利堅三十二韻」と題してある。先生の字は初め子寛で、齋藤竹海と交る頃から破天荒齋と號し、字も猛卿となったのであろうか。

(二)

前記の如く先生が米國に留學される時、麗澤・廻瀾二社の諸子がその送序を作っている。私はそれを西武電車井荻驛前にお住いの先生を度々訪ねていた時、先生から一括して頂いている。明治の漢文學、文人などについてよくお話を伺っていたので、その資料として下さったものである。

その作者は佐藤精明・川口翯、麗澤社の小山朝弘・鹽谷時敏・村上信忠・淺見深・□□義成（姓不詳）、廻瀾社の中村忠誠である。又先師隄正勝の送別詩がある。なおもう一つ後年先生が直隷總督袁公の聘に應じてシナに赴かんとするのを送った本城蕡の序がある。

これらは以て當時の先生を知る資料であることは勿論のこと、一方又作者の文學上の資料でもある。この中淺見の文は飯峰文鈔巻一に、本城の文は『問亭遺文』亨に収められている。よってここにはそれを除いて他の文二つを錄しておこう。

隄靜齋（正勝）の詩集『皆山閣詩鈔』（門人、小松恒・松平康國同校）の奥付は、明治十八年十月二十日出版御届となっているが、その跋は十七年初冬日に松平先生が作っておられる。随って先生の米國留學はこの詩集の編集を終えて後のことであるので、先師隄靜齋の先生を送った詩はこの詩集には收載されていない。

この詩集を見ると、中に門人松平文嶽が歐洲に之くを送った五古の詩がある。「吾門出此人。於我亦有榮。」という。松平先生の米國留學が詩集編集前なら、當然この詩と竝んでここに收められていたはずである。

さて靜齋の送別の詩は玉川吟社の用紙に、「四月十六日課題遺志」につづいて次のように書かれてある。玉川吟社の詩會に提出されたものであろう。

送松平子寛之米利堅三十二韻

不遡大道源。所得糟粕耳。古聞留學生。爭從遣唐使。修業纔數年。歸朝皆拖紫。徒逐禮文末。移我淳樸美。不見補天功。不見經國事。」寰宇今交通。比隣視萬里。文明歐米洲。博物多君子。物理窮精微。富強尚實利。俊秀競相航。有似赴壑水。吾視其所得。略與曩昔似。遺骨取其皮。未免遼東豕。今人視昔日。所得已如彼。後人視今日。或恐亦如此。」子寛汗血駒。素抱千里志。學術兼漢洋。不肯事末技。經國探大源。補天究眞理。」吾聞政家言。注目五洲裏。兵革動西洲。東洲結束起。天池劃萬方。區域不足恃。譬如虎列剌。萬里轉瞬至。所以持國術。察外而内治。」茫茫亞西亞。未及知此意。子寛深慨之。欲醒千古睡。」吾且贈一言。子寛能聞否。治内以制外。群聖同一揆。西哲雖察外。亦存群聖旨。法律雖御民。何曾廢仁義。政理本萬般。極處竟無二。須以漢爲骨。又擢洋之髓。參酌得其宜。要窮畢生智。不受後人嘲。不踐昔人軌。東方開政學。必從子寛始。

なおこれも亦松平先生から頂いたものかどうか記憶がはっきりしないが、隄増藏が松平先生の重ねて清國に游ぶを送った詩を書いた紙箋がある。ここに併せて録しておこう。

送松平猛卿重游清國

風沙難老壯夫顏。慷慨重游燕趙閒。
伏闕或應論國是。善隣誰擬濟時艱。
琅琊臺下蒼蒼海。敕勒川邊莽莽山
回首定憐中土地。割將形勝付西蠻。

隄増藏未定稿

これら送序のうち中村忠誠の文は㈠で記したように、渡米の様子が詳しく記されているので、これを次に録しよう。缺格擡頭して書いてあるが、ここにはそれをやめて普通の文章形式で書いておく。

送松平猛卿遊于花旗序

乙酉四月。廻瀾社諸士泛舟墨江。開文酒之會。中流松平猛卿起告衆曰。吾將航米國。以修政學。不復得與諸君追隨。時隄上櫻花爛燦。春趣甚佳。余乃假櫻花而語曰。夫櫻花之煥焉榮於春者。吾神州靈氣之所欝積而發生。故移之殊壤異域。則不生。假令能生。或變而爲海棠。化而爲郁李。豈非天之特鍾精華於吾者乎。然徒恃其氣之淑。壤之腴。而不培養之務。則螟螣之害。蟊賊之患。從而生。煥焉秀發者。將有時而萎薾。唯其務培養焉。然後可以保其秀榮芬芳矣。爲政之道。亦猶是歟。昔先王受神州之懿。瑞穗之饒。而猶不以爲足。遠取之韓。取之隋唐。以飾其文物典章。故其美者愈美。而東方君子之國。於西土有光。及至近世。又進而取之墨歐諸國。於是投勢趨利者。奮作競起。捐千金之貲。踰萬里之濤以講其學。然其能詳內外人情之不同。東西建國之所殊。而折衷之者有焉乎。余未之見也。其能達大體。而宣揚國光者有焉乎。余未之聞也。有能明本末輕重之分者乎。有能察禍福利病之所存者乎。余未之見聞也。而貿貿焉徒欲以彼易此。譬之櫻花化而爲海棠。爲郁李者耳。萎薾而死者耳。列聖明王。遠取法於海外者。其意豈在於此乎。猛卿於吾社年尤少。才尤敏。而兼涉西籍。其於國體人情。蓋既詳之矣。其於內外同異。本末輕重之際。蓋既明之矣。則其所以酌彼漑此。以培國本者。亦必有瞭然定於方寸之中者。嗟乎。使猛卿濟其所志。而罄其所蓄。則其寵光邦家。嘉惠民人者可知矣。故於其行也。豫言而祝之。如及其歸也。又將以芳春之會。櫻花之時。與諸君棹墨川。浮太白而更祝之。雖然養移體。居移氣。夫人之所同。當是時。猛卿蓋已肥馬高冠。非復吳下阿蒙。不知果能與布衣韋帶之徒。同舟乎否。

明治十八年五月　社弟　中村忠誠拜序

右序方成。而船既發矣。則投篋底者五年。猛卿學成而歸朝。不負諸君推稱。頃同社諸君。謀擧賀杯於芝濱。因更寫以贈。文雖拙。亦足以回想當年焉。

己丑六月初五日　　忠誠再識

先生が米國に留學する時のことは、嘗て「先師片影」（本書三八頁）の中で記したが、もう一度ここに錄しておこう。

これは內田遠湖先生の話であるが、松平君は若い時美少年で、惡くいえば輕薄才子のようであった。當時は詩も豔麗流麗で美人などを詠った。洋行する時日下勺水の妻君が、松平君を見て、かわいそうだと曰ったということである。

私が先生に師事したのは晩年であるが、まことにご容貌は世に稀な端整且高尙であった。若い頃はさぞかし美少年であったと思う。そして風采は威風堂々とし、悠揚迫らず舊幕の大名はこういう風格であったのだろうと想像していた。

㈢

昭和十一、二年の頃、諸先生がたを訪ねて明治文苑の逸話を聞き、これを『東洋文化』に連載して好評を得たが、先生がたは若輩書生の質問にも億劫がらず丁寧に話をして下さった。そのうち次第に興が湧かれたのであろう、且話すだけで書く煩わしさがなくて記事になるのを喜ばれたのであろう、遠湖先生、春石翁など進んで誰々の話をしようと、資料の用意をして話をして下さった。殊に春石翁は色々友人の逸話を用意しておられたのに、それを聞かないうちに逝去され、文苑のため惜しいことをしたと今も大變殘念に思っている。

松平先生には詩文や傳記など斷片的に色々聞いていたが、ある時思いがけなく先生から自筆の原稿を頂いた。内容は自分の思い出などを記された雑記である。題がないので何としましょうかとたずねると、暫くして「雑の又雑」とつけられた。名家の出身で詩文の大家たる先生からすれば、雑記でなく雑の又雑のお氣持だったのであろうが、内容はどうしてどうして立派な且珍しいもので、短篇に仕上げられた名品揃いである。中に先生が米國に留學された時の話がある。この隨筆も『東洋文化』に連載したが、今日は目に觸れ難いのでその話をここに再録しておく。

予ノ松平姓

吾輩ノ家ハ徳川家康ノ生母傳通院ガ久松俊勝ニ再嫁シテ生レタ總領ノ松平康元ガ先祖ニナツテオリ、元祿マデハ大名ノ片割デアツタカラ今日ノ華族ト間違ヘラレタトテ有難クモナケレバ恐縮モシナイガ、同姓ガ華族ニ多イ所カラ是迄華族ト間違ヘラレタコトガ幾度カ知レナイ。

昔シ米國ノミシガン大學ニオツタ頃、或ル晩總長ノエンジエル氏カラ吾輩ノ下宿ヘ使ヲヨコシテ、今日本ノ御客ガ見エテオルカラ話ニクルヨウニトノコトデアツタカラ往ツテ見ルト、其ノ御客ト云フノハ同志社ノ新島襄先生デアツタ。エンジエル氏ト舊交ガアルノデ米國漫遊中態々アンナバーヘ立寄ラレタト云フコトデアル。吾輩ハ恭シク名刺ヲ出スト、先

生ソレヲ手ニ取ツテ姑ク見テヰタガ、我輩ノ顔ヲ眺メテ、
ドウモ華族見タヤウナ御名前デスネー
ト言ハレタ。華族デハアルマイガ、ソレトモ或ハ華族カト疑ツタノデアルカ、又ハ吾輩ノ容貌ニシテモ服装ニシテモ華族ラシクナイト云フ意味カ判ラナカツタガ、其ノ時分吾輩ハ氣ガ暴クムカ腹ヲ立ツ方デアツタノデ、此ノ「ヤウデスネー」ガ癪ニ障ツタモノダカラ、
華族デハイケマセンカ
ト云ツタラ、先生頗ル困惑ノ様子デアツタ。今カラ思ヘバ少年客氣ノ致ス所デ誠ニ御氣ノ毒ノ事デアツタ
破天荒齋と號し猛卿と字された先生の面目が躍如としている。
吾輩ノ姓ガ問題トナツタノハ從來少クナイガ、尤モ可笑イノハ高田馬場驛ノ附近デ貧弱ナ貸家ニ住ンデオル際ニ、亡友ノ牧野藻洲ノ知人ガ門前ヲ通リカヽルト、是モ矢張リ通リカヽリノ二人連レノ男ガ一寸門札ヲ振向イテ
甲　此レカ此頃支那問題デ騒ギ廻ツテ上奏ナドヲスル男カ
乙　ソレナラ支那浪人ノ仲間カナ
甲　イヤ、松平ト云フカラ華族ダラウ
乙　華族ナラバモソツト立派ナ家ニ住ミソウナモノダノニ、余リ粗末デハナイカ

甲　ナーニ禮遇停止サー

藻洲カラ其ノ話ヲ聞イタガ、禮遇停止ニハ恐縮スル

この家は私も早稲田に通う時いつもその前を通っていたので知っている。高田馬場驛前から早稲田の方へ通ずる大通に沿うて五十メートルほど行くと、左側にあった板塀のある小さな平家である。商店街にまじって只一軒門構えの住宅であったからよく人目についていた。「松平康國」の門札がかかっていたから、ああこれが先生のお宅だナと思っていた。そのうちに先生は井荻驛前の神戸町の方に移轉された。この家も亦小さな平家であった。

早大の體育の教官をしていた石原という先生は、體操の授業を大隈庭園の裏でしていたが、ある日休息して雜談をしている時、新入生の我々に諸先生の横顔を紹介された。偶〻大隈講堂の鐘が鳴ったのであろうか、大隈講堂の話が出、それにつづいて松平先生の豪傑振りを痛快そうに語られた。この大隈講堂は建築學の各分野の專門家が集まって造られたもので、當時建築史上の傑作として世に宣傳され、今や早大のシンボルとなっている。この講堂の落成式が盛大に行なわれた時、來賓たちは皆その壯大美麗な建物を稱贊したが、松平先生は、大隈老侯はこんな小ぽけな物では滿足しておられない。地下で泣いておられるぞといわれ、一同は啞然としたという。この時は青年ではないが、なお依然として破天荒齋の面目が躍如としている。

松平天行先生のことども

恢文社文會の解散後、松本洪先生出席、川田・松本兩先生、牧野・松平・内田の三先生を評せらる。雪山先生曰はく、

牧野翁は策有りていう人である。松平翁は策有りていわない人である。内田翁は策無くしていわない人である。而も怒ることは内田翁が第一、松平翁が之に次ぎ、牧野翁は怒らない

と。松本先生も亦同様に述べられる。

同年同月十二日（土）恢文社文會席上　天行先生談

菊池晩香は對面して話すのを嫌がった。杉山三郊と對坐した時、三郊は殊に顔を出すので、晩香は益々後に退きついに室中を巡ったことがある。

同　三月九日　恢文社文會

天行先生曰はく、文の數は少ないが名文のあるのは井上梧陰である。『梧陰存稿』がある。竹

添井々には和習がない。先生の前でシナの悪口をいうと、井々は常に必ず之を叱っていたと。

某日　松平天行先生談

堤靜齋先生は佐幕派の人であったから不遇で、始めて先生の宅に挨拶に參上した時、部屋には僅かに本箱が二つあったのみだったのには驚いた。

嘗て「農學道しるべ」という書物を書肆石川治兵衛方より上梓されたが僞版が多かった。然し先生は之を意に留めず、書が多く世にあるのは、その名が顯れるのだと曰っておられた。

先生は嘗て廣瀬談窗に學び、後に安積艮齋の門人となった人である。

岡鹿門、松林飯山及び靜齋は聖堂の親友であった。

「自序代り」(天行詩文記念出版の時に書かれたもの)の中に書いている飯山が壯海堂を學んだとあるのは、靜齋先生が飯山に勸めて之を讀ませたのであるという。

初め飯山の豐太閤論を感心して讀んだが、これは艮齋先生の太閤論を採ったものである。

岡鹿門は慷慨の文が得手で、その文は長くなるので、その師重野成齋はやがてシナまで屆くと評せられていた。

鹿門と同門の龜谷省軒は桐城派の人であったため、その文は短くて、その師成齋は、省軒の文は題ばかりになると評しておられた。

私は（天行先生）明治十八年より二十二年まで洋行したが、歸朝して目に映る世間の變化の甚だしいのに驚いた。例えば本の變化でも、當時かの鵞峰文集など十圓位であった。今日は書を讀まなくても之を保存する方法があるが、當時は之を反古代用にした。

二松學舍には三百人の多數の舍生がいたが、その入舍の目的は、當時司法省出仕には文章の優劣が多大な影響を及ぼしていたため、之を會得しようとして入っていた。

中洲翁の文章の解釋は段落をやかましく云い、文を解剖されたが、爾後私は西洋の學を研究するに際して多大な利益を得た。この中洲翁の門下から考證家池田蘆洲・某の如き人が出たことは珍らしいことである。

講義振りは佐藤一齋が最も上手で、咳をする場所が本によって定っていたという。頼山陽は下手で、岡本黃石の處であったか、彦根藩に於いてであったか、嘗て講義をしたが必ず一二人の居眠り者があったという。

斯文會は岡本監輔の主張によって生まれた。この斯文會の講義では鷲津毅堂・廣瀬青村が上手で、當時の斯文會には文學が五十人、幹事も五十人いた。島地默雷という僧は莊子を講じたが、人をくっていた。島田篁村も下手であった。

川田甕江と重野成齋の文を比較すると、最初は甕江の方が優れていたが、修史館で二人が相爭うようになってから、成齋は作文に勵んだ。その結果その才は直ちに上達して相敵するようになった。
今日では内田遠湖君がいやに鼻柱が強いが、昔では日下勺水が威張ったものである。經書は政治書である。故に今日儒者と稱せられる者は世の落伍者である。
同年十二月三日、松平先生古稀出版慰勞會、於神田今川小路　維新號
出席者　松平・川田・松本・渡俊治（早大シナ語教員）・横井鐐一（第二高等學院教官）・末安（早大高師部事務長）・戸村朋敏・林正章・三浦叶
渡先生曰く、鹽谷溫君はシナ小說で博士になった者であるから、侍講で『詩經』の御進講をすることは遠慮すべきである。侍講の運動をしたのは遺憾であると。
雪山先生談
師匠（山本梅崖）は、朱子の文を讀むとその文の拙なるために嫌である。その思想には感心するが文章には感心できないと曰っておられた。天行先生曰はく、朱子も大學・中庸の序文の如き文なればよいがと。
天行先生談
文章で闕字擡頭をするのは私的なものには用いないのがよい。今回の私の文集に之を用いない理由は、卑近な例でいえば、茶代廢止になったものに茶代を與えるようなものであると。

鹽谷青山は朗讀が上手で、解釋はせずただ朗讀のみをしていた。劍道が好きでやたらに擊ったものである。

『天行詩鈔』の中には若い時の作がない。即ち即席の詩――天眞爛漫であるべき作がないが、これは洋行前に燒いたからである。

恢文社の文會（九年二月十日）

出席者　松平先生・川田先生・相良政雄・河又正司・河住玄・三浦叶

天行先生『東洋文化』第百十六號中の「今古文章批評錄」に載る「古味堂焚詩序」を見て曰はく、

この文はよく出來た文である。又作者長三洲という人は、實によく文を見る人であると。

又曰はく。

今失念しているが、『韓非子』の中に一ヶ所どうしても國讀できない所があると。

讀賣新聞と天行先生

江見水蔭の『自己中心明治文壇史』に次のような記事が記されてある。

明治二十五年一月一日『讀賣新聞』の一欄に編輯員一同の恭賀新年の廣告が出た。其の全部は

市島謙吉。伊藤長六。石川春吉。堀成之。富山清明。尾崎德太郎。小澤勝次郎。賀來昌之。金子一基。高田早苗。中井喜太郎。中島增吉。居林誠孝。松平康國。藤野房次郎。湊利吉。匹田鋭吉。瀬川光行。關戸濱吉。鈴木彥之進。鈴木光次郎。

これが其の當時の新聞編輯局の全部なのだ。

この人名中の松平康國は天行松平康國先生である。これによって天行先生は明治二十五年（時に年は三十）に市島謙吉（號は春城）、高田早苗（號は半峰、早大總長）、尾崎德太郎（作家の紅葉）等と讀賣新聞の編輯局に勤めて居られたことを知る。河住玄學兄の作られた「天行先生略年譜」の明治二十五年の項にはただ

三十爲人父（擧兒詩）

の事が記されているに過ぎないので、まずここに之を補っておく。

さて、私は今この記事を見て、當時の洋行歸りの若々しい端麗な、そして大名の風格を具えておられたであろう先生の御風采を思い浮かべながら、懷かしく先生の追憶に耽っている。

市島先生には學生時代に書道研究會で手紙の話をしてもらうためお宅を訪ねたが、その時室に紅葉の墨蹟が飾ってあり、紅葉の話をされたように思う。お二人は讀賣新聞社によって親し

いご交際があったように覺えている。

紅葉が讀賣新聞社に勤めたのは、二十二年十二月に高田先生の紹介によるというから、勿論ご兩人は親しい仲であったようである。

ところで私は天行先生も市島・高田兩先生と同時に、且紅葉とも共に讀賣新聞社に勤めておられたことは全く知らなかった。知っておれば紅葉との交遊などを聞いていたのにと大へん殘念に思う。

天行先生は明治十八年ミシガン大學に入り政治法律を修め、同二十二年に歸國し、ある一流の雜誌に論文を發表された。しかし當時は猶お藩閥の勢力があり、先生が幕臣の子であったから壓力があったのかどうか分からないが、筆を以ては伸びることが難かしいと判斷されたのであろうか、これより後論壇に立つことは斷念されたように思う。ところが前述の如く二十五年に讀賣新聞の編輯局に勤め、後には主筆にもなったということはどういうことなのであろうか。新聞人として意見を述べられたのであろうか。

私の記憶が不確かだから、或いは雜誌に論文を發表したことと、讀賣新聞に關係したこととは、時間的には逆だったのかも知れない。

上述の如く、先生はいつから操觚界を見限られたのであろうか、それは判然としないが、その學問識見は世に認められ、中國の爲政者までも注目していた。卽ち明治三十六年には清國直隷總督袁世凱に聘せられ、ついで同三十九年には湖南總督張之洞に招かれて政治の顧問となられた。先生が世にシナ通として著聞していたのは、單に中國の學問に造詣が深かっただけでなく、實際に中國の政治にも與かっておられたからである。

又生前松平先生といえば早大教授として漢學界でその名を知らない人はなかったであろう。藻洲牧野先生と竝稱され早大の看板教授であった。大學はその學を認め文學博士に推薦しようとしたら、猫がもらわないものがもらえるか（夏目漱石の博士號辭退を指す）といって斷ったという逸話がある。牧野先生も學位はもっておられなかったが、關學の三宅教授など牧野博士といっていた。政治學博士五來欣造教授の學位論文は牧野先生が審査された。兩先生ともこんな博士の看板には目もくれない學識の高い碩學であった。

大學人としての松平先生を見ると、讀賣新聞社に勤める前年、明治二十四年に早稲田大學の前身たる東京專門學校に勤め、昭和十八年（年八十一）に早稲田大學を退職されるまで、五十二年の永きに亙って大學に出講されたが、名利に恬淡だった先生は別に役職に就こうともせず退職まで一介の平教授であった。

明治末年の南北朝正閏問題、大正時代の東宮殿下納妃の問題の如き國體、皇室に關する重要な事件が起こると、先生は常に肝膽相照らす牧野先生と力を協せ、正論を以て堂々之に對し、或いは内閣を震憾させ、或いは樞府に抗議し、ついに之を善處させた功績は特筆すべきことである。

又天行先生は明治・大正・昭和三代に亙って詩文の名家として、その名は天下に著聞していた。嘗て犬養木堂は、現代文章の大家は天下に三人いる。牧野藻洲・松平天行・内田遠湖がこれで、その中天行は天才であるといっている（『木堂雜誌』）。

早稲田大學の教官等によって『漢籍國字解』が作られた時、天行先生は文章を得意とされたからであろうか、『韓非子』・『唐宋八家文讀本』・『正續文章軌範』の國字解をされている。

先生はいつかこういうことを語られた。それは「自序代り」の最後のところにも記されてある。自分は若い時には志士氣取で（號も破天荒齋、字も猛卿といっていた）、學者というのは無能無才とはいわないが、ただ學問の道一筋につながっている者だと馬鹿にしていた。ところが結局自分はその馬鹿にしていた學者の仲間にはいってしまった。こんなことなら、むしろ兄の信恭（佐久間信恭。英文學者、熊本の五高で夏目漱石と共に勤めたことがある）が一生英語の道に進んだように、自分も最初から學問の道、文字の學に打込んでいたら、いくらか學者らしいものになったであろうと述懐されたことがある。その時は私は先生の述懐も謙遜していわれたぐらいに思って余り氣に止めなかったが、この春大學を退職した今、お前はどうだと問いかけられているように思われる。そこで私はこう答えよう。

私の一生も出版、教育、研究という三つの分野の仕事を順次體驗してきた。然しそれは先生の仕事とは大きさ、廣さ、高さはとても比較にならないが、幸いにその三つの仕事が、漢學という一つの學問で繫がっていたから、私は幸いで満足ですと答えよう。（平成二・七・十八）

悍馬説　松平瓊浦

明治年間に師範中小學校の學生作文の練習書ともいうべき書に、『纂註和漢文格評林』（瀧川昇編纂）と題した乾坤二册の本がある。奥付には

明治十三年二月十日版權免許
同　十六年五月十二日改題御届
同　十七年三月十九日出版發行

とある。そしてこの書の巻下に「悍馬説　松平瓊浦」を掲載している。その評は堤靜齋である。よって私は松平瓊浦とあるから松平先行先生の文だろうと思って釋義の欄を見ると、松平瓊浦（名ハ寛長崎ノ人ナリ）とある。「名ハ寛」は字の子寛の誤り、「長崎ノ人ナリ」は先生の生地をいったもので（先生の先考は小田原藩主大久保忠恕で、嘉永二年長崎奉行であった）、まさしく天行先生の文である。瓊浦という號は、先生は文久三年（一八六三）長崎に生まれたので、初め長崎の古稱「たまのうら」、即ち瓊浦と號されたのである。

先生は明治元年（六歳）に松平家を嗣がれた。

同十年（十五歳）堤靜齋の門に入り、同十二年に瓊浦と號されている。奥書に記す十三年（十八歳）、十四年（二十歳）の頃には二松學舍に通い、十七年（二十二歳）から破天荒齋と號し、字を猛卿とされている。

「悍馬說」は瓊浦とあり、堤靜齋の評もあるから、明治十二年であろうか。そうだとすれば、先生十七歳（數え年十八歳）の時の作である。

この文は『天行文鈔』にはない。文鈔にはただ「觀棋說」一篇があるのみである。先生少年時代の作で文鈔にもないから、ここに之を紹介しておく。『和漢文格評林』の原文のまま錄す。

◎悍馬說　松平瓊浦

前半ハ、悍馬モ御スルニ在ルヿヲ説キ、後半ハ、英雄モ御スルニ在ルヿヲ説ク、

善ク御セバレ之ヲ、則悍-馬《カンバ》即チ駿ナリ矣、（土井聱牙評、起二句先ヅ主意ヲ掲グ、）不二善ク御一レセバ之ヲ、則駿馬モ亦タ悍ナリ矣、駿悍之別在二御スルニレ之ヲ如何一ニ耳、」（以上第一段、馬ノ駿悍ハ御者ニ由ルヿヲ説ク、）豈ニ獨リ馬而已ナラン哉、（此句上文ニ反接シテ、下文ヲ起ス、）天下之英雄失ヘハ二御スルレ之ヲ之法一ヲ、則チ嚙踶不レ啻ナラ、然リ而ソ世之御スルレ之ヲ者、徒《イタヅ》ラニ欲ス二鞭撻ソ服セント一レ之ヲ、嗚呼是レ駿之所二以為一レ悍歟、（土井聱牙評、末結佳絶、以上第二段、上文ヲ受ケテ、英雄モ亦御スルニ在ルヿヲ説ク、）

評林 堤靜齋評（短篇ノ上乘、所謂寸鐵人ヲ殺ス者、）

先生は「自序代り」に、二松學舍に入った時、同時に入った外國語學校の支那語生徒高成田

良之助（鼎湖）は非凡な天才で、畏友として親交を結んだが十八歳で早逝したと記されている。この鼎湖は先生の「王安石論」を評し、「子寛の文は常に法を以て勝る。是の篇の如き尤も其の翹々たる者」と評しているが、この「悍馬說」も亦文體「說」の法をよく會得し、句々變轉、短篇ながら構成佳く、韓愈の「雜說」から得たものかと思われる。而も筆力雄健、雋敏な文で、先生の若くして已に文名の世に高かった所以が知られる。

鄭成公（功）の七律

『二松學舍翹楚集』は、二松學舍（三島中洲設立）の生徒のすぐれた詩文を集めた小册子であるが、中洲は二松學舍で授業する余暇、東京大學・師範學校で漢學の生徒を教えた。その生徒の作品にも往々觀るべきものがあるので、之も編末に付録したといっている。

第一編は明治十三年五月の發行である。第二編には土佐の中江篤介の「論公利私利」の文が掲載されている。第三編は同年十月の發行で、その中に「鄭成公」（東京　松平康國）の七律が載っている。

明治十三年の時には、天行先生は十八歳で、この年から翌年まで二松學舍に通っておられたから、この詩文集に採録されたのであろう。前年の十二年までは瓊浦の號を使っていたが、十三年には東京に住んでいたから、この詩には「東京　松平康國」となっていて、號はない。この七律も亦『天行詩鈔』にはなく、先生の學生時代の作であるからここに紹介しておく。

鄭成功は明末の遺臣で、鄭芝龍の長子、母は肥前國平戸の田川氏の女である。清と戰ったが敗れ、芝龍は清に降り、母も亦難に殉じた。成功は明の恢復を圖ったが康熈元年（一六六二）病んで歿す。年三十九。長崎で成長された天行先生は、成功の母が平戸の女であったことから成功に親近感を抱いておられたであろう。勿論詩中に詠われたように、氣力豪んな先生が、困難な亡國の恢復に滿身の熱血を燃やして起ち向った、忠節の士を贊美されていたことはいうまでもない。

鄭成公　　東京　松平康國

天眷朱明出此公、夙圖恢復氣何雄、
畢生難展回瀾力、滿腸寧忘報國忠、
三世猛威雖破敵、千年遺恨不終功、
休將成敗論豪傑、大節赫然青史中、

評に曰はく、「格調高朗可誦」と。

「雜の又雜」

前記の如く『東洋文化』誌上に諸先生方の先師逸話や藝苑雜談などを連載したので、中に松平先生の詩文談なども時々掲載した。よって松平先生もこうした話に興を持たれたのであろう。先生の生家大久保、養子になった松平家のことを始め、生涯見聞、體驗した各方面の逸話等を書き留めて居られた。

或日先生を郊外荻窪の新邸に訪ねた時、こうした雜記を片かな交りに筆で書いた原稿を頂いたので、何と題をつけましょうかと聞くと、先生は一寸考えて「雜の又雜」と云われたので、之を題名として『東洋文化』二〇四號（昭和十七年三月）から二一九號（同十八年七月）まで十六回に亙って連載した。

吾人の「雜の又雜」は誠にその字句の通り誠につまらぬ駄文で見捨てられるものだが、先生のは違う。即ち先生は生まれ乍ら吾人と違う。先祖は天下に名の聞こえた大久保彦左衞門である。父は小田原城主で、外國奉行として長崎に居る時、先生はここで生まれ、幼時松平家の養子となり、早く米國ミシガン大學に遊學、歸國後は論客として活躍、又袁世凱・張之洞の政治顧問となったシナ通の方であり、一方早稻田大學に五十餘年間教授し、詩文に於いて雙絕、斯文、斯學の大家であった。よって先生の「雜の又雜」は寸話であるが吾人のものとは全く違う。例えば子供の時、德川慶喜の前で遊んでいると、履いていた草履が脫げた。すると先生は拾ってくれというと、慶喜は快く拾ってはかせて吳れたという。將軍に草履を拾わせたのは天下に俺一人だという話など、意想外な珍話なので今に至るまでこの話を覚えている。松平先生には雑の又雑の話だが、吾人に取っては天下一品の大きな珍話である。

私は又先生が米國に留學の際、文人たちの作った先生を送る序も頂いた。之も『東洋文化』誌上に發表した。

桂湖村先生

桂湖村先生の書簡

私が内田遠湖先生から教を受けたのは、昭和十五年に創設された無窮會の東洋文化研究所で『近思録』の講義を聴いた時だけである。しかし私はこれより前、同八年八月から『東洋文化』誌の編集に攜っていた關係で、同誌の文苑の選者である遠湖先生のお宅を頻々とお訪ねしていた。その際儒者文人や文章の話を聴き、又時には先生の筆記のお世話などをしていた。こうして先生の謦咳に接しているうちお互いに親近感がますます加わり、ついに先生は米壽の前に一時御病氣が篤い時、著書のことで遺言を委託されたこともあった。

こうした師弟の關係から、先生はその著書は勿論、若い頃自ら寫本された先學の文集、書幅、詩文箋、藏書印等々色々なものを多數贈與された。その中に私が早大の出身だというので桂湖村先生の内田遠湖先生宛の書簡が二通ある。一通は明治四十二年當時のものであるが、他の一通は郵送でないので年月日は分からない。

私は早大を卒業する時その記念に、書帖を持參して前總長高田早苗、時の總長田中穗積先生、市島謙吉（春城）翁を始め、直接教を受けた牧野謙次郎（藻洲）・松平康國（天行）・川合孝太郎（槃山）・川田瑞穂（雪山）・五十嵐力・尾上八郎等々諸先生に染筆して頂いたが、この中に桂先生の墨蹟がない。それは當時先生は病後（中風）で人力車で通勤され、右手が利かず左手で板書されていたので、揮毫を願うのは無理だと思ってお訪ねせず、そのお一人欠けているのを殘念に思っていた。そこへ思いがけなく桂先生の書簡を頂いたのであるから大へん嬉しかった。初めて見る筆蹟で、見るとなかなかの達筆なのに驚いた。

早大の教授牧野・松平兩先生は大隈老侯の中國問題に關する面のブレエンで、中國通の宮嶋大八・川島浪速・佃信夫等と親交があり、この兩教授と同僚の桂先生も亦康有爲・梁啓超等彼の地の要人とも交際があり、且中國文化に通じておられた方達だから、さぞかし書法の面にも深い造詣がおありだったに違いない。しかし書法の素養のない私には桂先生がどの書家を手本にされたのか分からない。それは姑くおき、この書簡が內田先生に宛てたものであり、その內容が兩先生の閒柄を窺わせ、且學問に關係があるので、筆蹟、內容何れからいっても珍重すべきものである。さらに私にとっては懷かしい內田・桂兩恩師に係るものであり、大切に保存している。

桂先生の學問については、私はただ早大で老子の講義を教わっただけであるが、その難かしい字義や內容を、實に明快にしかも平易に講義されるのでよく理解ができた。その頃は、桂先生といえば東京專門學校（早稻田大學）英語專修科の出身であるのに、老子を講義される一風變った先生だと思う位であった。當時早大の先生には、日本經濟史專攻の平沼淑郎先生が東洋倫理を、國漢專攻の松永材先生が哲學概論、同渡邊藤吉先生が英語を擔當するなど、專攻の學とは全く異る他の學を講義する先生方が多々おられたから、桂先生が漢文を講義されても別に奇異な感じを抱かず、漢學はいつ、どこで、何を專攻されたのか詳しく知ろうともしなかった。ただ『漢籍解題』の名著があるので、廣く漢籍に通じた博學の先生だと思うに過ぎなかった。

卒業後、陸羯南の新聞『日本』に據る牧野藻洲先生をはじめ國分青厓・石田東陵・正岡子規等と共に、いわゆる根岸派の文人の一人で漢詩の上手な人だと知った。私は『東洋文化』の編集に攜ってから、多くの斯文の、碩學、詩文の老大家を訪ねたが、直接の恩師であり高名な文人であった湖村先生をお訪ねしなかったのが、今は悔やまれてならない。

この內田先生宛の書簡は、前記のように一通は郵送されたもので、

表書は、牛込區南町十三

　　內田周平樣

　　　　拜復

裏書は、小石川區原町十三

　　桂五十郎

で、消印が二つある。一つは小石川・42・3・24后11・12。もう一つは牛込・42・3・25前0・?5である。明治四十二年三月二十四日の十一時過ぎ小石川局に投函、翌朝配達されたようである。

書簡の全文は次の如くである。

一昨日御尋候膾炙人口之出處に就きて更に御問合に相成拝承仕候先年此こと或人に問はれ當時は矢張虚堂錄とのみ存居候所其後周朴詩序一讀致虚堂以前に有しことに心付候唯今之所にては此序以前の出所は未思ひ當らす候御尋之虚堂錄は宋僧智愚之語錄に有之禪宗にては至て珍重致居候されは本朝にても早く正保四年四月に中野小左ヱ門と申す書肆にて刋行致美濃紙形にて七册有之候同書の末に虚堂之嗣法法雲と申者の咸淳十年十月十一日に撰ひたる行狀拝見しそれによれは四明象山陳氏子虚堂其號景定甲子奉詔住後煎咸淳五年十月七日寂歳八十五夏臘五十三に有之候又御尋の林嵩は林崇之誤に有之崇は字を降神といひ長溪人登乾符二年進士除祕書省正字値黄巣之亂遂東歸觀察使李晦辟爲團練巡檢官轉度支使後除毛詩博士官至金州刺史たる人にて其周朴詩集序は全唐文第八百廿九に出て居候此に據れは有僧樓浩高人也與先生（周朴之こと）善捃拾先生遺文得詩一百首中和二年冬十月攜來詩聚云〻と相見居候へとも現存の周詩は四十七首と零句十九たけ全唐詩に載り居候のみにて佗は皆亡逸致たる様に御坐候林文は此序之外唯太姥山

記一篇傳はるのみならんと存候
仰越候振天之字は其通に有之一昨日歸宅後直に心付候故即日林泰輔氏へ申遣置候最もこれは懸御目候文も共に皆駢字類編に載り居候ものなりしに氣付かずして無用の手數致候こと自ら失笑仕居候過日拜見仕候池永道可の篆文の分は正に蘆花千頃有明中に有之候此句も何となく薄ゝ記憶に殘居候故心當之書籍繙閲致候所陸放翁の烟波即事の句にて最是平生會心事蘆花云々と見し居候筆序故一寸御清覽被置候右早速御返答可申述之所昨日朝來出懸居入夜歸宅御葉書拜見仕候然るに夜中も三更過迄客人參居今朝は早朝より舌耕に出懸旁ゝ濡滯汗顏之至奉謝候御清閒之折チト御曳杖如何に御坐候や先は右迄匆々不盡

三月念四日　　五十郎

遠湖老兄梧右

内田先生はこの明治四十二年には、年は五十三で慶應義塾大學文學部教授である。四十年頃から崎門學の闡明とその先學山崎闇齋・淺見絅齋等の顯彰、遺品遺蹟の保存に活躍しておられ、固く朱子學を奉じ、崎門の學風とでもいうのか、正義感の強い氣難しい方で、少しでも道をはずれた言行があると直ちに絶交された。牧野先生はある時私に、遠湖先生絶交錄を作ってはどうかといわれたことがある位交りの難かしい先生であった。

一方桂先生はこの時年は四十二で早大の教授であった。老子を講じられるように、醇正な朱子學、崎門學の內田先生とは學風も勤先も異っていたが、この書簡の內容を見ると、內田先生は桂先生に語句の出典や書物、人物のことなどを遠慮なく質問されており、又他の一通は桂先生が食事の用意までして內田先生の來訪をお待ちするという招待狀であるので、兩先生の閒柄は打ちとけた同窗の友のように窺える。どこで兩先生がこのように結ばれていたのか私は知らないが、ただ兩先生に敎を受けた印象からすると、兩先生とも講義中は毅然たる態度で、キリット引緊ったご風貌であられた。桂先生の眉間には折々キカヌ氣の縱皺が見られた。兩先生ともなかなか氣が強く、自分の學問については頑として讓らぬ氣魄があり、これが時には意氣投合する點であったのであろうか。

終りに右のように端然として威儀の正しい人だと感じていた桂先生も、こんな茶目な惡戲氣な一面もあったのかという逸話があるので、ここに紹介しておく。これは牧野藻洲先生から聞いた話だったと思うが、桂先生と親しいある高名な文人（圍碁が好きだったというから國分靑厓先生だったか知ら?）の結婚式に招かれた時、桂先生はこの文人と夜を徹して碁を打ち、爲に新婦は遂に空閨に淋しく夜を明かしたというのである。

（六三・四・二八）

（追記）明治三十三年四月から發行された哲學館（現東洋大學）の漢學普通科講義錄の講師紹介の中

に、内田周平（四十四歳）、桂五十郎（三十三歳）の名が見える。これによれば三十三年四月には兩先生は共に哲學館に奉職されており、早くから相知の間柄であったようである。この講師紹介の中には他に古典講習科出の安井小太郎、島田鈞一の名もある。

內田遠湖先生

先生の遺言

私が內田先生を知ったのは『東洋文化』の編集をしていた時、その文苑欄の選者が先生であった關係でしばしばお宅へ伺うようになってからである。そのうち東洋文化研究所ができてからその講義を聽くようになったので、別に學校の教え子でもなく、文章の弟子でもない。しかし先生は夙に明治時代から文人としての名聲が高く、又各方面で活躍されていたので、色々な話を聽いておこうと思って、十六年の五月頃からは每週のようにお訪ねして教えを受けたわけである。十七年四月十九日には話が終った時に空襲警報が發令されたことさえあった。こうした戰時下にも拘らず高齡の先生は熱心に資料を用意して、若輩のために教えてくださった。まことにありがたいことでうれしかった。この時の話は大體まとめて「藝苑叢談」として以前の『東洋文化』に連載した（第二百二號〈昭十六・十二・一〉より第二百十三號〈昭十七・十二・一〉まで、十回に亙り連載）。

後にはお訪ねする度に書物の整理なども依賴されたが、そのお禮にはお前は岡山縣人だからといって三島中洲の書や、閑谷黌長西薇山の評した『史記十傳纂評』五册などをくださった。あるいは藤野海南の話を聽いた時にはその筆蹟や、先生が藤野家から借りて寫された「海南文抄」を、又お前は早稲田の出身だが桂湖村の書を持っているかといわれたので、當時桂先生は中風後で書寫などは左手でされたので、持っていないと曰うと、それではといって內田先生に宛てた右手書きの書簡を數通くださった。そしてその書籍、筆蹟などを下される度にその人々について話された。例えば前の『史記十傳纂評』については學校で史記の講義をしていた時には、この薇山の評を參考にした。薇山の序文はなかなかよくできていて初學者には參考になるから熟讀するがよい。本は薇山の門人が編集したので、中に往々誤りがあるといわれた。薇山のことは多少知っていたので色々聽いてみると、一度も會ったことはないが、文章家というよりむしろ國士といった方が薇山は喜ぶだろうと曰われた。私も全く同感ですといったことがある。

先生は多數先輩の未刊の書を刋行し、その後で自分の文集を出されたが、最後には自分の書いた論文を集めて全集を作りたいご希望のようであった。整理タンスの中に一ぱいそうした論文の載った雜誌の抄錄したものが保存されてあった。私はある時若江秋蘭女史のことを尋ねると、その論文の載った『大日』二百二號をくださった。

先生は自費で先人の書をたくさん出版されたがその書はもちろんのこと、他に「遠湖帆影帖」

の原稿になった寫眞、巻物の「春日偶成」、碑文「佐藤氏家世碑」「八代翁家世碑」、自筆の装潢した書幅、詩文を書いた紙箋を一束などたくさんのものを頂いた。なおこの外泥印、青い肉壺、東京大學に入學した時の寫眞、大正天皇が學習院を卒業された時皆んなと一緒に撮られた卒業寫眞、余には笑った寫眞がない、讀賣新聞社から話を聴きに來た時寫したのが笑っていて、これだけしかない、たいへん珍らしいからとこの寫眞もくださった。なお十七歳の時に作った詩

茉莉花紅映夕曛　香風特地滿簷薫

一壺斟盡涼簟上　抱膝琅琅誦快文　晩酌

を扇面に書いたものも惠贈された。

先生は原稿も葉書もすべて書きものは筆で書かれたが、若い頃は寫本をたくさんされたようである。前に述べた「海南文抄」や「朗廬文」「扛鼎集抄」など自寫のものを贈られた。「朗廬文」は醫科大學に在學中漢文の書が讀みたかったが金がなく、たまたま漢文を讀みたい希望の者があったので、彼にそれを購わせ、これを借りて寫したものだといわれた。

私が明治の學者のことを調べていた關係もあってこんなに色々な資料を惠贈されたものと思うが、十九年の四月、一時病氣が重くて危ぶまれたことがあった時には、召して遺言を話されたこともある。幸い病氣は本復され、米壽を迎えられた折には紙箋に「雪中松柏愈青青　八十八翁遠湖書」と書いて贈られた。先生が歿せられた時は私はそれを知らなかったので、その後

遺言はどうなったか知らないが、とにかく遺言は先生を語るものであるので、その時私のメモしたものを次に記しておこうと思う。その前に當時の私の訪問日記の一節を記しておく。（先生は十二月に歿せられたのであった。）

昭和十九年四月一日

昨冬から榮養不良のため手足にしもやけが出來て不自由であるとは度々話されていたが、右の人指ゆびの先などはあかぎれのように割れていた。近頃は氣力が衰えたといわれた。先生の年譜を淸書することを依賴された（漢文で書いたもので、佐伯篁溪翁に送っていた）。『西爽亭墨緣』を頂く。

同四月十八日　遠湖先生遺言

佐伯篁溪翁が學校に小生を訪ねられ（當時私は小石川京華高女に勤めていて、翁は百メートルばかりの處に住いし、度々來校されていた）遠湖先生重態の由を馬場東海氏より知らせてきたので、これが最後かと思い、七年振りに孫娘を連れて中野に遠湖翁を訪ねた。このことを君に知らせに來たと。歸宅すると民子さん（遠湖先生御令息の夫人）から、先生が臥床していて小生に會いたい樣子であるとの通知狀が來ていた。夕方であるが先生を訪う。ちょうど先刻山崎道夫君が歸ったばかりであると。先生舌はもつれて話すのは不自由な由であるが、聞いていてさほどには思われなかった。死後の出版などについて依頼があった。しばらく居て、話をせよといわれ、お相手をする。

同四月二十日（木）

昨夜の雨も霽れ、久し振りに春めきて氣溫も高く爽快な春日和となり、半月遲れの櫻も七八分咲き。先生も今日は氣分よき由にて明治の文人について話を伺う。東洋文化研究所よりの見舞として玉子を持參す。訪問した時先客あり。先生曰く、あれは三田村鳶魚なりと。

私がメモしておいた遺言の際の話は次の如きことであった。

余を知る者は門人ではないが大阪の田崎仁義・東京の平泉澄・由良哲次（東京文理大教授、教育家で洋行の際余がカントの語を記したものを持參した）である。出版は山崎と相談するようにと依頼された。

西山拙齋遺稿二册、同遺文（假名書きもの）これはいずれも校閲濟。

又田沼の惡政と白河樂翁の善政を記した漢文がある。

敬齋箴　校正濟。

パンフレットに高山仲繩の逸事、寬政三博士の學勳、道德仁義の解釋がある。この解釋は仁義禮智信の解をし、孟子の浩然の章を解釋したもので、後に「東洋の道德」と名を改めた。

言行錄の終りに長所を述べている。自分にそういったことは大したことではないが、ただ道學につとめたこと、文章をよくすること、氣節を尙ぶことが長所である。短所は數學に通じないこと、講義はするが演説は上手でない、學生を叱ることが隨分多いことである。

門人中一番古いのは石川二三造（號は文莊）である。明治十一、二年頃、島田篁村先生の塾に一年ばかり講釋を聽きに行った時からである。島田先生には大學で一年ばかり教を受けた。卒業後時々文章を直してもらった。

重野成齋・川田甕江には教わらない。重野の論語を駁したものがある。これは後へ傳えてもらいたい。

晩年は記事文を書いたが、依田學海に見てもらった。『遠湖文髓』に批評があるが、あれで大抵わかる。藤野海南が非常にほめてくれた。

東京には道學者がなかった。道學の交りをしたのは棚橋松村である。この人とは道學の話ができた。

晩年の交際は牧野謙次郎・松平康國君である。南北朝正閏問題で意見が合ったためである。

私は詩は短所であるが、ドイツの詩を譯した。詩の中では、北遊篇が骨折ってはいないが、傑作としてよい。

私の仕事としては乃木男爵養子不當論がある。この養子事件の後で、崎門三派の養子不可論を寫し、論説を集め、これを和譯して出した。東洋大學の雜誌に出ている。淸書したものがある。

唐太宗の不倫の事を書き「日本及日本人」に載せてある。太宗は普通褒められるが余は貶した。漢文にしたものが文髓に載っている。「讀唐史」という題になっている。

淺見絅齋に關する書は濱松の方にもおいてある。佐藤直方の方は池上幸二郎に讓ることとした。

余は崎門三派を皆とるが、絅齋が一番氣に合っている。大學は考證の學であったが余は道學の講演をし、交えるに西洋哲學を以てした。その頃は人から頑固窮屈だと惡くいわれたが、それにかまわず固く守った。池田源藏の道學協會に參加した。この會は微々たるもので世間一般には知る者がなかった。島田篁村先生など一向道學のことを知らなかった。棚橋松村が參加した。

大學・中庸は余の經學を表すものであるから、出版できればしたい。易の注解がある。六十四卦の講義上下あり、上には太極のことばがあり、よく述べたつもりである。易の注解も大様間違いはないと思う。

講義したものは大學・中庸である。但し第一章。詳細である。崎門學者三、四人を集めた。

余は文章は別に主とする者はない。何ということはない。はじめ八家文中の歐陽修を手に入れ、半年か一年で趣味を覚えた。世間普通のように八家文、文章軌範である。時は大學に入った頃である。

支那人の文集を抄錄した〇〇抄というのが出版されたので、これを讀んで興味を覺え、自然不得手な數學の勉強などは留守になった。

日本人の文章では鹽谷宕陰が父の師匠であった關係からその文集を愛讀した。(先生は殊に「隔靴論」を熟讀し、晩年には本屋でこの書を手に入れる每に、朱點を入れて門人に與えられた。私にも一本を贈られた。)

當時學生で漢文の本を本箱に一ぱい持っている者は余より外にはなかった。そして土曜、日曜日には校庭に出て大聲で暗誦した。余はドイツ語、ドイツ文の出來はよくなかった。漢文を理解する力を應用して覺えるようになった。又漢文を作る力でドイツ文を作った。そして漢文ばかりを讀んでいたので一年落第した。

大體以上が遺言の時の話である。これは遺言ではないが、嘗て著書について話されたことがある。それは著書は大體七分通りできたので滿足している。教育上のことなどで講演などして得た謝禮金は國家からもらった金なので、國家へ返すべく貯えているが萬以上あるので、これだけあれば葬式などに千圓要っても、出版費はあろうと思うということであった。

病氣のことがでたので、序に當時の食事のことをちょっと記しておく。十九年三月二十二日にお訪ねした時、時間が來たのであろう、そこにおいてある牛乳を飲まれた。その折珍らしく食物の話がでた。毎朝鶏卵一ケ梅干を一ケ宛食べていたが、この頃は食べられなくなったといわれた。「近頃氣分が衰えた」といわれたのもこれであろう。好物では煉羊羹が長くもつからいい。干柿が大好きだ。うにもいい。妻が生存中はもちろん、夜十二時から一時頃に夜食を食べたが、そばがきが一番いい。葛湯もいいといわれた。

さて先生の人柄や學問については、自ら遺言でも述べられたように、道學につとめたこと、氣節を尙ぶこと、文章をよくすることであったが、この三つは互いに關係し合っていて、道學者であるだけに氣節を尙び、これをすぐれた文筆で闡明鼓舞されたわけである。よく生徒を叱ったといわれたが、正義感が強く氣節を尙ばれたから、少しでもこれからはずれると叱られたので、これはただに生徒だけではなかった。生涯では多くの人々と喧嘩し絶交されたようで、牧野藻州先生は、内田君の絶交録を作ってみると面白いと話されたことがあったほどである。牧野先生とは前記のように南北朝正閏論の時からの交りで終生つづけられた。犬養木堂・松平天行先生との交りもこの時からである。

先生は當代隨一の崎門學の權威者として高名であった。そこで私はその研究をはじめた動機についてたずねたことがある。するとそれは、西洋哲學に匹敵できるのは訓詁ではできない。道學が學問は一番深いのでこれをするようになったと答えられた。そしてなお續いてこんな話をされた。

先生は遠慮なく叱ってくれる先生に就きたいと思ったが、そんな人はなかった。東京では道學者に會わなかった。島田篁村は經學者で品行が正しかったが儒者である。重野・川田・三島翁は瑕があり深く服しなかった。ただ一人棚橋松村がいた。儒家でありながら佛書を讀み、佛者と相對しても負けなかった人物である。熊本に行って楠本碩水のことを聞き、山中に三度訪ねたが、この人は儒者と風韻が異り品格が違っていた。當時の人で儒者というのは篁村、少し變っているが根本通明（羽嶽）、碩水の三人であろうということであった。

池田謙藏のやっていた道學協會に入ったことは前に記したが、それはこの會が雜誌を出していて、はじめに少し論説があって雜誌の體裁をしているがこれは申しわけで、實は崎門學を修めた先輩の遺著を出版するにあった。先生はそれを知って入會したのである。當時の幹事は舞田敦であった。

山崎闇齋贈位奉告祭をする時、先生はこの池田と二人で案内狀を出したが、その時は參拜者が少なく、會津を代表して南摩羽峰が祭文を讀んだ。

淺見絅齋二百年祭は大津市長西川太治郎が計畫した。西川は梅田雲濱の門人西川耕藏の族裔である。

若林強齋の祭典は女學校で行なわれ盛大であった。先生は講演に行った時、そこに強齋假寓の寺があったので、寺を修繕せよ、小中學生は祭典には參列せよと西川等に勸めたが、その後強齋の命日には小中學校の生徒が參拜するようになったということである。

昭和十一年一月二十一日お訪ねした時、私が『東洋文化』に連載していた華夷論について話があり、その雜誌を示された。みると隨分諸處に赤い傍線が引いてあった。そしていずれも贊成だといわれ、少し崎門學をやってみよと慫慂された。この時『二洲擇言』『默識錄』『拘幽操合纂』などの本を頂いた。

明治十九年十一月二十七日、先生は學校を卒えて間もない時である(時に年三十)。今川小路の玉川堂で「宋儒理氣辨」について講演をされた。その時加藤弘之・西村茂樹が馬車に乘ってわざわざ聽きに來たことがあってたいへん感謝されていた。その講演は『東洋學藝雜誌』(第四號・第七號)に載っている。

學會では研經會にも入會されていたが、會は安井小太郎・林泰輔が中心で、訓詁考證を主として義理の研究をしなかったので、後にこれを脫會された。

井上哲次郎が『朱子學派之哲學』を出す時、先生に見てくれと賴まれて見たということである。以て先生の學力の高かったことが知れよう。

なお先生が朱子學をあつく奉じていた面目を示す例話を一つあげよう。それは大阪の藤澤南岳が嫌いであった。理由は塾を開く一方で、藥賣をしていたこと、又學問が徂徠學で書いたものも朱子を攻撃しているからというのである。しかし父の東畡は好きで『東畡文集』もいい、この中には朱子の悪口をいっていないといわれたことがある。

以上の如く先生は現代における道學者、文章家として高名であったが、なお付言しておきたいことは、明治二十二年十二月わが國にはじめてハルトマン美學を紹介されたこと、ラテン・ドイツ文を漢譯されたことなど、また一面文化人でもあったことである。美學については、いつであったか年月がはっきりしないが、先生をお訪ねした時、早大の柳田泉さんが來てその話を聽いておられた。柳田さんはその後これをまとめて「明治文學と內田遠湖先生」と題して發表されている（『心影・書影』收載）。ラテン・ドイツ文の漢譯は私が『藝苑叢談』の中で記している。

內田遠湖先生自敍

東京外國語學校に在學していた當時、校長は渡部溫、字を知新と曰う人であった。容貌魁偉と曰うような人だが、極めて親切でよく生徒を取扱った。英譯が出來た人のようで、著述にイソップ物語の譯述がある。猩々曉齋の畫入り本で、文章は全く口語譯であった。口語體の初と曰ってよい。而もそれが石田梅巖の心學一派の口語體で、素直によく出來ていた。

渡部は外國語學校長を數年勤めた。その間に日露對譯の辭書を作らせた。余はそれを見ないので能く分らないが、校長が言付けてさせたことを知っている。

渡部が退職した時、我々學生からその謝恩の爲に銅製の花瓶を贈ったが、私はその使者の一人として行った。

退職後、世間にその名は聞えていないが、康熙字典の引用書の誤を訂正したものがある。中村敬宇先生がその序文を書いている。「訂正康熙字典序」が是れである。それによると、明治十二年から十八年九月まで七年の久しきに亙って作ったものである。

余の就いた醫學部のドイツ語教師はドクトルランゲ氏であった。余はこの人から羅典語を教わった。病名や藥名は羅典語で書くからである。この人は醫學部に於て、學生に近世史略をドイツ語に翻譯させた。全部完成せずに止んだであろう。又和文の書「唐物語」の翻譯を國學者に聽いたことがあるが、然し面白味が分らなかったようである。

我々は江戸の朱子學を軟派と云い、京都の朱子學を硬派と呼ぶ。その中間に在る朱子學は木門の學である。

若林強齋の淺見絅齋に於けるは、宛も孟子の孔子に於けるが如きである。強齋の望楠軒に學んだ門人は澤山あって、これが土佐に入り、秋田に入って勤王論となり、近世史上に偉大な影響を及ぼしている。世人は絅齋のことはよく知っているが、強齋のことに至っては、その學問や教育方法を知る者は少ない。

池田謙藏は伊豫松山藩の人で、三上是庵に就いたかどうか知らぬが、その講義錄など色々藏していた。是庵の門人と謂ってよかろう。役柄は大日本農會々長であったが、色々道學協會の世話をした。

山崎闇齋先生の贈位奉告祭は明治四十年に行なわれ、この池田と私との二人で案内狀を出した。この祭は參拜者が少なかった。會津を代表して南摩綱紀が祭文を讀み、上總の末流の人々が二、三人弔詞を讀んだ。又谷干城君の講演があった。この時の樣子は「闇齋先生祭典記事」に記してある。遺墨の展覽もあった。

私が親炙した人には朱子學者が少ない。純粹な朱子學者は棚橋松村である。私は松村の漢文を十篇許り寫しているが、中に學術を論じたもので傑作が二、三篇ある。

明治年間は朱子學の反動として陽明學が唱えられた。それは朱子學は行狀に就いて矢釜敷くて窮屈だと云うのであった。然し朱子學には硬軟の兩派がある。それを知らなかったのである。又、朱子學は舊幕時代のそれを考え政府の御用學問だと思って斥けた。そこで私は大正の中頃、「現代學者の朱子學に對する謬見妄論」に就いて大いに論駁したことがある。

「保守新論」は島尾小彌太の機關雜誌で、學術的でなく、政治論と教育論とが多かった。その中に中川克一の「秦檜論」が載っていたことを覺えている。條約改正論が起ったとき暗に大隈重信を秦檜に擬したもので、爾後大隈が壯士に狙われたが、それにはこの論文が與っていよう。この中川は黄庵と號し、文集がある。乃木大將の崇拜家で、將軍の歿後は氣狂の如くになって斃れたと謂う。岡彪邨がその傳を書いている。

私は明治八年、十九歳の時東京に出て來た。其の頃讀んでいた雜誌は、慷慨激越な言葉で自由民權を吐いていた『評論新誌』である。これは後に「草莽雜誌」と改題した。杉田定一・小松原英太郎等が執筆していた。小松原は初めは自由民權論者のチャキチャキで、漢文口調の文を書いた。杉田を始め社員は大概一度は禁獄されている。杉田には獄中で作った詩がある。彼等は又暗に西郷隆盛派と通じていたようである。

其の頃雜誌はこの外に風流三昧の「花月新誌」又、「明治詩文」「詩文詳解」等をも讀んでいた。

又、一方政談を聽きに行った。嚶鳴社と謂うのがあって、河津祐之・沼間守一等が演說していた。或は又、米國人モールスが進化論を講義していたのも聽いた。その口譯者は江木高遠であった。

斯樣に當時は雜駁なことをしていた。そのうちに學生一般は輕佻浮薄になり三綱五常などは講明する者がない。又他方では支那が佛蘭西に虐められていた。そこで之を見た私は醫學を廢して東洋哲學に志すようになった。

川田雪山先生

雪山先生は詩人であり、文人であり、史家でもある。――文人、史家としての先生は姑く措き詩人としての先生を見ると、先生の師匠が長尾雨山・國分青厓の兩大家であるとは、その道の人は何人も知っていよう。そこで世には、雪山と謂う號は雨山より貰ったのだろうと思っている者が多い。ところがそうでない。雪山の方が雨山より古い。雪山は先生が十六歳の時より使用されているそうである。

では雪山とは何からつけた號であるか。先生は土佐の人である。その生家の西北に當り、伊豫の石槌山に對して雪光山と謂う山が聳えている。この雪光山より得たのである。

先生には外に竹痩と謂うのがある。「終日苦吟竹と共に痩す」と曰う句から取ったそうである。先生は壯年の頃京都に於て「近畿評論」と謂う政治雜誌に筆を執って居られた。隨って當時には種々の匿名を使用された。或は泥牛詩農と曰い、或は戀川太守と曰い、或は四國三郎と曰い、或は拙者などとも記された。一體拙者などとは何に使用されたものであるか。

先生は文筆の士であった丈に詩文を作った許りでない。俳句も出來た。本誌の初頃の或號の

埋草に

春の夜や憎き女の影法師　拙者

と曰うのがある。恐らくこれが雪山先生の句だと知った人はあるまい。實にこの句など心憎きまでうまく詠ったものである。

先生の書齋は邑々居と曰う。言うまでもなく詩經小雅の「節彼南山、維石邑々」より出たもので、先生は漢文で邑々説と謂うのを作って居り、その書齋に大柳鷗香の筆になる「邑々居」の額が懸かっている。

文學青年川田雪山先生

明治二十三年國會が開設されて政治熱が起こり改革の氣運が天下に盛んになると、小説界を見ても坪内逍遙が『當世書生氣質』を著わしてその革新をしようと試みており、文學界にも革新の氣運が勃興した。明治時代の漢詩人森春濤が晩年漢詩の吟社「星社」を設立していたが、老病のため一時中止していた。その後明治二十三年九月に至り、春濤の子槐南が復興し、青年詩人たちはここに大同團結し、老詩家を壓倒して詩壇をその手に握らんとし、明治の詩苑はこの星社によって華やかに花が滿開した。

こうした時代であるから、文學界では清新を求めた青年の手によって『帝國文學』（二十八年）、『新聲』（二十九年）、『ホトトギス』（三十年）、『明星』（三十三年）等々の文學雜誌が續いて創刊された。この中『新聲』は、文學的結社「新聲社」（「新潮社」の前身）が文藝及び社會の革新を標傍して發行した青年の文學雜誌である。

新聲社はこのような文學的な社であったから、二十二年には有名な翻譯詩集『於母影』を發刊している。なお又新進の士の著作を出版して非常な歡迎を受け、久保天隨の『古詩評釋』・『漢詩評釋』・『漢文評釋』の如き漢詩文の發刊もしている。餘談であるが、これは以て當時の漢詩文の流行を示しているといってもよかろう。

さて、『新聲』はこうした風潮の裡に生まれているから、この誌中には大沼鶴林を選者とした漢詩欄があった。最近私はこの中（第十巻、第五編第五號、明治三十四年五月十五日發行）に、雪山川田先生の詩が登載されているのを知って驚いた。明治三十四年といえば、當時先生は年二十三で、衆議院議長片岡健吉の書生をしながら、國民英學會で英語を學んでおられ、翌年早稻田專門學校政治經濟科に入學されたのである。

先生が漢詩を作られていたことは今さらいうまでもない。已に十七歳の時山本梅崖について詩文を學んでおられた。それより私は前述の如き當時進歩的な斬新な文藝雜誌『新聲』を讀み、之に投稿されていたことに深い感動を覺え、懷かしく先生の面影を思い浮かべている。私は先生からこんな若い文學青年時代のことを聞いたことはなかった。
先に六十一年先生の「文章の話」を紹介した時（本誌「玉川臺詩話」第九回）、その内容が近松・馬琴の文にまで言及してあり、國文方面にも通じておられたことを知ったと記したが、今この『新聲』の讀者であったことを知って、その由ってくる所を理解することができた。その登載された詩は、次の如き東京に在って遠い故郷の親を思い「到る處青山在り」とその意を述べたものである。之について選者は「才氣横逸。自筆端流出。惜缺練磨」と評している。

客中漫吟

萍跡茫茫閲幾春。　家鄉應有倚閭親。
探花去得吟哦少。　繙史來揮感涙頻。
千里難通遊子恨。　十年不拂客衣塵。
休言到處青山在。　毎聽啼鵑愴我神。

雪山先生逸事

詩の添削

先生は十七歳の時山本梅崖先生の塾に入って詩文を習われたが、若い時分から人の詩の添削をしておられた。そして當時としては珍らしく一圓もする銀の古時計を持っていたので、友人たちから、

雪山に過ぎたるものが二つあり
　銀の時計にへぼ詩添削

といってからかわれたという。

公私の別

先生は物事の辨別をはっきりとされる人であった。一例をあげると、豐子夫人の話に、空襲がはげしくなり、世間では大切な物品を疎開するようになったので、無窮會の書庫は大きいから、大切な物をその中に納れてもらおうと思っていると、先生は、公私を混同するナ、といって納れることを禁じられた。又お前の物は金を出せば買えるといわれ、夫人はその一言でもう何もいえなかったと述懐された。

坂本龍馬に戀々

早大の漢學會で先生の明治維新の史談を聞いたが、ある時坂本龍馬の京都の旅寓で刺客の兇

刃に斃れた最期の情況を話された。「不意に斬り込んできた一の太刀を、龍馬は愛刀を抜く閒なく刀で防ぐと、鞘が斬られ、續く二の太刀で……」といった調子に具體的詳細に語られたので、恰も演劇でも見るように面白く聞いた。そこでどうしてそんなに詳しく分かったのですかと尋ねると、それはこの事件を檢視した谷干城の記錄にあるといわれた。

谷は先生と同國の土佐藩士で、西南戰爭の時熊本城を死守したので有名である。陸軍中將、子爵、學習院々長、貴族院議員となる。雪山先生は若い時この谷の處の書生を望んだがこれは叶えられず、同じ土佐の人片岡健吉の處に書生となって寄宿したと語られたことがある。

龍馬は幕末薩長の連合をなしとげ、明治維新の大業を導いた土佐の偉人である。雪山先生も土佐人であるから少くして已に敬慕の情があったのであろう。それが後に明治維新の史料編纂官として、その最期の史實を調査されたのであるから、龍馬を敬慕するの情たるや大變なものであった。屢々龍馬の未亡人お龍さんを訪ねて色々の話を聞いている。殊に明治三十年にお龍さんから頂いた龍馬の寫眞（半身像）は大切にしていつも身にもっておられ、今次の日米戰爭の空襲で西大久保のお家が燒かれ火中を遁れる際にも、この寫眞は肌身につけて離されなかったという。

この寫眞の裏には次ぎの如く之を贈られた經緯が書かれてある。

龍馬像

嗚呼。是坂本龍馬先生之像也。先生未亡人楢崎氏。今在湘州。予屢往訪。一日探小照於筐底。戚然謂予曰。是亡夫在長崎日所撮之眞影也。予太戀々焉。未亡人察予意。屬者複寫以見贈。不禁感佩。書裏面記其厚意。明治庚子正月初五

川田瑞穂

又先生の宅にはお龍さんが歌を書いたものを屛風に張ってあったが、この屛風は空襲で焼けてしまった。しかし幸い先生の未亡人豊子さんがその歌を記憶されていた。それは次の如き歌であった。

舊詠呈川田氏

思ひきや宇治の川瀬の末つひに君と伏見の月を見んとは

雪山先生と詔書

雪山先生は若い時、朝鮮の獨立運動に活躍してその檄文を書き、東亞の先覺者と稱えられる山本梅崖に師事し、次いで古武士の風格を具えた鴻儒、易の博士根本羽嶽に就いて勉學された。その感化を受けて先生の學問、人格が深く高く養成されたことはいうまでもない。

先生の學問は漢籍の外に明治維新の史料編纂官として當然明治の政治に詳しかったが、同時に故實にも明るかった。

又一方衆議院議長を勤めた片岡健吉の處に書生として寄宿し、次いで同じく名議長と認められた奥繁三郎と意氣投合し、厚く信頼され、その後は司法大臣、內閣總理大臣を歴任された平沼騏一郎の信寵篤く、私の祕書の如くその各方面の案文を起草された。こうした經歴の學者であったから、更には內閣の囑託として直接その方面の文書も作られた。これを以てみても、先生は單なる一箇の文人、學者でなく通儒であり、又實際政治の裏面にも通じていた活儒であられた。且先生は有名な文天祥の「正氣歌」の韻に次して作詩されている如く正義の念が敦く、如何なる名利を以てするも之を動かすことはできなく、かの極祕の終戰の詔書も自宅で作られたと聞く程高潔なお方であった。

尚おその上、先生の筆は世評の如く詩文雙絶であった。紀元二千六百年を賀する國民代表の表、日赤總裁の皇后陛下の令旨等々數々の重要な文を作られたが、歴史に殘るものは昭和十六年の米英に對する宣戰の詔書作製に參畫したことと、同二十年八月十五日玉音放送で全國民に傳えられた終戰の詔書を起草したこととの二つであろう。

以上の如く見てくると、雪山先生程翰林學士としてその條件を具備した人は稀有で、恐らく絶後といってよいであろう。

先生の名は漢學者或いは漢詩家として傳記類に記載されているが、この二大詔書のことは記されていない。しかしこれこそ以て先生の名を永世不朽に傳えるものであろう。

終戰詔書・川田氏起草（『產經新聞』昭六三・七・六）

木下氏（名は彪、當時宮内省御用掛で、後の岡山大學教授）は「私はかなり以前から、〝迫水さんが終戰詔書を起草した〟という說に疑問を持ち、川田さんの未亡人宅を訪ねたところ、川田さんの遺稿が殘されていました。終戰詔書は、明治以降に出されたいくつかの詔勅の中でも、まれに見る名文。川田さんのような漢文の大家でないと書けません」と語った。

また、川田瑞穗氏の助手をしていた三浦叶・元就實女子大教授（漢文學）＝岡山市在住＝も「終戰前、私は岡山縣に疎開しましたから、川田先生が詔書の草案を書かれた頃、そばにいたわけではありませんが、話は聞いていました。川田先生の家に保管されていた遺稿は黑字も赤字も、間違いなく川田先生のものです。私は先生の文章を何度も清書しましたから、筆跡は忘れません」と感慨深そうに話していた。

雪山川田瑞穂先生略年譜

齢

明治　十二年（一）5・24　高知縣土佐郡森村大字土居に生まる。

川田楠吉 ┬ 楠子
　　　　 ├ 瑞穂
　　　　 └ 鞆別　醫學博士

父楠吉は初め森村の戸長、ついで森村神社の神官となる。人と爲り謹嚴、舍を芳流舍と號し文墨を喜ぶ。大正十年歿。

同　二十八年（十七）5・　同鄕森村の澤田三木三（本姓吉田、小字良吉、號は曇鏡・壺月）に連れられ、大阪弓町、山本梅崖（憲）の梅清處塾に入門。梅崖につき經史、詩文を學ぶ。

同　三十一年（二十）5・　梅清處塾を出、8・　東京、根本羽嶽（通明）の塾「義道館」に入り、羽嶽に經學を學び、清人王漆園に詩法を問う。
10・15　鐵道作業局主記課雇となり、詩文掛囑託。三十三年まで勤務。
同　三十三年（二十二）11・　「義道館」を去り片岡健吉（三十一年第十二議會、第十三議會議長）の食客となり、國民英學會に入り英語を學ぶ。
同　三十四年（二十三）『新聲』五月號に漢詩七律「客中漫吟」が載る。
同　三十五年（二十四）早稲田專門學校政治經濟科入學（片岡健吉の書生をしながら學ぶ）
同　三十六年（二十五）同校中退。京都に出、5・13日本鐵道K・K雇員、5・22京都府參事會書記となる。
同　三十七年（二十六）政治文學雜誌『近畿評論』を主宰す。
大正　二年（三十五）漢學研究會を創立。
明治末年、京都選出の代議士奧繁三郎（大正三〜同十二衆議院議長）と出會い意氣投合し、漢學專門の私學を起こす計畫がなり、大正二年、漢學研究會と銘打って、京都本能寺内で授業開始。顧問講師は京大の狩野君山・內藤湖南・鈴木豹軒の三博士、講師は關西の宿儒山本梅崖・藤澤南岳・矢土錦山・生駒膽山。雪山先生は講師兼理事。一般市民の聽講者は常に數十百人に達し、昭和初年まで續く。

同　四年（三十七）　長尾雨山について同八年まで詩文學を修む。

同　五年（三十八）　5・25　維新史料編纂會囑託となり、京都市の維新史料を蒐集す。

同　八年（四十一）　10・14　京都府參事會は依願免職。文部省の史料編纂員で東京大井町に住む。

凡そ二十年間詩壇を離れていた國分青厓が再び詩を始めた。雪山先生の近所に住む田邊碧堂、青厓を盟主に仰いで興社を起こす。

同　九年（四十二）　長尾雨山の紹介にて青厓に就き詩學を修む。

年末に東京にて漢學振興會が組織された。その目標は學者の養成が急務であるが、大事業の故に國家的事業とすべく議會にその建議案提出となる。

同十年1・20　雪山先生は長尾雨山・牧野藻洲二人の旨を承け奥議長に提出を依賴す。奥議長始め有志學者の努力で、3・20「漢學振興建議案」を提出、その後同十一年2・　同建議案再提出、3・22通過、同十二年三度建議案提出、兩院通過、學校を大東文化學院と稱し、9・　創立事務開始。同十三年1・　ついに大東文化學院開校。これを以てみると、前に同二年から發足の漢學研究會とこの漢學振興會とはその目標が漢學の振興、專門の私學開校と同じであり、且兩者とも奥議長の努力に負う所が多大で、兩者は深く相關連しており、その間に雪山先生が介在し深く關與し周旋されていた。

同　十年（四十三）　先君楠吉歿す。4・6漢學振興會を改めて東洋文化學會と稱す。5・28その發會式を萬世橋美嘉土亭に擧げ、大隈老侯會長となる。

同　十一年（四十四）1・17　東洋文化學會々長大隈老侯逝去、平沼騏一郎に會長を請う。12・11　維新史料編纂官補（文部省）となり東京に移居す。

同　十二年（四十五）9・1　關東大震災。この時大東文化學院創立の話があり、創立に奔走盡力す。

9・21　維新史料編纂官補を依願免官。

10・　大臣官房祕書課の事務を囑託せらる（司法省）。

十二年、平沼騏一郎が修養團團長となり、翌十三年、國本社社長となり、先生も兩團體に參加す。

同　十三年（四十六）1・　平沼騏一郎司法大臣を辭職。東洋文化學會を組織す。先生幹事となり月刊『東洋文化』を發行。

1・　大東文化學院開學（總長平沼騏一郎）。先生は助教授、教授となり、大東文化協會幹事を兼ね、圖書主任、學生監を歴任す。

6・10　司法省の囑託を解かる。

昭和　元年（四十八）（大正15・5・27）　大東文化學院騷動により退職。
　12・20　司法省事務囑託。
同　四年（五十一）　國士舘專門學校教授。
同　五年（五十二）4・　早稻田大學高等師範部臨時講師。
同　九年（五十六）　八月より一年間、文部省の精神科學研究（題目、明治維新の原動力）補
　助を受く。助手三浦叶。
同　十年（五十七）　早稻田大學教授に昇格。新制度實施の二十四年4・　教育學部教授と
　なる。
同　十一年（五十八）　10・7　臨時教科用圖書調査囑託。
同　十三年（六十）　1・31　同
同　十四年（六十一）　8・31　願に依り內閣總理大臣官舍の事務囑託を解かる。（內閣）
同　十五年（六十二）　內閣囑託兼任。無窮會東洋文化研究所開設の中心となり、開所される
　や講師、學監となる。
同　十六年（六十三）　3・31　司法省の事務囑託（歿年まで）平沼騏一郎首相をやめ片山內閣
　となった時、7・31願に依り大臣官房事務取扱囑託を解かる。（內務省）
同　十七年（六十四）　國民政府主席汪精衞來朝の答禮を兼ね、兩國の親善增進、提攜強化を

目的に特派された平沼騏一郎大使に随い南京に赴く。
同　十九年（六十六）　東京空襲で罹災。
同　二十年（六十七）　無窮會々長平沼騏一郎がA級戰犯となるや、その遺託により無窮會代表理事となり、戰災後の難局を擔當す。
同　二十一年（六十八）10・1　日本大學高等師範部國語漢文科主任。
同　二十三年（七十）3・　政令により囑託制度が廢止され、內閣は解囑。早稲田大學敎授に専任。
同　二十五年（七十二）　早稲田大學を定年退職。
同　二十六年（七十三）1・27　逝去。
（同　二十七年8・22　平沼騏一郎逝去）

著　書

新抄日本外史　上下二册　立命館大學出版部
詩語集成　昭和三　同五十五覆刻　松雲堂書店
片岡健吉先生傳　昭和十五　立命館出版部
芳流舍遺稿　先君十五周忌記念出版　昭和十年

毛常遊記　昭和七年
峽中紀勝　昭和十年
歸展日誌　昭和十一年
雪山存稿　詩文二卷　昭和二十六年
雪山川田瑞穗先生遺草　昭和四十六年（『東洋文化』抜刷）

早大ご退職からご逝去まで

先生は東京の空襲が盛んにならんとする前、西大久保三丁目の御住居から同一丁目鬼王神社の近くに移住されていたが、昭和十九年新宿方面の空襲で家が燒かれてからは、無窮會の二階に移られた。そして二十五年に早大を定年で退職された。

私は柿の木坂で空襲（爆彈投下）に遭い歸鄕を決意し、先生を無窮會の窮屈なお住居に訪ねて別れの挨拶をした。すると先生は、本氣で歸る氣かと反問され、大へんご落膽のご樣子であった。燒け出された先生は裸であられたから、御不自由と思い、私の使用していた机や大きな書架、食器棚、風呂などを差上げて歸鄕した。

私は不敏な教え子ではあるが、先生は私を信賴し、傍において色々重要な仕事の手傳をさせられたのであろうと感謝の念が一ぱいであると同時に、こんなご不自由な先生を殘して去り行く自分の勝手がみじめで、挨拶のことばもできなかった。

その後岡山大學で日本中國學會の大會が開かれた時、出席の早大教授福井康順先生が岡山大の林秀一先生と後樂園を歩いている時、林先生に私の事を聞かれ、三浦が歸ってから川田先生は泣いていたよと、三浦に傳えて呉れといわれた、と林先生から傳言を聞かされた。途端私は涙が滂沱と流れて止まらなかった。

雪山先生の早大退職後の動靜を未亡人豐子様に聞くと次ぎのようであった。

即ち初め二松學舍に勤める話があって、殆んど決まっていた。するとその時岩村通世氏から二松學舍の勤めをやめ、東京檢察廳史要を出版するようにという話があった。そこで先生は金をその資料の買いこみに使い、原稿もでき上った。ところが思いがけなく、この仕事は中止となった。餘生を之に打込んでいた先生にとっては、これは大きな痛手であった。

なお之に加えて、多年ご親交のあった飯田包亮氏（平沼恭四郎氏夫人節子様のご尊父。昭和十七年雪山先生と共に平沼騏一郎特使に隨行して南京に行く）が昭和二十六年一月二十四日急逝され、痛嘆、同日お悔みに平沼邸（當時代々木上原にお住い）に參上されたが、その席で仆れ、三日後の二十七日早曉三時半、この平沼邸で息を引き取られたという。

平沼騏一郎回顧錄

昭和十七年二月十日からは私は川田先生に連れられ、平沼男爵の傳記を作る資料としてその直話を記錄する會に出て、之を筆記した。最後は十八年十月十九日で、總べて三十一回行われた。集まった人は田邊治通・鹽野季彥・竹內賀久治・太田耕造・成田努・川田瑞穗と私を加えて七人であった。筆記は二十八年『平沼騏一郎回顧錄』と題して出版された。

私を信用してこうしたブレーンの中に入れて下さった平沼男爵、川田先生の御高誼に深く感謝していたが、今日その會の樣子を知る者はただ私だけとなり、私は折に觸れては當時を、懷かしく追想している。

川田雪山先生談

山本梅崖先生

(一)

話の順序として先ず先生の略傳から始めよう。

先生名は憲、字は永弼、幼名は繁三郎、號は梅崖、梅清處主人。この號よりその塾を梅清處塾と稱した。土佐山内家の家老深尾（佐川領主、一萬石）の家臣であった。山内家よりは陪臣であるが、家老の家臣でも士格の者は本藩の士格に準ぜられる規則であった爲、先生の家も亦本藩の士格と同様に取扱れていた。

先祖は甲州の武田の軍師と言われる山本勘介で、土佐に移住してより中間は落魄して百姓をしていたという。系中に日下と言う人があった。此の人が學者で始めて深尾家へ召出されて侍講となった。日下の子が玉岡、玉岡の子が澹泊齋、澹泊齋の子に迂齋・竹溪の兄弟があった。孰れも學者で世業を襲いだ。先生はこの竹溪の男である。圖に示すと、

日下——玉岡——澹泊齋——迂齋
　　　　　　　　　　　└竹溪——梅崖

となる。先生は竹溪の子ではあったが、學統は伯父の迂齋を紹いだ。随って日下より先生まで學者が五代續いている。

序に父母の話をしておく。父竹溪は、名は璉、字は連玉、通稱は轍で、安積艮齋の門人である。若山勿堂・齋藤拙堂・大槻盤溪等に益を請うた事がある。頼三樹・松本奎堂・間崎哲馬等と交際していた。學者ではあったが酒呑みで弟子もとらず、儒者として立たず、詩人となった。「拙堂文集」の中に、名文とは思われぬが「土佐山本澹泊齋詩集序」と曰う一文がある。是れは竹溪が依頼に往ったのである。私は竹溪の三回忌に色々働いたので、そのお禮として先生より「讀書作文譜」を貰っている。

竹溪先生の夫人には私も世話になった事がある。夫人は明神氏の女で、賢婦人の聞えがあった。彼の朝鮮事件の密謀が露顯し、先生の塾にも手が入り、爆烈彈が發見されたが、なお塾にあったこの事件に關係した壯士三百人の連判帳は發見されなかった。是れは夫人が釣瓶に入れ之に石をつけて井中に沈めた爲で、お陰で壯士達も百人許り捕えられたが、アト二百人ばかりは助かったのである。我々が塾に居る頃は已に老人であったが、親切な方で、書生の袴の綻び等を縫って下さった。そして我々が怠けているとよく田中光顯伯の勉強振を話して戒められた。

その話と云うのは、嘗て澹泊齋先生の塾へ田中光顯（號青山）・土居通豫（號香國）等が學んだが、孰れも貧乏で蚊帳がなかった。然し蚊に食われると眼が覺めてよいと曰っていたそうだ。中でも光顯は、眠くなると机を柱の處へ移し、體を柱に縛りつけ、又頸に輪をかけていて、居眠りをすると頸を締るようにして勉強していたそうだ。

先生は幼時より家學を受けたが、その家學は徂徠派であった。十四歳の時藩校致道館に入り、當時有名であった教授福岡精馬（福岡孝弟子爵の兄）・助教授箕浦猪之吉（堺浦事件にて屠腹）の教を受け、尙お教授ではなかったが山内容堂の侍講として土佐第一流の學者であった後の元老院議官松岡毅軒の處へも出入して教を受けた。明治元年にこれも藩費で出來ていた開發館に入って英語を學び、同四年東京に出で、維新前中岡愼太郎・阪本龍馬を岩倉具視へ紹介した大橋愼三（前には橋本鐵猪と稱す）の家に世話になりつつ、蘭人ライヘ、チイヱッ　チウライ（英・佛・獨・露・伊・西・和の七國語を善くす）に就いて六年許り獨・英語を修めた。やがて月給二圓にて工部省の電信技手に任命され、西南戰爭に從軍して戰地に赴いた。時に年二十六。先生は大橋の使として西郷の處へ往ったこともあり、又西郷が大橋の家へ來た時に應接したこともあり、平素から西郷を崇拜していたので、戰爭が始まると大變之に同情したものらしい、爾後屢西郷の事を話していたが、大久保利通は藩閥を作った元祖だと曰って嫌がっていた。

十一年感ずる所あって工部省を罷め、家學の儒を以て身を立てる決心をした。そのうち木戸・大久保等歿し、政治も紊れたのを憤慨して、十三年に「慷慨憂國論」を著した。此の書は文部省の「教育制度五十年史」にも引かれている。

先生は學者として立つ決心ではあったが、生計上の都合で暫く新聞記者となった。岡山の稚兒新聞、大阪の大阪新報に關係した。稚兒新聞が政府より止められ、中國日々新聞となるや、先生はその主筆に聘せられた。この岡山に居た時、小林樟雄と知合いとなり、自由黨に盡力する事となり、又朝鮮事件の檄文を草するに至ったのである。尚お福井の杉田定一等の作った北陸自由新聞の編輯長になった事もある。

その中に朝鮮事件が起った。先生はその檄文を書き壯士を塾生の如く裝うて庇うたが、事の結果は失敗に歸し、先生は首謀者の一人と目され五年間入牢した。

明治二十二年の憲法發布によって出獄したが、出てみるとあれ程盡瘁した自由黨も墮落していたので大いに憤慨し、遂に政黨と縁を斷ち、塾に專心し儒者生活に入る事となった。此の時先生の名聲は、朝鮮事件より天下に著聞し塾も盛大であった。當時京都には江馬天江・谷如意の如き詩人はあったが儒者と目すべき人はなかった。大阪には藤澤南岳・近藤南洲・五十川訊堂の三人が知られていた。之に新に先生が加って、ここに四大家が出來上った。中で先生が一番若く時に年四十であった。明治三十年に三、四ヶ月支那に遊んだことがある。三十八年に備前牛窗に隠遁した。これは此の頃大阪には藤澤の泊園塾があった位で、漢學が振わなかった時で、適々牛窗方面には先生の門人が多く先生の來るを懇願するのと、其の地の風光が先生の氣に入ったので移住する事となったのである。ここで亦塾を開いた。

大正二年奥衆議院議長が京都に漢學研究會を造った際先生を月に一回一週間備前より招聘した（他の日には大阪の藤澤南岳、伊勢の矢土錦山、河内の生駒膽山等の諸翁が交替に來り、又京都大學の内藤湖南・狩野君山・鈴木豹軒の諸博士がそのつなぎに出講した）。先生の講義は大正十五年迄續いた。昭和二年頃より病氣となり同三年九月五日、七十七歳で歿せられた。門人が集って文節夫子と謚した。

㈡

前述の如く先生は箕浦猪之吉・大橋愼三の如き志士の教を受け、西南戰爭に從軍し、自由黨に關係し、朝鮮事件の檄文を書き……と云うように、普通の漢學先生とは經歴が違っている。而も其の家學が徂徠學であった爲政治的性質を多分に有っている。高知の致道館は朱子學であったから、先生は朱子學も學ばれたのであるが、矢張り宋儒の理學が嫌で、空理空論を排斥した。いつも先生は儒教は政治道徳の學問である、天下國家を經綸する學問である、修身齊家治國平天下の政治學である、ただ辭書を引いて文字を穿鑿するのは詰らぬ事であると曰い、白河樂翁公の「責善集」の中にある、魚の腐ったのも人間の糞も肥料になるが、儒者の腐ったのは半文錢の價値もないと云う言葉を引いて、諸君腐儒になること勿れと戒められた。隨って弟子が字を問うと怒られ、辭書を引け、自分は本箱先生ではないと答えられた。そうかと曰って先生は字を知らぬのではなかった。畫を間違って書くと、何故辭書を引かぬかと叱られた。先生は活きた學問を教えると云う趣意で、文字は知ってはいても教えるのが嫌であったのである。

殊に漢音、吳音の別はやかましかった。王朝時代より儒者は漢音、佛書は吳音で讀むことになっている。我々は儒者であるから漢音を使用せねばならぬと曰い、例えば教育を「コウイク」四書五經を「シショゴケイ」と曰う如く讀んでいた。これに關して私は度々先生から叱られるものだから口惜しくて堪らず、或時先生の揚げ足を取った事がある。先生は何氣なく文部省(モンブショウ)と曰われたので、先生それは「フンホウセイ」でしょうと曰った所、これは一本參ったと曰って笑われた事があった。

先生の講義は、伊藤がどうだ、山縣がこうだと政治家を引合に出し、論・孟の語を當時の實際政治に引當てて批判し説明された爲非常に面白く感じた。先生は支那に遊び、支那人にも康有爲・曾廣詮等の知人があり、支那問題には常に心を傾けておられた。「梅清處文鈔」の中に「評米人禁淸人上岸」の如き文のある事でも判る、殊に獨乙が膠州灣を占領した時等は、講義はそっちのけで火のつく様に騒いだ。

講義振は私の聽いた諸先生の中では上手の方に屬すると思う。就中朗讀が上手であった。朗讀は立板に水を流すようなのが朗讀ではない、悲しい所は悲しいような聲を出し、嬉しい所は嬉しいような聲をたてて讀むのが朗讀であると曰い、輪講、會讀の時實際にして聽かされたが、實にうまかった。

毎年二月二十三日、箕浦猪之吉の命日には塾生を連れて大阪より三里の道を歩いて堺の妙國寺に往き、その墓參りをした。斯の如く先生は師弟の情誼の厚かった人である。

情誼の厚い代りに一面又頗る嚴格で、入門の際には孔子の像を描いた掛物の前で師弟の盃を取交した。塾風も嚴格で、夜は十時が門限であった。起床は、夏は四時、冬は四時半で、ランプをつけて一時間講義があった。これは中小學校の教員や、吏員等勤人の爲に、その出勤前にしたのである。晝間は休みで、又午後四時頃より食前食後各二時間位宛講義があった。

先生は維新時代の志士に從遊し、政黨に關係し、新聞記者をした人であるが、それに似合ず身を持すること甚だ嚴格であった。私は先生の所に足掛四年居たが、先生が膝をくずされた所や、横に臥っておられた所を見たことがなかった。夏の一日、ただ一度手枕をしておられたのを見た丈である。常に學生を戒めて狹斜の巷を通るなと云われ、急ぐ時に其所を通らねばならぬ時は如何しますと問えば、時間が遲れてもよい、大廻りに廻れと曰われた。

先生は梅が好きで、大阪にも牛窗にも庭に梅があった。梅清の號の如く淸廉謹嚴な人であった。

賴山陽が嫌いでよく惡口されたが、それは日本外史には噓が多いこと、一つは山陽の身持の惡かった所が氣に入らなかったのである。先生は政黨などに關係しながら折花攀柳の味は知らぬ人である。先生は塾生を戒めて曰われた。當今の若い者は肩臂を張って四角張るのが偉いと思っているが、之は間違っている。獨立不羈とはそんなものではない。精神的のものであると誨えられた。

或時私と山川早水と二人で、昔昌平黌で賴三樹・松本奎堂等が落書した「安井息軒草埋面、鹽谷宕陰雲拂裳」をもじって、「藤澤南岳草埋面、山本梅崖雲拂裳」と書いて食堂の壁に貼って置いた所が先生に見付けられた。一同を集めて下手人を尋ねられたが、この時は私も山川も赤面する斗りでどうしても白狀し得なかった。先生は非常に怒られ、下手人の無い筈はないが、白状せぬと曰うのは慿の不徳の致す所ですと曰われたが、この言葉は今に頭に残っていて先生に濟まなかったと思っている。

先生は身長五尺七八寸、疎髯ではあるが長い髯を蓄え、眼光は炯々として居り、威嚴のある上に、角巾を冠り、四五寸もある様な疊付の下駄をはき、腕組みをして右肩を聳やかしてあるく癖があった。その様子は洵に堂々たるもので、雲を突く様にも見受けられた。そこで右様の落書をした譯である。左程惡いこととも思わなかったがキック叱られた。落書其物が惡いのか、藤澤さんを引合に出したのが惡いのか、兩方とも惡いと曰うのか、先生の怒った理由は分らぬ。

二、三十人の同窗生と一緒に先生のお供をして大阪城の東森ノ宮と曰う所へ往ったことがある。丁度五月頃と思う。路傍の若草が青々と舒びていた。私は藤の蔓で作った杖を持っていて、あるき乍ら若草をなぎ倒した。先生は私を顧みて、杖は老人の持つ物と思っていたが、若い者でも持つのかなと曰われた。實に皮肉な言葉で、若草をなぎ倒したことを咎めずに、杖其の物の質問だ。私は返す言葉が無かった。それ以來六十年に達する迄は杖を持たぬことにしている。

塾には風呂場が無かった。先生も錢湯へ往かれる。或時私がお供していて流し場の溝へ小便をした。これは誰でもすることで私一人に限ったことでは無い。然るに先生は私を叱られた。風呂場は垢を流す所で小便をする所でないと曰うのだ。これも尤である。

土曜から日曜へかけて近畿諸州の史蹟を捜訪するのが私の道樂で、同志五人と或時金剛山へ出掛けたことがある、赤阪、觀心寺へ廻って歸れば往復二十四、五里はある。夜半に金剛山に登り、山頂で旭日を拝しようと曰うのである。出發の際は先生も奥さん御隱居（竹溪夫人）も玄關に出て送って下さった。その時先生が、誰が一番健脚だろうナと曰われたので、それは私に極って居ますと答えると、歸って見ねば分るまいと曰われ確かに自信はありながら、理窟は正に其の通りで、私は失言を取消した。

論語の中で一番多く孔子に叱られているのは子路である。私が度々叱られるものだから、同窗生の中で私のことを子路子路と仇名する様になった。先生が之を聞かれて、子路は過を改むるの勇に於て百世の師と仰がるる、この點を眞似たらよかろうと曰われた。私が名を果、字を子行と付けたのは此の因緣である。

塾では毎週文題一つ、詩題二つが宿題であった。外に月一回文會があった。是は大阪の郊外へ生徒を率いて行き料亭の二階を借り、席上で詩文を作り席上で添削した。詩文には成績の覺え○△、ヽ、などをつけておき、毎月末には輪講、會讀の成績と併せて判定し、講堂の入口にあった生徒の名札を上下した。始めて入門すると、如何に出來る人でも名札は最後に掛けられるが、月末の成績でドンドン上る事が出來た。塾生は普通二三十人許り、多い時は六十人（寄宿生通學生共に）いたが、この六十人の名が毎月上下するので、自ら勉めざるを得なかった。

(三)

先生は壮年より政治家がかっていた。そこで文章も論文が得意であった、自ら孟子より來ているると語られた（若い時は蘇老泉・王半山を稽古したと語られたことがある）、隨って門人へ出す文題にも、與宰相某論臣節書、大臣論、論黨弊、論學弊の如き時事問題に關するものが多かった。ここで我々は十九、二十の靑二才の癖に政治論を書く癖がついたのである。

先生は滅多に評をつけぬ人であるが、よい文章が出來ると、勿論評をつけ敏腕可畏などと曰って自分の文章の如く喜ばれた。

文章を推敲せずに出すと直ちに看破して、なかなか返されぬ。下手でも練って出すと直ちに添削して返された。歐陽修の如き文豪でさえ、文章が出來ると机前の壁に貼って毎日之を練ったと言う話を引いて、文章は小便の中に血が混るまで練れと教えられた。そのくせ先生自身は書放しであった。論文の如きは一時間で出來ると話しておられた。晩年は閒暇になったのか練っておられた。

先生の文章の中で我々の名文と思うのは、與人論學制書、原戰、論豐臣氏覆亡等である。就中論豐臣氏覆亡は滔々三千言を費した長篇である。先生還曆の壽に門人達が「梅清處文鈔」二巻を上梓したが、京都の或る學者が之を讀んで、後世に殘る文は朝鮮事件の檄文と論豐臣氏覆亡の二篇だろうと評されたが、これは先生の文を知らぬ人で、與人論學制書、原戰も名文だと思う。殊に晩年は柳子厚の簡潔な文章を好み、書後題跋等に優れたものがある。又遊記では遊寒霞溪記が名文である。

先生の父竹溪先生は前に話した如く詩人で、前後を忘れたが、「說法有僧聽者石」と曰う當時書生の傳誦した名句がある。梅崖先生は文を得意とされたが、詩は得意ではなかった。然し

獄中偶古

半宵引夢到燕京　閑却胸中十萬兵

今日英雄何所感　斷雲殘月杜鵑聲

というが如き、又前後は失念したが「城社栖狐鼠。草莽老英雄」というが如き慷慨の詩がある。晩年は陶淵明の詩を喜び、「幽谷紫蘭發。狐芳遠趁風」の如き調子の高いものを作られた。

先生には伯父迂齋の「論語私考」を增補訂正した「論語私見」二十卷の著がある。是は先生が獄中に在る頃より筆を起し、歿前まで約四十年を費して完成した一生の大著述である。出版したいが猶おその運びに至らぬ。先生にはこの外に、「四書講義」「梅清處文鈔」二卷、「燕山楚水遊記」二册、「梅清處詠史」一册が版になっている。この中の「燕山楚水遊記」は明治三十年

支那に遊んだ際の紀行文で、中に多數の插繪がある。先生はこの時寫眞機を攜帶して諸所を撮影して歸られたが之を文集に入れず、一人一景ずつとしてわざわざ大阪の畫家三十人許りに賴んでこの寫眞によって毛筆にて描かしめたものである。

先生は若い時一升五合位の酒を飲まれたが、晩年は一滴も飮まれなかった。その譯は貧乏の爲であると語っておられた。碁も若い時はやったが後年には一切やめられた。先生は幼時飯が食べられなかったので、砂糖をかけて食べたそうだが、非常に甘いものが好きで、羊羹二棹を平げたこともあると曰われた。老年でも饅頭五ツ位は平氣であった。しかし結局胃潰瘍で歿くなられた。

先生が大阪にいる頃は、前述の如く藤澤南岳・近藤南洲・五十川訒堂の三大家の外に多數の大小學者があったので、此等の人々と逍遙吟社を結び互いに詩文を作っておられた。

東京の文人には、交際は無かったが重野成齋翁を褒めておられた。父竹溪との關係から、小野湖山翁とは懇意で私が居る時にも湖山翁が一度訪ねて來られたことがあった。

明治三十年支那に遊んだ時から、康有爲と相知る仲となり、三十一年彼が亡命して來た時には之を世話し、その兄康孟卿、孟卿の子康同文を半年許り塾に預った事がある。又曾國藩の男で、上海時務報社長をしていた曾廣詮とも交際があった。

話は前後するが先生が孔子を尊崇せらるる情は洵に眞劍なもので、大正七年には牛窗の自邸内に聖廟を作って、小豆島から取って來た柏の木に至聖先師孔子之靈と刻んだ木主を祀り、その落成式には岡山縣下の朝野の有志、京阪竝に四國、中國、遠くは九州方面等に散在する門人を招いて三日續きで盛大な宴を張った。平生質素で派手なことの嫌いな先生が此れ程奮發したのには私共も驚いたのである。此の聖廟は遺言により先生の夫人百歳の後には牛窗町へ寄附することになっている。

先生が五世の儒業を捨てて維新の初に洋學をやったのは、所謂聖人は世と推し移るもので、時勢の變化を見た爲と思われるが、洋學をやった結果、西洋の缺點も分ったので、「息邪」と曰う一篇の書を作った。これは耶蘇教を批判し完膚なきまでに攻撃している。

それから新聞記者となったり、自由黨に這入ったりしたのは、孔子が四方に遊んで自分の志を行おうとしたのを眞似たもの、最後に塾を開いたのも、亦孔子の跡を逐うたものと想像される。奥議長も、山本さんは醇儒の風があると曰って賞めて居った。兎に角當世には珍しい人格であった。

國分青厓先生のことども

青厓先生は仙臺の人であるが、自分で葛西因是の同族だと曰っていた。十三歳の時、作並《サクナミ》清亮（鳳山と號す）の門に入って詩を學んだ。この鳳山と言う人は、東藩史稿と曰う著述もあり、仙臺では相當の學者として聞えていたらしい。ここで一年許り就いている中に、鳳山は先生の詩才が優れていることを認め、その向側に住んでいた大槻磐溪に添削して貰えと云って連れて行った。この時先生は詩二首を持参したが、磐溪はそれを見て一字も直さず、只朱筆で「精出スベシ」と五字書いた丈で還した。しかし磐溪と曰えば當時天下に聞えた學者であるから、これが仙臺では大變評判になり、爾後若い者を戒める時には必ず、國分さんの子供のようになれと曰って引合いに出されたと言うことである。ところで磐溪は「精出スベシ」と曰った丈で相手にして呉れない。そこで仕方なく、次に山岸修平の門に入って一、二年間—十五、六歳の頃まで學んだ。そして十八歳の時、明治七年東京に出て司法省の法學校に一期生として入學した。

この山岸と言う人は、維新前、横濱に外國の軍艦が來たことを聞くや、わざわざ仙臺から見に出て來た。そして次ぎのような詩を作っている。

十字旌旗影接空。標頭星天水西東。

隣船未識人傳警。喇叭聲寒午夜風。

詩中に喇叭と言う字を詠込んだのは、恐らく日本人としてはこの詩が最初のものであろう。當時としては頗る斬新な詩として評判であったらしい。司法省では原敬・加藤恆忠・櫻井一久・福本誠・陸實などが同窗生であった。ところがここでは有名な賄征伐と言う騒動が起って、先生は學校から退學を命ぜられた。私は或時先生にその時の發頭人は誰かと聞いたが、誰と言うことなしに言出したそうで、先生もその仲間の一人であった。原敬は當時から何となく大人びて居り、此の時も征伐をやる發頭人側ではなく、學生と賄方との間の仲裁に入ったので、已に當時から政治家肌のところがあったと言う。結局原の仲裁もうまくゆかず、先生も原・櫻井・福本等と共に退學を命ぜられた。

その頃櫻井は面白い男だったと言う、こんな話がある。當時法學校はもとの信州松本藩邸（和田倉門と馬場先門の間）に在って、先生達は神田邊に下宿していた。或日歸宅の途中で夕立に出會った。皆は一所懸命に走ったが、櫻井丈は悠々と歩いてゆく。そこで早くこっちへ來いと呼ぶと、向うも降っているよと答えたまま一向平氣で、雨中を濡れながら歩いて歸ったと曰う。櫻井は金澤の人だが後に神戸で辯護士を開業していた。鄕里と神戸から代議士の候補者に推して來たが、自分では運動せぬと曰ってしなかった、然し當選して一度は議會に臨んだが、解散後は出なかった。

さて、それから先生は森春濤のところへ行った。詩を十四五首持參したが、春濤は一字も直さず、自分は年寄って駄目である。倅（槐南）が頻りに詩をやって居るから、これと一緒に研究し給えと曰ったそうな。そこで先生は槐南と互いに研究したのであろう。

明治十七年の春、谷干城将軍が學習院長となった時、先生を拔擢して生徒監とした。時に先生年二十八である。無名の一書生が拔擢されたのであるから、先生は非常に感激し、將軍を德としていた。然し二年許りで將軍が辭職したので先生も亦間もなくやめられた。その在職中は頗る嚴格に生徒を取締ったものと見え、それより五十年後、今より十年程前、或席上で先生が榎本武憲（武揚の子）に會った折、榎本は、學習院で惡戯して先生に叱られ非常に怖かったと語ったので、先生は、そんな事もあったかと當時を思い出されたそうである。

その後先生は高知へ行って高知新聞の記者となったことがある。高知新聞は谷將軍、關係の新聞であるから、恐らくこれも將軍の推薦であろう。高知にはこの高知新聞に對して板垣退助の機關新聞「土陽新聞」があった。社長は片岡健吉である。谷と板垣とは明治戊辰の奥州戰爭には共に出掛けたが、政治上意見が合わず、高知・土陽の兩紙も對抗していた。土陽新聞には横山黃木・宇田滄溟などの詩人が居て、政治上では先生とも意見が合わなかったが、詩人としては懇意で、私交ではお互いに酒を飲み詩の唱酬もしたらしい。

明治二十二年、陸實などによって「日本新聞」が創刊された。これも背後に谷将軍がついて居て金を出していた。先生も土佐より歸り陸を助けて創刊に與った。その後「日本新聞」は雑誌「日本人」と合併して「日本及日本人」となったが、先生は之にも關係し、後にはその社長となった。通じて殆ど五十年餘關係していた譯である。

日本新聞の出來た當時、牧野藻洲翁は已に立派な記者として先生と肩を竝べていたようである。桂湖邨翁は年も若く一段下って、記者と言う程ではなかったらしい。三十年頃になって漸く詩文を掲載するようになった。館森袖海翁に至っては、先生の推薦で校正掛として入社し、先生の下に使われていたと袖海自ら語っていた。

明治二十一、二年頃、三條實美公が日光の別荘に嚴谷一六・矢土錦山・森槐南及び先生の四人を招待した。その時のことである。席に入ってみると、公は先生に、これと曰って一番上席に据えた。次が一六・次が錦山・そして槐南を末席に置いた。是れは公の胸中は判らぬが、こうではないかと推察する。年長順だとすれば一六を上席に据えねばならぬ。位階官等から云えば、公は前太政大臣で一番高い。一六は太政官權大書記官であり、錦山は後には代議士となったが、當時は伊藤博文の祕書、槐南は內閣屬として一微職に過ぎなかった。ところで先生丈は布衣の士であるから席次がない。役人式にすれば一番末に置くべきである。そこで恐らくこれは、布衣の士は一度び役につくと如何なる役人になるか分らない。而も當日招待は役人として招いたのではないから、この布衣の士を一番上に据えたのであろう。ところが槐南はこの末席だったことを非常に恥とし、爾來先生を敵視して居たらしい。この席上では公を始め皆な七律數首宛を作ったが、名作と云う程のものはなかったようで、只先生の詩中に

畫壁神龍欲起雲

と云う句があったこと丈傳っている。

さてこの時と前後がよく分らないが、先生に華嚴瀑布を詠じた七古がある。日本新聞に發表され、大變評判となった。副島蒼海伯が之を見て感心し、是非會いたいと、わざわざ自ら馬車で捜して先生を訪ねた。行ってみると、汚ない長屋住いであったらしく、馬車が入らぬので一町許り手前で下車して訪れた。そして十年前からの馴染のように親しく話をしてその詩に次韻した。そこで先生は又それに疊韻した。すると又伯が之に疊韻した。伯の疊韻の中に先生を褒めて

文中虎兮人中龍

と曰う句がある。これが詩壇に傳わって、先生の名聲は一度に上った。槐南もこの詩に次韻したがとても相撲にならず、先生を嫉む心は益々盛んになったようである。

その頃在京の詩人連中が社を作り、星岡茶寮で互いに研究しようとし、この社を星社と名づ

けた。この社を興す前に、本田種竹が先生を訪ね、盟主になるようにと依頼した。ところが槐南は自分で盟主になるつもりであったし、野口寧齋の如きも槐南を盟主に推そうと友人仲間を口説いて歩いたらしい。先生はこの槐南の野心、寧齋の運動を知っていたので、種竹の請に應ぜず、槐南は有名な春濤の子だし、且自分でもなろうとしているのだから彼を推したがいいと答えた。そこで遂に盟主は槐南と決った。こんな關係で當時世間では、第一等の詩人は槐南、次が種竹、その次が先生だと思ったようであるが、然し蒼海伯や支那人の間では、先生が第一で、次が槐南・種竹の順となっていたと云う。これは館森袖海が、今より十四五年程前に或席で我々に語ったところである。

星社は明清人の詩風を眞似した。槐南・寧齋などそうである。然るに只一人長尾雨山翁丈は之に反對して選體の詩を唱え星社に加わらなかった。但し毎年一回の大會には招待を受けて來たが、毎月の例會には列席しなかった。或時、兩國の料亭龜清で、雨山翁と先生とが食事を共にした。その席上で雨山翁が選體の詩を作って先生に見せた。先生は大いに感服して之に次韻し、又評を加え、翌日之を槐南の處へ持參して槐南にも評を加えさせ、それを日本新聞に登載した。斯様に選體を始めたのは雨山翁である。槐南・寧齋等も選體を作ることは作ったが、ものにならぬと思ったか、止めてしまった。最後まで選體を作って雨山翁と旗鼓相當ったのは、先生丈であった。先生は日清戰爭の時山縣公の記室として從軍したこともある。戰後歸國して評林の詩を作り「詩董孤」と題する詩集を著わした。詩壇の連中が名利に趨って幇閒的の者が多く、又自分も仲間から排斥されるので、詩人連中の中に居るのが嫌で、遂に此等と交りを絶って碁に隠れた。凡そ二十年間、大正八年に至って又詩を始めた。

私は丁度その年京都から東京に來たが、雨山翁の紹介状を持っていたので先生を訪ね、詩を直して貰いたいと頼んだ。その時私は文部省の史料編纂員で大井町に住んでいたから先生はこう言う事を曰われた。詩を郵便で送って來ても意味の判らぬ事があるから、面前で添削せねばならぬ。然るに君は晝は役所へ出るので毎日會えないだろう、僕の近處に來たまえ。近い内に松井友石の家が空くからと。そこで私は友石の家を見に行ったが、部屋は三間しかなく、當時私は子供が多くて三間丈では這入り切れないので中止し、他に適當な家を物色していた。其の頃田邊碧堂翁は先生を推して詩社を興そうとしていた。偶々私が右の事情で家を捜していると言う事を荒浪烟厓を通して聞いた。そこで碧堂は、先生の近くで社を興せば先生を引張り出すことが出來ると言って、先生を口説いた結果出來たのが興社である。

先生を盟主とする社に他に詠社がある。杉溪六橋・上夢香氏等の老人連中が集っている。そしてこの社の方が興社より早く出來たと曰っている。或は詩の相談は早くからしていたかも知れないが、社が出來たのは興社の方が前である。社の前後は問題ではないが、事の起りは斯様なわけである。興社としては、本年二月十三日、先生の宅で開いたのが最後である。

先生の詩風は有名な芳山懐古

聞昔君王按劍崩。　時無李郭奈龍興。

南朝天地臣生晚。　風雨空山謁御陵。

の詩を見ても分るように、強烈な詩風である。嘗て碧堂が「俺の詩は葡萄酒、先生の詩はブランデーのようだ」、又「強いことと澤山作ったことに於ては德川氏以來三百餘年を通じて第一等であろう」と曰ったことがあるが、恐らく間違あるまい。日本新聞の評林だけでも二、三萬首あろう。一生の詩となると四、五萬首あるに相違ない。陸放翁は四萬首作ったと言うが、先生のは恐らくそれより多いだろう。越中立山の詩だけでも七十首ある。

又碧堂は、「國分と云う人は詩人だが、一面謂わば英雄的氣魄のある人だし、一面名譽心もある。そこで若し之を軍人にして戰をやらせたら、自分の愛弟子を眞先に第一線に出して殺すだろう」と曰い、そこに居合せた長田偶得や加藤天淵や私を指し、「君等は先ず殺される組だぜ」と曰ったことがある。

先生は非常に楠公贔屓で、吉野山や楠公に關するものは何十首あるか分からぬが、自分では前の芳山懐古が一番得意のようであった。然しそれは少しも風味がなく理窟許りである。それよりは、

建武中興事已非。　春山啼血杜鵑飛。

詞人生在南朝世。擲筆花陰着鐵衣。
○
雲裏青山舊帝家。年年櫻樹簇春霞。
我來欲問南朝事。一夜風吹盡落花。

の方が色もあり氣もあり、風韻に富んでいてよいようだ。兎に角、楠公の崇拜家で之に關するものが澤山ある。私が先生の八十の壽の時、石楠花歌五古を作り、その詩の中で金剛山に石楠花の多いことから楠公を持出し、先生も當時に生まれあわせたなら此處に籠ったであろうと言うことを述べたところ、先生は非常に喜んで、二重橋外に在る楠公の銅像の模型を贈られた。その模型は長さ一尺位、高さ七、八寸位で臺付である。この銅像が出來た時その模型を三個作ったそうで、先生はそれを皆手に入れた。そして一は鄭孝胥が總理として始めて來朝した時これに贈り、一は私に贈られ、もう一個は先生の處に在る。この一事を見ても先生の楠公崇拜家たる面目が窺われよう。

昭和十五年、大阪府の代議士田中萬逸君（生まれは金剛山下）が正儀の雪冤運動を始め、政教社に相談に行った。そこで雜賀鹿野君から私が楠正儀北降辯を書いたことを聞き、その紹介で拙宅を訪ねて來た。私はその文章の載っている『東洋文化』を與え、且その研究家に青厓先生のあることを話した。すると是非會いたいと曰うので連立って行き、三人で相談した。その結果、正儀のみならず、正成・正行も併せてその忠義を顯彰することに定め、合議の上、その會を三楠會と名づけた。今日はこれが現代名家の共鳴を得て大きな會となり、「楠公精神の研究」——土橋眞吉君著述もこの會の斡旋で世に公にされるに至った。當時先生は讀楠正儀北降辯賦似川田雪山と云う題で七絕を二十首も作られた。斯様なわけで、楠公、吉野山に關するものは何首あるか分らない。

詩作に當っては非常に熱心で何度でも直した。その一例を擧げると、先生の得意の作の一ッである「月瀨」の轉結は

老我功名未得忘。　梅花國裏夢封侯。

とあった。これを雨山翁に見せたところ、翁の曰く、

老來猶浮世ニ色氣アルガ如シ、何トカ別ニ工夫ナキカ

と。そこで先生は

梅花國裏天封我。　甘拜靑山萬戶侯。

と改めた。すると雨山翁曰く

頗ル佳、但シ靑山ノ二字、猶平允ヲ缺クニアラズヤ

と。先生乃ち呻吟して

天如封我梅花國。　甘拜山中萬戶侯。

と改めた。今度は雨山翁が拍案して奇絶妙絶と叫び、遂にこれを以て定稿とした。

こう言う調子で自分でも苦心したが、他人のを添削する場合も亦こんな工合であった。一度直した詩を覚えていて、翌日になってわざわざ訪ねて來て斯様に直せと曰われる。これでいいかと思っていると、又葉書で、ああは曰ったがこう直せと曰って寄越されたこともある。晩年は添削を二、三時間すると疲れた顔もされたが、十年前は七、八時間ぶっ通しで一向平氣であった。

詩の話は切りがないがこれ位にして、次に逸事に就いて話してみよう。日本新聞の社中陸羯南・福本日南・櫻井一久と先生の四人が富士山へ登った時、その歸途横濱で飯を食べようと思ったが、御殿場邊から金がなくなって困った。そこで銘々が持物を賣ろうと言うことになり、お前は帽子を、お前は袴を、お前は襦袢をと曰ったが、一人何んにも賣るものが無いのがあって、遂に猿又を賣ることになった。然し古着屋がない。仕方がないのでステッキの先にそれをつけて、買わんか買わんかと呼んで歩いた。ところが買手が出て、皆で一圓許り集り、やっと横濱で飯にありついたと言う、これは先生の直話である。

又高利貸から金を借りて訴えられたことがある。先生は辯護士を頼んで出なかった。先生は司法省の法律學校の第一期生で有名な詩人であるので裁判官は原告を呼出し、被告はこんな有名な人だ、訴えても損だ、證文へ棒を引けと諭したので、遂に棒引となった。

日清戰爭の時、山縣公に從って從軍した折往復に京都を過り、榊原愛子と云う藝者と豔っぽい話もあったようである。操子夫人と結婚式の晩、先生は鎌倉の友人の處で碁を打って居て、花嫁が來ても歸らなかった。仕方なく友人、親戚は宴會を開いた。すると十一時頃、ヒョッコリ歸って來たが、今度は桂湖村と夜通し碁を打って夫人を待ちぼうけさしたと云う。

黑木欽堂が奈良で藝者をあげて遊んだと云うことを聞いて、彼を冷かす詩を毎日一首宛作って書肆文求堂へ送った。それは積って百首となった。主人田中慶太郎氏はその百枚を集め、竊かに一枚刷にして置いた。後に又一册本にし「玉潤集」と名づけて知人に配ったことがある。

先生は遊覽好きで、日本六十餘州足跡を印しない處はない程である。支那・滿洲・朝鮮まで行って來た。どこそこに珍しい岩がある、こんな花がある、瀧があると聞くと見に出掛けた。そして行けば必ず詩を作ったが、十四、五年前九州へ行った時には一首も作らず、和歌を百首餘り作って來た。先生は和歌は人に知れないようにこっそり稽古し、萬葉集をうんと熟讀していた。嘗て古事記に載せてある神を悉く詠もうとした。しかしこれは五、六十首でやめた。先生の和歌を一つ

吾平山の陵に詣でて　　高胤

淸きかも尊きろかも大隅や阿比良の山の神の陵

尊きろかもは萬葉の成語である。和歌は先生の専門でないから人に示したことはないが、堂に入ったものだと識者は敬服している。

先生は時間の觀念のなかった人である。大東文化學院に出ていた時のことだが操子夫人は授業には時間通り出るようにと勸められた。それでも先生は出なかった。或日二時間許り遲れても來ない。長田偶得が、俺が行って呼出して來ると曰って出掛けてみると、先生と夫人と口論している。何を爭っているのかと聞いてみると、夫人は時間通りに出なさいと勸めている。すると先生は、ナニ出ることはない、時間通りに出ては俺の沽券にかかわると曰っている。そこで偶得は、先生それは惡いと云って連れて來た。

偶得は奇才あり、詩文が出來、先生の愛弟子であった。先生の生存中は死ねぬと曰っていたが、先生に先だって歿し先生も落膽された。

文化學院で詩會が終ると夕方になるので、私を連れて度々天麩羅屋や蕎麥屋に出掛けたが、先生は知らぬ顏で飯代も拂わぬ。疲れたから自動車に乘ろうと曰い、又電車に乘るつもりで停車場へ來ても一向知らぬ顏で、私に金を拂わして平氣であったが決してケチではなかった。一々金を出すのが面倒だったのである。それは私の結婚の時、オイちょっと、と曰って方一寸許りの小さな祝儀袋を下さったが、開けてみるとナント百圓札が入っていた。

先生は人柄に敦く、知人が病氣の時には必ず之を見舞い、死ぬときっと葬式に行かれた。先生の歿くなった三月五日は六花繽紛、遺骸を荼毘に附した八日は快晴、告別式の十日は寒雨蕭蕭、先生の一生を象徴している。

（十九、六、十、三浦記）

青厓先生の添削

東洋文化研究所の詩會では、雪山先生が助手で青厓先生の添削を書いておられた。私、三浦は番が來て師の前に進んで拙稿「西施」を提出した。何を云わんとするのかと聞かれ、その着想を話すと添削された。その後雪山先生は、青厓翁は復たお前の詩を直されたと曰われ、さらに後日、『昭和詩文』編集の際復た復た直され、同誌に載すことになったから郵送すると曰われた。その載った詩は次の如くで、荒浪煙厓氏の評がついている。

越王戰敗乞降時。選入呉宮絕世姿。誰識臥薪嘗膽外。秋波傾國有西施。煙厓曰。詠西施眞不容易。此篇一出。前人之作。殆可廢矣。青翁激賞。有以夫。

（『昭和詩文』第二八九輯、十六年六月）

天下の詩宗が未熟な拙詩を三度も添削された事は誠に有難いことで、恐らく着想が氣に入ってかくまで手を入れて下さったのであろうと深謝している。

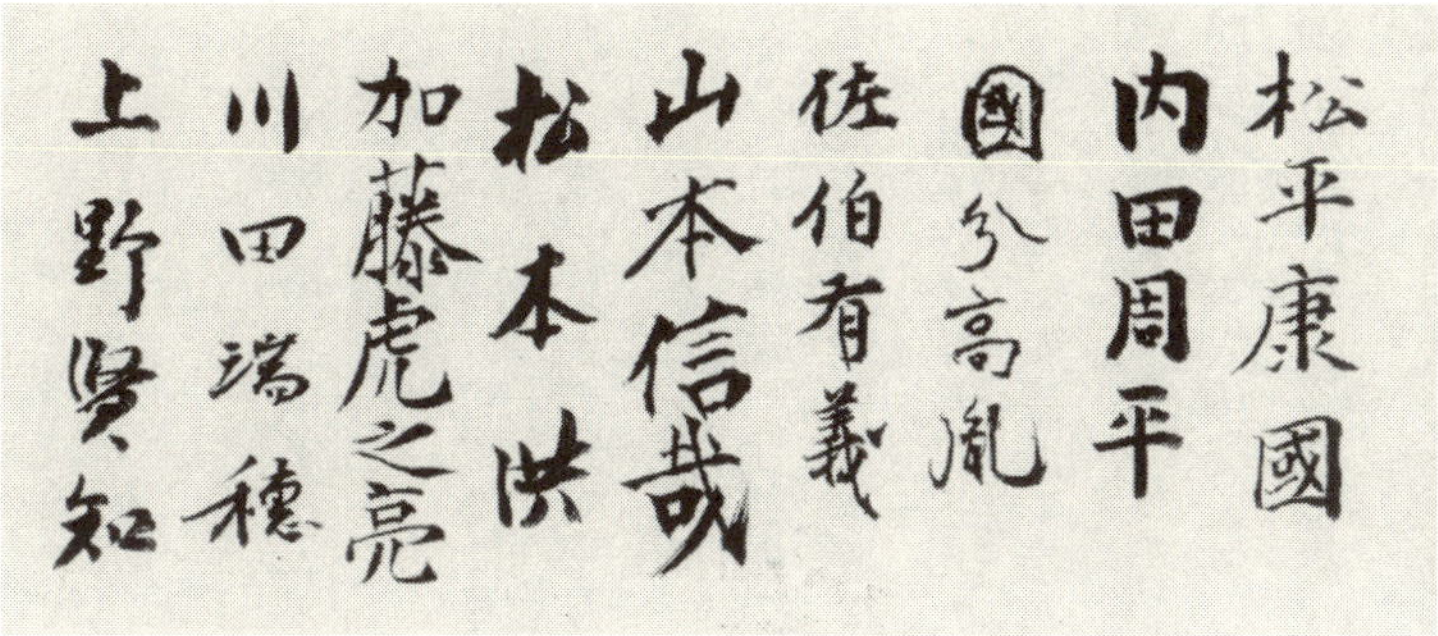

國分高胤（青厓）先生の自署

國分青厓先生は明治から昭和まで、日本の漢詩家の代表者として天下に著名であったが、詩會の時詩の添削は、若手の先生詩人が代筆されたので、青厓先生の自署は見られないから、勿論世の詩家も知らなかった。よって私はその助手をしていた川田雪山先生に聴くと、青厓先生の筆蹟は、參内した際に署名されたから、その名簿を見るより外には無いといわれていた。

ところが幸い、私は無窮會の東洋文化所研究科（第一回）を卒業した時、卒業證書を頂くと、その裏面に研究所で講義された天下に高名な諸先生達が、その姓名を自署されていた。

幸い私はその第一回生で之を頂き、その説明も川田雪山先生から聴きました。この寫眞がそれであり、大變珍しい貴重なものなのでここに之を掲載披露しておきます。

（三浦記）

根本羽嶽先生

根本先生の名は夙に天下に聞えているが、詳しく經歴は知らぬ人もあろうから先ず一通り話しておこう。

先生小字は周助、號は健齋、別に羽嶽と號した。文政五年二月、羽後國仙北郡刈和野村に生れた。家は代々醫家で、秋田藩佐竹侯に仕えていた。醫家ではあったが、兼ねて武術もしていたらしい。先生の代になって始めて儒家となったのである。

先生は幼時藩校明德館の分校崇德書院で學問したが、成績拔群の故を以て大學・中庸・論語の三科を無試驗にて本校の明德館に入ることを許され、やがて監事に擧げられ、後に教授を兼ね、間もなく學長に進んだ。後には秋田藩の教育學政官となった。

明治元年錦旗東征の事あるや、藩論は尊王・佐幕の兩派に分れて爭ったが、先生は尊王論を唱え藩論統一に盡力し、小荷駄奉行に任ぜられ、莊內藩征討の時には參謀となって從軍した。此時薩摩から大山格之助（綱良、後の鹿兒島縣令）が來たが、何分鹿兒島と秋田であるから言葉が通じない。そこで仕方なく、「罷り出でたるは薩摩の大山格之助にて候、これは秋田藩の根本周助にて候」と曰った工合に、謠の文句に倣ってやっと意志が通じたと言う事である。戰終って功により久保山藩（秋田藩を改む）少参事に任ぜられ、廢藩置縣の際には秋田縣權大屬となった。明治八年大藏省沿革史編輯取調掛となり、記錄寮出仕に轉じ、後に斯文學會文學講師となり、次いで華族會館學則取調委員となり、宮內省御用掛に遷り皇族方の御進講を命ぜられた。十九年御講書始には御進講を命ぜられた。二十三年に始めて家塾義道館を開いた。

二十八年帝國大學文科講師となり、次いで教授に進み、三十二年文學博士の學位を授けられ、正五位勳四等を賜り、後從四位に陞進した。

三十九年十月五日、八十五歲の高齡で病歿し谷中天王寺の塋域に葬った。時に敕使が其の邸に臨み白絹二匹を賜った。


私が先生の塾に入ったのは、明治三十一年八月で（大阪の山本梅崖先生の塾を出てから二ケ月後）當時塾は飯田町五丁目に在った。今の飯田橋より九段に向って行くこと一丁許りで左側に國學院があったが、其の四、五軒先であった。先生の住宅は道を距てて右へ坂を登った處に在った。後には小石川指ケ谷町に移り、間もなく本鄉團子坂の森鷗外の隣家に移った。私は此時まで先生に隨い、三十三年十一月に塾を去って衆議院議長片岡健吉先生の宅へ食客となった。爾後先生は小石川傳通院前に移り、ここで歿くなられたのである。

先生は一生總髮で、後に長く垂れていた。それが銀の如く眞白で、暑い時には折々結んでいた。と言っても丁髷ではない。背は餘り高い方ではなかったが、相當頑丈で、顏は赤味を帶び、音吐は鐘の如く、性質は極めて嚴格な方であった。私が入塾の時初對面の印象は、その無髯にして眼光電の如く、右手に鐵扇を持ち、左手の拳を堅く握って袴の上に置き、ジロリと一瞥された有様は、宛も古の山鹿素行もかくやと思う計りに感ぜられた。その時先生は、ウム、俺の弟子になるなら善く勉強せねばならぬぞ、こんな暑い時にはお前達も晝寢したいだろうが、晝寢は我が塾の第一の禁物じゃと、自分が若い時に勤勉した有様や蘇東坡父子兄弟の苦學した有様を語って勵まされた。

先生は明德館に居た時、友人三人で大いに競爭したと言うことである。二人の名は佚したが、その中の一人は病氣で倒れたので二人の爭となった。そして便所へ度々行くと讀書の枚數が遲れるからと、小便をコラへて成るべく茶を呑まぬ樣にしたと曰う。又汚れた身體の儘で讀書するので虱がわいたが、之を一々取っていては相手に負けるからと、目は書物から離さずに、手を以て虱を襟の方へ追出して机の端で壓し潰していたと曰うことである。

塾の講義は、先生は『論語』、『易』、『左傳』で、之を「オラガ〳〵」の秋田辯でされた。其の他は武内某氏が『孟子』を、齋藤甲氏（後に學習院教授となる）が『唐宋八家文』を、息子の通徳君が『史記』を、澁江保氏（弘前藩の儒者澁江抽齋の子で海保漁村の弟子）が、『西廂記』の講義をしていた。澁江氏は井上圓了氏と共に『易』に於て先生の高足であったので、先生が差支えの時には『易』の代講をしていた。詩文は先生自ら不得手だと言うので、當時善隣書院に來ていた王治本（號漆園、『經史論存』の評をつけた人）が詩文掛として囑託されていた。

當時塾長は山川早水で、塾には東西の兩房があったが東房の房長が私で、西房長が松村鹿太郎であった。

扨てここで私の失敗談があるので話してみよう。それは息子の通徳君が休むとこの三人に『史記』の代講をさせた。或時私がやった。聽講者中には私より年長の者もあってやりにくかったが、それはまだよい。『史記』など何程のことあらんと下調べもせずにやったところが、藺相如傳の「膠柱鼓瑟」の句に至って詰ってしまった。

私は是より前山本塾で十八歳の時『資治通鑑』を一年間に二回半讀み（山本先生は十五歳で三度讀了したと云う）「左傳」を褒美に貰った事がある。先生の三回は他の書物を讀まずに『通鑑』ばかり讀んだのであるが、私は他の書物を讀む傍ら二回半讀んだのであるから褒められたのである。然るに『史記』に至っては此の時まで一回も讀んだ事がなかった。此の失敗があってから發奮して『史記』を讀んだ。そして翌年徴兵検査の時には、而、女、乃をナンヂと讀み、心をムネと讀まねばならぬ孫子が呉王闔閭の前で美人を斬るの一段を白文のままスラスラと讀んで検査官から褒められ、徴兵を免除して貰った。

先生の學問は世間で定評があるからここでは略するが、『易』は孔子以後自分一人だと威張っていた。私の貰った軸物にも「發漢魏唐宋諸儒未達之祕之章」の印を押してある。ここで世間の一部では根本は傲慢だと曰うのであるが、然しこれには譯がある。嘗って今の閑院宮殿下が先生の講義をお聽遊ばされて「前賢未發」の額を賜うたので、斯かる印が出來たのである。

先生の『易』の說は三國の虞翻の說を本にして、鄭玄・王弼以下の說を駁したので有名なものだ。著書には『讀易私記』一卷、『周易象義辨正』十五卷がある。後著は先生一生の心血を注いだもので、第一卷より第三卷までは在世中に、以後は歿後に出版された。

先生は帝國大學に出ていた頃早稲田大學にも出ていた。ここで『論語』の講義があった。是は僻說が多いと議論する者もあるが、なかなか卓說もある。例えば、先進篇の「德行顏淵……」の句を世に孔門の四科、孔門の十哲と曰うがそんな馬鹿げた事はない。あれは孔子陳蔡の厄に隨った者の中で十人の偉い者を擧げたので、孔子の弟子全部の中の十哲ではない。孔子は自ら顏淵・子路・子貢・子張の四友があると曰っているが、十人の中にはこの子張さえもれている。尚お他に曾子・原憲等も落ちていると曰ってある。此說は程子がやや之に近い事を曰っているが、先生はそれよりもっと進んだ說を述べている。先生は大變孔子を崇び、湯島の麟祥院を借りて毎年春秋二回釋奠を執行した。此の時には舊藩主佐竹侯爵を始め多數の名士が參拜された。その儀式は周代の方法に則ったもので、岡本監輔が添役で、門人は總出で手傳った。先生は若い時江戸に出て當時一番有名だった安井息軒を訪ねて十ケ條の質問をしたが、息軒は一も答えられず、爾後は何度訪問しても面會しなかったと曰う。私が塾に居た時支那から呉汝倫が來たが、先生は彼と『易』の問答をして十二ケ條の質問をしたが、呉汝倫は一も答えられなかった。

先生の耶蘇教嫌は大變なものであった。或時斯文學會で若い連中が演說會を開こうと企て、三島塾の山田謙吉、根本塾の私と山川早水、山井（幹六）塾の佐藤忠雄の四人が委員に擧げられて辯士を依賴して廻った。私と山川は先生及び島田三郎・石黑忠悳さんを、佐藤と山田が谷干城・三島中洲さんを依賴した。當日中洲翁は差支えがあって見えなかった。所が愈々演說開始の前に先生が遲れて見えた。すると島田三郎がいるので怒って歸ると曰い出した「川田、山川一寸來イ」と隅へ呼ばれ、俺は耶蘇教信者と一緒に演說はせぬと叱られた。控室は狹いので島田さんにも聞える。にがり切った顏をしている。そこで今日は儒教の會とは言え學問の話で、島田さんには德川時代儒學の沿革に就いての講演を依賴してあって、儒教の本質に關する問題ではないからと色々先生をなだめ、谷さん、石黑さんも傍から取なして呉れられたので遂に先生も澁々と講演された。

講演では島田さんのはなかなかよかった。流石の根本先生も耳を傾けていた。少し話は傍徑に入るが、此の時の演說で覺えている所があるから序に話して置く。味のある話では谷さんのがよかった。「足食足兵民信之」の題で、經驗上から話されたものである。其の筆記は『谷干城遺稿』の中にも收載されてあるが得意の演說であった。石黑さんの演說は自分の實歷より儒教の尊い事を記された。十八歳の時越後から江戸へ出て來る途中、佐久間象山を信州松代に訪ねたが、丁度晝時分で飯を出された。其の御馳走は比目魚《ヒラメ》二枚と味噌汁一杯であったが、自分は生涯是丈の御馳走は覺えぬ。此の二品が自分の現在の血となり肉となっていると話された。又私は斯んな痘痕面をしているが是でも二人の女に可愛がられたと曰ったので皆んなドット笑った。スルト、諸君笑い給うな、一人は自分の母だ、一人は自分の妻だと曰ったので、又噴き出した。先生は中洲翁とは馬が合わなかったようだが、重野成齋翁とは非常に懇意であった。

先生は本來書物好きで、當時月給は百圓——今日の三四百圓位に相當——であったが、五十圓で生活し、五十圓で書物と武器とを買った。常に道具屋と書物屋が出入していた。書物は澤山あって、私は先生が指ケ谷町へ引越す時手傳をして佐倉藩の藏書印ある『戰國策』を貰った。先生は武器も好きで色々の物を蒐集していたが、中には贋物もあったようだ。其の確かに贋物と思われるのは、楠正行が四條綴で使用したと曰う刀、木村重成が佩びていたと曰う刀の如きは是である。重成の刀は其の死ぬ時に越前の姉婿に與えたもので、山本梅崖先生は其の刀とそれに附いているこの姉婿に與えた手紙とを越前で見ている。此の方が眞物である。眞正に違いないものには山中鹿之助の佩刀がある。又堀部彌兵衞が持っていた鐵杖がある。鐵杖には堀部彌兵衞金丸と銘が彫ってあった。先生は學校でも風呂でも何處へでも外出の際には必ずこの鐵杖をついて行った。

先生は晩は九時頃寝に就き、朝は三時に床を起き、五時頃まで二時間許り暗がりの中に一人ジット坐り、玉露を飲んで精神を落着けていた。そして五時より接見となり之が終ると銭湯に行った。此の時は二人宛指名して弟子を連れて行った。湯銭は先生が支拂うので貧乏な者は代って随行を乞うた。先生は人の入浴後は嫌いであったから眞先に入ったので、冬は提燈をつけ、ガランガランと鐵杖をついて行った。すると湯屋では番頭が待っていた。先生が入湯中は弟子は帯を解いて準備をして待って居り、先生が浴槽から出て三助に流さしている間に弟子が入るのである。三助が去ると先生は水桶の處へ行ってしゃがむ、すると弟子が二人、右左から二十五杯宛都合五十杯の準備をして待って居た。

尾上柴舟先生（三浦　叶述）

㈠

尾上先生はいうまでもなく落合直文門下の歌人で、大正三年に水甕社を起こされた。その門下の雙璧が若山牧水・前田夕暮であることも世に名高い。岡山縣津山の人である。卽ち津山藩士北郷直衞の三男に生まれ、同藩の尾上勁の養子となった。津山小學校高等科を卒業の頃、養父が龍野へ轉勤のため津山を去る途中、吉井川を舟で下ったことが忘れられず「柴舟」と號しはじめはシバフネと訓んだということである。

明治九年生まれというから、御存命なら（昭和三十二年歿）今年は九十七歳である。私がはじめて先生に接したのは昭和四年、早稲田大學で講義を聽いた時であるから、當時六十歳前であった。小柄な方で聲は少しかれ氣味で通りにくかった。溫厚な方であったが、右肩を少し吊りあげ、眼鏡の奥でニヤリと笑われると、皮肉が飛び出していた。あの皮肉家の話し振りは今でも眼前に彷彿として懷かしい。二時間連續の講義はきつかったようで、一時間が終ると必ずお茶を呑みに控室へ歸られた。

講義は古今集・新古今集・萬葉集であった。中でも古今集はご専攻であったからご研究も深かったようで、全文を暗記されていて、授業の時にはテキストなしであった。そして歌を、一つ飛んでとか、五つ飛んでとかいって暗誦されたが、その順序も歌も一度も間違ったことがなかった。その強記に驚くと共に、これ程になるまで數十回くり返し讀まれたのかと敬服したものである。今日これ程の學者が幾人あることであろうか。

講義といっても、それは一般の先生の講讀のように解釋はされなかった。そんなことは自分で調べておけということだったと思う。もちろん試驗に解釋が出るので自分で調べておかねばならなかった。先生は歌人であっただけに鑑賞が主で、「この歌は調子が高いですね」などといった寸評であった。時々重要なことばについて説明があったに過ぎない。黒板に晒瞰圖を描き、「この歌はここからこれを詠んだものです」などと作歌の状況などを説明されていた。殊に萬葉集において。

先生はいつも中國出版の石印本の小説をポケットに入れていて、電車の中などで讀んでおられた。歌人が中國小説を讀んでおられるのでそのわけを聞くと、「日本文學を研究するには、どうしても中國文學をやらねばならない。日本文學について、これはこうだと威張ったことをいっていると、その種本になるものが中國の書物にあったりして恥をかくからうっかりできないよ」といわれた。今書名を忘れたが、後に先生は中國小説の翻譯を出版された。この時の本であったろうと思う。この中國文學の研究ということは、尾上先生を知る人でも知らない一面ではないかと思う。

(二)

先生は國文學、和歌、書道の三方面に深い造詣があり、しかもそれはどの一つをとってみても當代一流であったから、これほど三拍子そろった秀才は、當時世に見られなかった。おそらく今日も見られないであろう。大學出が月給五六十圓だった昭和の初年のことである。われわれ學生たちは、先生は三方面で大變活躍されているから、各々五百圓として、月には千五百圓位あるだろうなどと噂したものである。

先生の生家は二百石余りの藩士であったが、明治となって祿を離れ、且早く父を失ったため暮しは豊かではなかったようで、幼い時から手習いの好きだった先生は、紙と筆が自由に得られなかったので、木切れで地面に字を書いて遊んだという。

また先生が幼くて字が讀めなかった頃のことである。ある日母親がタンスを整理していたら短刀と短ざくが出てきた。するとそれを見た先生は、短刀には見向きもせず、一日中短ざくをもてあそんだということである。知らず識らずのうちに、その時分からすでに歌と字に興味があったようである。

先生の字はいわゆる古筆で、藤原行成流であった。なお前回に述べたように、繪を描いても、うまいでしょうと笑いながら自賛されたが、これもまたまことに上手であった。

われわれは當時書道の研究會を作り、先生を會長に仰ぎ、先輩の神郡晩秋先生（斯華會を主宰）に實技の指導を、尾上先生には「和様研究」の講義をして頂いた。この時先生はまず始めに書道を學ぶには、和を主に漢を従にすべきだと心構えを説かれ、それから、和様の起り、寫經、和漢朗詠集の字、和歌と假名の關係などについて説明をされた。これこそ歌人であり書家であった先生の最も得意とされた話で、われわれは大いに裨益《ひえき》されるところがあった。その中で、假名は韻文より一歩遲れて散文と歩調を同じうしていたが、行成時代になって、韻文と歩調が合って流調なものになったが、その後はまた衰えて行き、歌は新古今時代を現出したといわれた。その時私は先生の字が行成を手本にされた所以もここにあるのだなと思った。

校内でわれわれの作品の展覧會を開いたが、その時は早大というバックと尾上先生の顔とでまことに盛大な會を開くことができた。卽ち河井荃廬氏から特別に氏の造られた印譜、肅親王、王船山など清朝の書幅を十三幅借りたのを始め、會津八一・平沼淑郎・野々村戒三など大學關係の人々、外部では岡山高蔭・中村春堂・松下太虚などの書家に揮毫して貰って出品した。ちょうど上野で泰東書道展が開かれていたが、そこには特別出品に清朝の書がわずか二、三點しか陳列されていないのに、われわれの會には十三幅もまとまって出ていたので、泰東のものよりもすばらしいといってたいへんな評判であった。これも尾上先生の力が與っていた。

傳記研究會の活動

――三古會の思い出――

三古會の思い出

この三古會は昭和九年九月一日、十四名の人が無窮會（淀橋區西大久保一丁目四二九）に集まって第一回の會を開き、次ぎの如く會名、規約を作っている。

十四名の會員名

木村　捨三　依田美狹古　羽倉　敬尚　關田　駒吉
相見　繁一　伊藤　武雄　鷹見安二郎　望月　茂
久保田滿明　島田　筑波　渡邊　金造　森　銑三
伊東多三郎　森　潤三郎

會名は久保田滿明（米所）氏提案、皕十《と》會、三古會（稽古、尚古、考古）の二つにつき會員の意見を徵したが滿場一致で三古會を採用した。

三古會規約

一、目的、主トシテ史傳ノ研究
二、會日時刻、毎月（八月休會）第一土曜日午後二時ヨリ夕刻迄

三、會場、淀橋區西大久保一丁目四二九　無窮會
四、右規約ノ日時場所等ノ變更スル場合ニハ通知狀を發ス
五、會費ハ當日出席者ヨリ金拾錢宛ヲ徵シ茶菓ノ料ニ充ツ
六、新ニ會員タラントスル者ハ會員ノ紹介ニ依リ一同ノ承認ヲ得ルヲ要ス
七、本會ノ世話人ハ當分左ノ三氏ニ依囑ス
森　銑三（東京都本郷區根津宮永町廿八）
渡邊金造（浦和市前地一八二　電話浦和四六二）
林　正章（無窮會內）
（昭和四十九年九月十四日出席、現在會員名簿による）

私は昭和十年一月五日の新年宴會に出席しているから、昭和九年の十月から十二月の間に入會していたようで、創立から一、二ヶ月後である。

當時私は二十三歲の若輩であったが、三古會の會場が新宿西大久保の無窮會の二階であり、その無窮會で東洋文化學會の會誌『東洋文化』を編集していた關係から、この會に入れて下さった。その時から數えると五十五、六年を經過している。もうその頃の會の樣子を知っている人は數少ないと思う。たまたま今秋（平成二年十月十五日）保野學兄が來訪され話がこの會の事に及び、現在の會員はその昔を知る人がいないから之を記すようにとすすめられたので執筆を

約した。そして往年の諸先學の方々の學恩を思い起こし、創立當初頃の様子を日記によって記してみた。(俣野學兄は平成三年五月四日逝去され大へん殘念であるが、この原稿は生前お目に掛けていたので、約を果していたと今は心祕かに自慰している)

この會は毎月第一土曜日に例會が行われ、發表者が前以て定められていた。當日發表者はその研究、調査などを發表するが、他に誰でもいい、會員に見せたいものがあると之を持參し席上で紹介された。何でも初めて見る珍重すべきもので、私にはこれも亦樂しみの一つであった。

例えばいつであったか羽倉敬尙さんが足利尊氏の書幅を持參されたことがある。するとこの時三村竹清さんが和綴の手帖を取り出し、尊氏の花押をスラスラと一筆で臨書された。花押の書き方を知らない私は、之を傍で感心して見ていた。竹清さんにはこの花押臨書の近世花押譜があるが、こうして諸處で集められたものであろう。これは一例で、このような多種多様なものが展觀されていたから之を集錄していたら、馬琴の『耽奇漫錄』のような本ができていたであろうと、今にして思う。

これに關連したことで、會では時々服部南郭の子孫服部元文氏の宅とか、淺草寺とか、史傳の研究に關連のある處を訪ねて、色々な資料を見せて貰った。こういうことも、三古會だからできることだと會の世話人に感謝していた。

又發表者の話が終ると、その話に關連して出席者が色々なことを話すが、そのチョとした小話にも大いに參考になることがあった。昔湯淺常山が文會の席で人々の語った寸言を集めて『文會雜記』を作ったように、この片言を集錄していたら『日本隨筆大成』に收められたような隨筆ができていたであろうと、これも亦今にして思うことである。

次ぎに話を進めるのに、手元に昭和十年三月二日現在の三古會名簿があるので、まず之によって會員を紹介する。

本郷區上富士前町五	相見　繁一（香雨）
淀橋區柏木四丁目八七一	蘆田　伊人
神田區小川町三丁目九	池上幸二郎
豐島區雜司谷町六丁目一一二三	池田　典雄
板橋區板橋町三丁目二六六	石井　鶴三
澁谷區豐分町二	伊藤　武雄
瀧野川區中里町三二七　池田方	伊東多三郎
	笠井　輝雄
淀橋區東大久保二丁目三二〇	木村　捨三（仙秀）
荏原區中延東洗足一一一三ノ四	久保田滿明（米所）
豐島區雜司ヶ谷町三ノ五二七	佐藤　堅司

神田區五軒町四一　島田一郎（筑波）
世田谷區若林二四　鬩田駒吉
京橋區築地一丁目
　京橋圖書館內　市史編纂室　鷹見安二郎
赤坂區青山南町五ノ四五　羽倉敬尙（杉庵）
淀橋區西大久保一ノ四二九　林正章
淀橋區戸塚町一ノ五八二　日吉館　三浦叶
赤坂區青山南町六丁目二六　三村清三郎（竹清）
豐島區巣鴨三丁目一　望月茂
大森區北千束六四四　森潤三郎（峯舟）
本郷區本郷五丁目二三（世話人）　森銑三
世田谷區若林町六一四　依田美狹古（春圃）
浦和市前地一八二（世話人）　渡邊金造（刀水）
翌十二年一月の名簿には次ぎの十五人が新しく加入されている。
淺草區馬道淺草寺教學部　網野宥俊
板橋區小竹町二四〇二　入田整三

澁谷區羽澤町一〇三　鵜坂榮太郎
淀橋區百人町二丁目二四〇　岡澤慶三郎
牛込區谷仲之町三三　川瀬　一馬
芝區三田慶應義塾大圖書館　國分　剛二
小石川區原町三　佐伯　仲藏（篁溪）
品川區大井山中町四三三〇　島田　貞一
荏原區中延八五二　鈴木好太郎
淺草區今戸町一ノ八　高野　純三
下谷區上野櫻木町二三　玉林　繁（晴朗）
澁谷區代々木谷町一六五　生田目經德
豐島區西巣鴨三ノ八三一　鴇田　惠吉
中野區野方町一ノ九三六川崎市史編纂　中道等
杉並區阿佐谷六ノ二四三　皆川　新作

この名簿で分かるように、會員は當時わが國の各界、各職場で活躍されていた學者、文人の方々であったから、私はこの會によって歷史、文化、芸術、習俗等々、各方面に亙って廣く珍らしい知識が得られた。而も會員の人たちは年齢、經歷などを問われないから、若輩の私の如き者も不遠慮に皆さんに教えが乞えたし、又會員は會を重ねるにつれ各人の研究のテーマが分かってくると、後に具體的に述べるが、森銑三・森潤三郎さん等の大先學は、私のような學校出たての書生っぽにも、自から進んで色々な資料を手記教示し、或は貸與し、助言をして下さった。

こんなに面白く且内容の充實した、而も有益な會は他に知らない。今日に至るまでこの會が續いていると聞くが、故あるかなと思う。私は今鄉里で十六、七年間愛鄉會という地方史の研究會を主宰しているが、往年體得したこの三古會の仕方を手本に之に倣って運營している。

閑話休題。次ぎに會員中色々なことで深い思い出のある人について記してみよう。

まず初めに會の中心人物であった世話人の森銑三さんについて述べると、銑三さんは背丈のスラーとした長身で慇懃丁寧な方でよく會の世話をなさった。最も隨筆の調査に力を盡くされていた。「隨筆辭典」の著書もある。元來が圖書館講習所の御出身でそれから史料編纂所に勤めておられた。それだけに書物に詳しく、珍らしい書物を掘出しておられた。後年早大に一時出講されていた頃であったと思うが、井原西鶴の著作といわれるものを精讀し、そのことばの用い方から見て、世に西鶴の著書だといわれるものの中から、これこれは僞作だという論文を發表された。今日その說はどうなっているか知らないが、當座はこの銑三さんの說を反駁する人はいなかった。

銑三さんは傳記の研究家（殊に近世の人）であったから、三古會員のような同好の人たちと傳記學會を作り、機關誌『傳記』を發行されたが、その中に自分が調査した資料の控（『森銑三著作集』別巻に「近世人物研究資料綜覽」と題し、人物のカード式研究を收載されている）を惜しげもなく公表された。これを以てみても、いかに學界のため、研究者のために研究を援助されていたかが窺われよう。直接銑三さんのお世話になった方も多勢いよう。傳記研究にかけてはこの人の右に出る人は誰もあるまい。千人の傳記はすぐに出來ますといわれていたが、全くその通りである。無窮會司書の林正章さんが嘗て私に、森さんは亡くなられた奥さんのお通夜の晩にも校正しておられたと話されたが、それ程忙がしく筆を執っておられた。毎月各界數種の雜誌に之を寄せておられた。正月の會には會員中には色々凝った年賀状を下さった方々があったが、銑三さんはこうした新年の挨拶にも、例えば表紙に「○○○傳」、その裏に「賀正　森銑三」と印刷した文庫版十頁程度の人物傳を毎年配られた。これらの書かれたものを集めた『森銑三著作集』（中央公論社刊）が十三册もあることが之を證していよう。戰前に德富蘇峯が「日々だより」に、森銑三という人はどんな人か知らないが、色々な雜誌に澤山傳記などを發表されていることは知っている。さぞその原稿は自分の身の丈以上にうず高くなっているだろう、と記されていたことを今でも覺えている。

毎回例會に出席して森銑三さんと共に世話をされていたのは渡邊金造さんであった。肩書は陸軍中将で師團長だったという軍人であるが、會では陸軍の話など一度もされたことはなかった。意外にも國學者の研究にたいへん造詣が深く『國學者傳記集成』（明治三十七年刊）の誤りの訂正や補正をしておられた。その頃同書は絶版で高價であったから、昭和九年中國書店からその復製本が出された。その時同書店から依頼され私は會員の池田典雄さん（池田蘆洲先生のご三男）、山崎與四郎さん、無窮會の林正章さんと四人で、同書の刊行以後物故された國學者の傳記を集め、新しく續篇を作ったが、その三十年前の元本の訂正補正をするには渡邊さんの補訂をそのまま借用させて頂いた。渡邊さんの書かれたものは『渡邊刀水集』（日本書誌學大系）五册に收められているが、中でも最も努められたのは平田篤胤の研究でこれは別に『平田篤胤の研究』として刊行されている一、一九三頁にも及ぶ力作である。

前述のように渡邊さんは陸軍の上位の將官で、髭があったと思うが堂々たる風貌をしておられたが、會で會うと一向武骨な所はなく、若輩の私も氣易く話しができた。私は井上四明の書いた稿本の中に河越醫官の渡邊という醫者の碑銘があるので、もしかすると渡邊さんとご關係の方かと思ってある時の會でそれをお見せすると、私の本家で子孫は不明ですといわれ、それを書寫して差上げると大へん喜ばれたことがある。

森潤三郎さんは當時お耳が遠いようであったが、會にはよく出席されていた。鷗外に會ったことはないが、その弟さんであるから、鷗外もこんな人であろうと想像していた。何となく親しみがあってよくお話をした。勿論鷗外の傳記を書いておられるが、醫學に關係の人々のことも調べており、隨って醫學關係の雜誌も色々蒐集されていたようで、會にもこれを持参されたことがある。

會員の望月茂さんが首斬淺右衞門の話をされたことがあるが、森さんは鈴ヶ森で處刑された者の首を晒した木の板（台）を持參された。首を突きさす一尺近い大きな釘（三、四角型の先細の鐵）が裏から無造作に打ち込んであり、台上には脂のにじんだ跡が殘っていた。何處から持參されたか覺えていないが、法醫學の資料であろう。私は始めて見るもので、たいへん興味を惹かれた。三古會の例會にはこのような眼福の樂しみもあった。

私が話をする當番の時備前の漢學者のことを話したが森さんは關心を持って下さり、墨堤に某の碑があると寫して送って下さった。又『坦齋先生遺稿抄』という版本を持參された。始めて見る本で、その人名も始めて知った。その後の調べで南中行のことで、本氏は那須坦齋といい、伊藤東涯の門下で、岡山に歸ってから市井に隱れ簾を下して敎授していたことが分かった。

森さんは一方書物について深い造詣があり、『紅葉山文庫と書物奉行』という立派な研究書を出しておられる。嘗て京都の圖書館（名を聞いていない）に勤めておられたとか、林正章さんから聞いたことがある。公卿や書物奉行等の藏書印を捺した本、中にはその印のところを切取ったものを持っておられた。そこで之を借り、簡單にその人の傳の說明を書き添えて、『東洋文化』の扉に續載した。いい藏書印譜になり篆刻家、藏書家に喜ばれた。

木村捨三（仙秀）さんはこの會で會うまではその名も知らなかった。それもその筈、私と緣のない梨園の通人であったから、役者、浮世繪・音曲などの話になるとまことに博學であられた。例會の時に度々『集古』という雜誌を一同に下さった。集古會は三古會と同樣な同好の士の集まった趣味の會のようで、この機關誌『集古』は、最初に述べた馬琴の『耽奇漫錄』のような雜誌である。木村さんはこの會の世話人である。以てその趣味、學問が窺われよう。

この會では題が出て、例會にはそれに因んだものを持寄ったようである。例えば「黃」という題が出ていると、江戶の小說黃表紙、黃金色の小判等が集まっている。

その研究は『木村仙秀集』（日本書誌學大系）七册に收められてあるが、その道の稀書にも精しかったようである。

キリッと引緊った顏とパリッとした話しぶりで江戶ッ子を思わせるような印象が頭に殘っているが、この本の巻一に、三村竹清・川瀨一馬・相見香雨さん等と一緒に撮った寫眞が載っており、之を見て當時の皆さんの面影を追想している。

相見さんは上野の美術協會に勤めておられ大へん日本の美術に詳しかった。會では渡邊崋山のことを話され、崋山の載った『日本美術協會報告』を頂いた。やはり日本書誌學大系に『相見香雨集』二册がある。

三村竹清さんにも同じ大系本に『三村竹清集』九册がある。私は江戸文芸の通人三田村鳶魚さんは知らないが、竹清さんのような人ではないかと想像していた。すると森銑三さんが「竹清さんのことども」という随筆を書いて、やはり兩人は仲間の人であったといい、竹清さんを簡明に紹介されている。それによると、竹清さんは十一、二で丁稚奉公、小學校も出ていないと思われる。しかし獨學で儒佛兩面に亙っており、詩を作り、歌を詠み、川柳まで作り、篆刻は専門家で通っていた。正規の教育を受けなかったから、特種な人が出來上ったのだろうといってておられる。「特種な人」とは實によく言い得ているように思う。そしていみじくも、この會に集る人々はこの「特種な人々」ではなかったかと、今思い起こしている。

久保田米所さんのご先代は、『國民新聞』に勤めていた著名な畫家久保田米僊さんで、米所さんも亦畫家で歌舞伎座の舞台装置などをしておられたように思う。別に一人で纏った話はされなかったように思うが、新年宴會で酒が出た時、その仕事柄であろうか私はこの人が一番江戸の通入といった感じを受けていた。

池上幸二郎さんは神田の小川町で表具屋をしておられ、會員の中では年の若い方であった。先代が崎門學を勉強されていて、幸二郎さんもその方の研究家（殊に上總の崎門學だったか）であり、崎門學者の自筆の講義筆記類などを色々所藏しておられた。內田周平先生が出版された数々の崎門學者の未刊本は、みな池上さんが立派な和綴に仕立てておられた。德富蘇峯とたいへんご昵懇であったことを思い出す。

佐藤堅司さんは陸大の教官で戰爭關係のことを講義されていたようである。當時は時勢で『軍事史學』という雜誌も一般に公刊されていた。

島田一郎（筑波）さんは仙台藩の兵學について話をされたが、この時武術の方面の奥儀を記した、いわゆる奥傳、祕傳の巻物を數十本一束にして持參され、世が世であれば受領者以外は目に觸れることのできない祕物で大切に取扱れたであろうが、この時席上では拜む者は一人もなく、單なる巻物で無造作に次々と展覽に供せられた。中にも何も書いてない白紙のものもあった。祕傳の技は實技で傳えてあるから、巻物に書いて渡す必要もないであろうが、なお之を渡すのは、佛道の世界で經文によってその道を悟っていても、なお佛像を拜すると同じ様なものであろうか。

『島田筑波集』（日本書誌學大系）二册がある。

依田美狹古（春圃と號す）さんは學海先生のご子息である。學海先生は有名な漢學者であるが、國文學者、作家（紅葉・露伴・鷗外等々）畫家たちとも交り、殊に芝居好きで役者とも交り、自から脚本までも書いている。隨って交際は廣く各方面の人に及んでいる。美狹古さんはそれを見ておられたので、私は明治の文人、學者のことで不明なことがあると教えて頂いていた。

見るからに溫厚篤實な方で、その傳や碑文などを書寫して下さった。學海先生について聞いた話は『東洋文化』に連載していた「藝苑叢談（十）」（東洋文化　第二百十一號　昭十七・十・一）に載せている。

美狹古さんは前にどんな仕事をなさっていたか知らないが、當時は學海先生の門に出入していた岡崎春石・石川文荘翁ら（いずれも美狹古さんと同年輩に見受けられた）を訪ねて話すのを樂しみにしておられた。私が春石・文荘翁らを訪ねたことも話題に出ていたようである。そして學海先生の著作の整理をしておられ、謄寫印刷にした學海先生の著作目錄（現物が見えないので題目は不正確）を頂いた。

石井鶴三さんは當時中里介山の小說「大菩薩峠」の插繪を描いており、何か兩者の間に問題が起こって新聞紙上に賑やかに報道されていた。默坐していて、話しかけられると應える程度で、當番の話にはヂッと耳を傾けておられた。その靜肅に端坐されていたご樣子は、自ら描く劍豪の姿を思わせるものがあった。會には數囘出られた位だったと思う。

玉林晴朗さんは文身《いれずみ》の研究家で立派な著書もあり、珍らしい文身の話を色々されたが、白川靜氏が中國の神話學から說くような學術的な發表ではなかった。

この文身のようなあまり人の知らない習俗の話が聞かれるのも、多彩な研究家の集まったこの三古會にして始めてできることであろう。

生田目經徳さんは水戸學に詳しく、相當のご年輩であった。

皆川新作さんは最上徳内の話をされたと思うが、その朴直な話し振りが目に浮かんでくる。

明治の碩學・文人談

石川文莊先生談（三浦叶記）

小山春山先生

お話するには、往年私が漢文で書いた「小山春山先生逸事」に依ると順序がよいから、是によって大様を話し、其の後に此の事に關する雜話を附け加えようと思う。

先生の名は朝弘《トモヒロ》、字は毅卿、一の字は遠士、初め楊園と號し後に春山と改めた。下野國眞岡の人で、本姓は家田氏、其の系が小山朝政より出たので小山氏に復した。家は世々商を業とし、殊に素封家として著われていた。然るに先生は幼年から警敏で學問を好み、算盤を執る事を好まなかった。二十歳頃に父に頼んで醫術を學んだ。夙に蒲生君平・高山彥九郎の人と爲りを慕い、尊王攘夷を以て名を天下に著わそうとしたのである。

一日水戸の會澤正志の『新論』を讀んで其の議論の雄偉、識見の卓絶なるに感心して入門し、大いに得る所があった。其の顚末は「衆敎論略序」（春山樓文選卷一）の中に見えている。

又文法を當時有名であった藤森天山に就いて學んだ。天山は深く先生の人と爲りを愛し、且其の雄篇巨作の時事に剴切なるを見て、足下の文には奇氣がある、怠らなければ古人に及ぶ事も決して難くはない、勉強するがよいと勵まされたと云う。

又嘗て大橋訥庵・菊池澹如と文字の交りをした。澹如は慷慨家で、其の事は『春山樓文選』中に詳しく出ている。訥庵の事は、私が昔所藏していた寫本の春山の文抄中に「與訥庵書」があって、非常に深交があったようである。甲田顯三・平山兵介とも仲がよかった。

此の時に當って幕府は政治を失敗し天下は騷然としていた。憂國、慷慨の心にはやる先生は之を默視するに忍びず、鄕友某と竊かに訥庵の家で評議する所があった。文久二年の春、兵介、顯三等は閣老安藤對馬守を坂下門に狙擊したので、遂に先生及び訥庵・澹如等も之に連坐して倶に獄に繫がれた。其の爲に中には憂愁の余り病氣となったり、或は憤懣の爲に血を咯いて斃れた者もあったが、然し先生は一向平氣で少しも屈する所の樣子がなかった。水戸の內藤某は之を奇なりとし、特に獄長に賴んで詩を作るポケット用の韻字本を獄中に差入れた。そこで先生は大いに喜び、文天祥の『指南錄』に倣って數十首を作った。是は題して『留丹稿』と曰った。この『留丹稿』は書名にされた位であるから

欲藉皇威掃臭羶。狂夫自誓鐵同堅。
雖然拙計就囚去。扶植綱常千百年。

の如き、忠君愛國の情、言外に表われた詩稿である。此の詩は最も先生の養う所を見るに足る

ものである。

先生は八月に赦されて出獄したが、其の時天を仰いで長大息して曰われた。入獄した以上死ぬ事は當然の事と思っていたが、それが偶〻赦された。此の事は他人から見ると幸であるが、自分は死ぬ事に決心していたのであるから、却って免れたのは幸でない。訥庵・澹如等は死んで其の名を不朽に傳える事が出來るかも知れぬと。そして其の墓に詣り號泣して已まなかったと言う。

是より先き、自ら國事に斃れる事を覺悟していたので、下手なものを世に殘すと恥であると平生の雜著を整理し、故郷の長蓮寺に埋めて遺愛碑を建てた。

この先生の詩文集は、私が先生の歿後遺族から分けて貰って大事にしていたが、惜しい事に大正癸亥の震災で焼けてしまった。それは紙數五、六十枚のもので、「春山文集」と書かず「楊園集」と題してあって、一見すると春山の文集であるか他人のであるか判らぬが、中に「與大橋訥庵書」等當時の慷慨家に與える詩文があった。

元治元年三月、水戸の藤田信等が義兵を筑波山に擧げた時に、先生の長子馨（獻風と號した）は、年十八であったが慷慨家で之に参加した。時に先生は醫を業としていた。偶（たまたま）或る幕吏が信を价して其の妻の病を治療せしめた。そこで幕府は先生が信と同類者ではないかと疑い、再び捕えて佃島に流した。先生はそこで何日何もせぬので退屈であったから、馨の詩稿を整理した。名づけて『正氣堂集』と曰った。これは蓋し豫め其の死を知っていたからである。後に馨は越前で刑死された。其の傳は『大日本人名辭書』に私の書いたのが出ているから之を御覽下さい。

慶應二年の冬、先生は赦されて歸った。幾くもなくして幕府は大政を奉還し王室が中興した。鍋島幹という人があって下野縣知事となったが、先生の名を聞いて治國の方法を尋ねた。そこで先生は其の知遇に感激し心を竭して之を輔導した。擢んでられて浦和縣大參事となったが、間もなくして役を罷め、東京に來て大藏省の屬官となった。小役人であるから生活にも困難で、文字の事などする餘裕もなく、其の才を伸ばす事が出來ない境遇であったが、而も煩悶の色は見えなかった。神田今川橋西旭町に住んでいて、其の室は狹い室であったが、扁額には「旡悶」と書いてあった。決してこんな困難でも煩悶しないと曰うのであった。岡鹿門が次のような銘を作っている。

前有一宇。纔容二席。坐也臂觸壁。立也頭觸屋。臥也足觸壁。而遠士不以爲陋。繙書其中。綽然有得。

此の室には私が入門した當時始終通された。始めて見えた時、先生は名高い人であるからどんな風な處に住んでいられるかと想像していたが、さて通されてみると以上のような小座敷で、而も先生の風貌は是でも學者かと思われるような全く村夫子然たるものであった。

先生は力を文章に專らにし、尤も桐城派諸子の文章を好んだ。當時の名家重野成齋・島田篁村・村山拙軒・依田學海の諸老と互に研究し、暇があると勝景を探り紀行文があった。妙義山金洞、小股村觀瀑、偕樂園看梅等の文があったが、此等は評すれば筆墨蒼老、風神瀟洒と曰うような傑作である。

先生少壯の時の慷慨は彼の如く、又其の中年の風流は此の如くで、全く前後別人のようであった。

前にお話したように、言語、風貌は野翁の如くであったが、客と談論されると議論は卓絕で人を畏服せしめた。其の一例をお話すると、嘗て高山仲繩の忠孝、蒲生君平の尙古、林子平の論兵の事は、皆至誠國を憂うるより出ていて、均しく是れ端人正士である。然るに世人がこの三人を目して奇人と曰うのは、只徒に其の跡、外面のみを見て、其の精神の偉大なるを忘れているのであると曰われた。又、元治元年筑波の擧は、已むを得ざるに出たのであって、最初から成算があったのではない。國を思う情が鬱結して出たので、初からどうしようと言う野心はなかった。だから城郭の堅があったのではない。兵糧が多かったのでもない。而も數千の烏合の衆を以てよく幕府六萬の大軍に抗して半年の久しきを保つ事が出來たのである。藤田贇男の英爽明斷、飯田軍藏の勇決善鬪、土田衡平の權略投機の如きは、若し中興の業を佐けしめたなら皆今日の將相である。實に彼等の爲に惜むべきであると語られた。

高島嘉右衛門と言う者があった。横濱の豪商で、古學家である。嘗て罪を幕府に獲て佃島に流された。偶〻先生もここに流されていたので獄中で會った。そこで嘉右衛門は周易の疑わしき所を先生に質問した。先生は喜んで其の求めに應じた。後に嘉右衛門は巨商に列し、呑象と號し、占筮に精通した。伏羲、文王、周公、孔子の四聖人を尊び、一堂を建立して之を祭ったが、先生は爲に其の堂記を作られた。

先生は嘗て醫術を修めたので意を攝生に用い、酒は好きであったが、僅か一二合の定量より決して過さなかった。

毎日早起きで、一應掃除してから讀書にかかった。その讀書も夜中迄起きてするような不養生な事はしなかった。日が暮れると直ぐに寢に就いたと言うことである。

先生は豫め墓田を谷中に卜し、自ら其の墓銘を作られた。明治二十四年一月一日に逝去された。享年六十五。其の時清國公使の黎庶昌は「文堪不朽」の四字を書して香奠の代りとされた。

先生の著したものには

留丹稿、春山樓文選、常野戰爭誌略、正氣歌俗解、讀韓非子、訓蒙一隅、養浩日記等があった。此の中『讀韓非子』『訓蒙一隅』『養浩日記』は版にならず、私は寫本で持っていたが震災で燒けてしまった。遺族の手紙によると、ここでも燒けたようだ。

以上が往年私が漢文で書いた逸事の大樣である。其の他で附加すべきは、先生の歿後、大正七年十一月に贈正五位の恩典に浴したことである。

次に先生に關する雜話をしよう。

先生の傳記に就いては、早く茨城縣眞壁の人、奥田某と云う當時七十歳位の老人に「春山先生傳」があったが是も震災で燒けた。

横田と云う人が調べておられるが未だ出版にはならない（東洋文化三五〜三七號〈昭和二・三〜五發行〉に横田天風氏の「勤王儒家小山春山」の記事がある）。

先生の漢文の遺稿は『春山樓文選』の外に可成りあった。私も幾分か寫していたが前述の如く震災で燒けた。其の遺稿は成齋先生に選んで貰う爲に成齋先生の宅にあると曰う事であったので、先生の歿後成齋先生を尋ねたところ、今一寸判らぬからこの次に來るようにと曰われそのまま歸った。次に行ってみると、足下の話があってそうは思ったが、何とか云う春山の門人が來たので貸してやったと言う事で、遂に其のまま行方不明となってしまった。是は横田氏も調査されたが、矢張り以上の如き始末であったと云う。「東洋文化」第一五二號（昭和十二・四）

村山拙軒先生

先生名は德淳、字は大樸、拙軒と號した。それは文中子の「巧詐不若拙誠」の語から取ったので、小山春山先生が其の記を作られた。

舊幕府の醫員鹽田順庵の第二子である。順庵號は松園と曰い、なかなかの醫者で早く蘭學を修めた。博聞多識で『海防彙議』四十巻の大著がある。此の書は先生が傍にあって校訂したと曰う事である。この順庵の事は『大日本人名辭書』に出ているから省略する。

先生はこの順庵の下で教育された。そして一時の名家と交り醫を以て幕府に仕えた。

嘉永某年に『米船紀事』を著し、安政七年正月に命を奉じて村垣淡路守・小栗豊後守・成瀬善四郎・塚原重五郎等に従って米國に航し、同九月に歸國するや『奉使日錄』を作った。後醫學館にあり、維新の後文部、大蔵、内務を歴任して編纂の事に從事した。

嘗て博物館に在って本朝工藝の事を編纂した（明治十二年九月）。題して『工藝志料』と曰う。黑川眞頼が専任であったが、先生の參閲の力が大いに與っている。又同館中の珍籍を徧く渉獵して其の解題を作り、四庫全書簡明目錄に倣って『博物館書目解題』と名づけた。

博物館に關係していた時の事である。館長松田石谷は博雅の士で、自費で伊藤東涯の『操觚字訣』を再版しようとして重野成齋翁に謀った。翁は多忙の爲に之を先生に依頼した。そこで先生は一字も略字のないよう綿密に校讎し、半年の月日を費して出來した。

先生には三郎と云う弟があった。明治の初外務大書記に任じ、累進して遣淸特命全權公使となり聲位益〻隆くなったが、先生は之と反對に年已に老い官を辭し、風流に世を送り島田篁村・小山春山・蒲生褧亭・淺田宗伯等の諸老と文字の交りをして世を送った。明治二十六年三月二十三日、駿河臺の僑居で歿した。年六十三。谷中の長久院に葬った。以上が其の傳記の大略である。次に其の逸話を話してみよう。

其の將に歿せんとする數日前、松方伯の聘に應じて富岡別莊に在って其の諸子の爲に經史を講じた。それ程勤勉な人であった。

先生は常に衣食を節して以て書物を購ったが、讀むと必ず之を賣却した。家が狹いから人の書を藏する事が出來ぬと曰うのである。そして其の書物には必ず閱了の二字を書いた。

晩年は生活に餘り餘裕がなく、隨って書物も常に同人から借用していたが、必ず日を定めて借り、日を限って返した。そして若し其の本に落丁缺字があると、必ず他本を以て之を補寫して返却した。

次に著書文稿に就いて話しておく。

先生は『雜字新箋』と曰う熟語の出典を擧げ之に訓譯を施したもので、『雜字類編』、『杜矼字彙』等の體裁に似せたものを作ったが、是は先生の歿後朝倉屋か文行堂かに出たと曰うが、今日は何處にあるか判らぬ。先生の文稿は遺族が下谷に移った時に借りて寫した。遺族は火災に罹って遺稿は烏有に歸した。私はその寫本を有していたので、當時は幸だと思って次の如き跋も書いていたが、復本が出來ぬ中に之も亦大正の大震災で燒いてしまった。

書拙軒先生文稿後

明治辛卯春。兼六執贄於拙軒村山先生問文。時先生年老辭仕。僦居駿臺。從事鉛槧。一日見示文稿。實其所手錄也。兼六借覽。使人寫之。以爲一本。藏焉。癸巳春。先生易簀。後數年。遺族移家於下谷坂本。罹回祿災。貨財灰燼。其文稿亦歸烏有云。先生嘗奉職博物局。掌祕府典籍。學問該博。頗有識見。故其文練熟典雅。自與時流異。其撰惜哉。晩年轗軻迍邅。抱才不售。(以下略)

然しこの跋文を評した内田遠湖翁の評語の中に、

拙軒翁博覽好古。嘗訪余家。請借列子盧重元注。因得與之相識。翁所著書。有雜字新箋數部。歿後皆散佚。余多方搜求不能得。乃就彬卿借文稿一卷。寫以藏焉。亦不幸中之幸也歟。

とあるから、或は遠湖翁が持っておられるかも知れぬ。尚お此の文に對する中村櫻溪翁の評に

成齋博士嘗曰。吾欲序亡友遺稿而傳之。而未果者三人。曰木原老谷。小山春山。村山拙軒。老谷遺稿六卷。僅刻二卷。餘卷寄在愚家。春山生時自刋文選二卷。遺稿五十首。今不知何在。拙軒遺稿幸存彬卿手。成翁老年多事不遑顧故人。安得有力人廢一朝之享而盡壽之哉。噫。

と、成齋翁は年老いて如何とも出來なかったとある。成齋翁も先生を文友として尊敬の念を有

しておられた。

先生の處へ行った門人は今日は殆んどないでしょう。但し先生は斯文學會に行かれた事があるので其の講義を聴いた人があるのでしょう。高謙堂氏が先生の傳を書かれた事がある。氏が先生の事を知っておられるかと思う。なお依田美狹古さん・內田遠湖・石崎篁園翁等が知っておられると思う。

溝口桂巖先生

先生名は恆、字は景弦、通稱は淸兵衞と言い、相州簗井の人で、家は世々素封家であった。夙に吟咏を嗜み大沼枕山先生を師とした。其の居は山間の勝があり、庭には巖石が一ぱいで葛蘿が之を纏っており、扁額には叢生堂と書いてあった。枕山先生は此の景を左の如き長篇の詩に賦して居られる。

題溝口景弦幽居枕山詩鈔二編

維石巖巉成垣墻。環宅皆山鬱靑蒼。高人臥定高樓上。左列詩書右壺觴。奴能耕耨婢能織。好衣其功食其力。一家產業三百年。持盈不墜傳祖德。我來數日伴淸娛。肥魚大酒累郇廚。漫遊有愧考槃士。遊而不歸胡爲乎。

後に東京に出て來て居ること二十餘年、文人墨客が頻りに往來し唱酬の作も頗る多い。

晩年には生計が裕かでなかったが之を少しも意に介しなかった。そして曰われるには、自分は會計が迂闊なので身を誤った。詩を作るのは結構だが、詩に作られると私の如くになるから、詩よりは文章の方をしなさい。その方が生計の助けとなり又役にも立つからと、そして小山春山先生の所へ行って習いなさいと紹介して下さった。先生は風雅の人で墨水の勝を賞し、遠山雲如の三十律、依田學海先生の二十四景になぞらえて、三十韻を以て三十景を詠じた。是を書くについて數年の閒は毎日、或は三叉の渚を散歩し、或は八洲園を逍遙した。一詠一吟、逸思飄々として口を衝いて發した。先生はもと素封家で如何なる詩人も訪ねて來ない者はなかったので、晩年に及んでも色々の人が訪れた。それであるからこの三十首をみると一時の名家の評があり、又畫家とも交際があったので彼等は廣く多數の畫を畫いている。

明治二十四年の冬、生活上の都合もあって浦和縣吏となった。田舍の家は前に申した如く素封家で生活は豐かであったが、極言すれば東京へ出て好んで貧乏になったのである。

太政官へ奉職していた時、或日大久保利通が先生をして兒島高德を詠ぜしめた。利通は其の奇構を嘉賞し、これより詩名が大いに顯われたと言う。

自分の先生を尊敬する事は非常に篤く、浦和に居ても一年に二三度は枕山先生を訪ねた。其の訃を聞くや之を輓して、「四十八年師弟親。素居聞訃涙沾巾。」の句がある。後幾もなく明治三十一年一月二十六日病歿した。年七十六。平生賦するところの詩は古今體凡そ三千首、裒めて十五巻と爲した。其の家に在って作る所のものを『山居集』と曰い、出でて東京に寓する時の作品を『幻華集』と稱し、明治維新後に係るものを『京華集』と名づけ、後浦和に移って更に數十百首を得て題して『麗和集』と曰った。麗は浦《ウラ》と音が相近いのでつけたのである。この四集のうちで、『麗和集』丈が『桂巖詩鈔』麗和集と題して明治壬辰に出版された。當時聞えた文章家龜谷省軒は之に序して、

夫桂巖數奇。既不得志於當世。又抱負塊異鴻麗之才。不能建赤幟於中原。徒爲山巓水澨抒憂排悶之辭。豈非可嘆哉。

と惜しんでいる。

門人には森川竹溪がある。私の知っている時には、清水梅軒・堀中東洲・谷村映雪等がいた。孫の精一郎氏が四五年前私を尋ねて來て、幕碑文がないから書いて呉れと曰うので「溝口桂巖先生碑陰銘」を作った。

「東洋文化」第一五五號(昭和十二・八)

石崎篁園翁の諸先生談

私が文筆上色々教を受け或は益を得たり、又現在得つつある先生並びに朋友、或は文會等に就いて雜談をしてみようと思う。但し今日已に老境に入って記憶惡しく、且近來眼疾の爲に充分の話が出來ぬのは遺憾である。或は中には些少の誤りが無いとも限らぬ。そこは宜敷讀者諸君によって訂正されたい。（三浦叶記）

渡東隅先生

私が最初教を受けたのは、渡東隅と曰う先生でした。此の人は奥州八戸邊の方で、志を立て、東京へ出て芳野金陵先生の門に入ろうとしたが學資に乏しいので、その學僕となって勉強した。書物も十分買えないので反古紙に『大學』『中庸』等を寫して學びました。

後に秋田の岩崎藩侯に聘せられてそこの學校監督となった。其の次第は、藩侯は金陵先生を召されたのであるが、其の時金陵先生は已に下總の方へ聘せられて役が出來ていたから行くわけにゆかぬ。そこで相當の者を推薦しよう。幸い門下に渡東隅と言う者があるから此の人を採用して貰いたいと言うことから、先生が行くこととなったのである。

芳野金陵・復堂・櫻陰先生

金陵先生はなかなか幕府を尊崇する方で、非常に謹直な人でした。其の子息に復堂先生・櫻陰先生、東京府會議長になった世經先生等があった。

此の中で復堂先生は學問に熱心な方で、幼少の頃から志を抱いていた。金陵先生は自分で教えないで、鹽谷宕陰先生に就いて學ばしめた。よく勉強するので宕陰先生も喜ばれたと曰う。この復堂先生の事を話しますと、或る時金陵先生が復堂先生の室に入ってみると軸物が掛っている。大學章句の序より取った「開來學」と曰う句が書いてある。金陵先生は、誰が書いたのかと聞くと、宕陰先生だと曰う。誰が撰んだ言葉かと問うと、私が撰んだのです、是が私の志ですと答えたので、金陵先生も心中喜んで居られたそうです。

又或る時近火があって塾生達が騒いだ。然るに復堂先生は悠然として易を占ってみた。すると卦は大火にならぬと出たので、皆の者に騒ぐなと戒めた。火事は果して其の通り間もなく消えたと言う。

復堂先生は勿論父と同論で佐幕黨の人であった。ところが次の櫻陰先生は尊王倒幕論の方であった。此の人は氣象が鋭く負けぬ氣の人で、嘗て米艦が浦賀に入った時臺所で刀を磨いていた。母がどうするのかと聞くと、外夷の首を切るのだと曰ったそうです。父は佐幕黨であったから意見が合わぬので、遂に祕かに家を脱して越前の橋本左內の處へ行って、共に勤王の事に從事した。其の出發の際に、母は襟の中に七兩幾らを縫込んでやったと云うことです。

根本通明先生

私の藩には本藩の方に根本通明先生が居られた。此の人はなかなか人に屈しない豪壯の人で、鐵扇を持ったりして傲然と構えていた。最も『易經』に邃いと曰う評判でした。私が面會した時、足下は何を讀んでいるかと問われたので、『易經』ですと答えた。すると何部讀んでいるかと突こまれる。これこれの書ですと二、三册の名をあげると、『易經』を談ずるにそれ丈では駄目だ、どんどん多數の書物を讀まねばならぬと戒められた。

太田華陰と曰う信夫恕軒先生の門下生で、且根本先生の講義も聽いた本所綠町に住む人があった。借家があってそこへ根本先生をおいたことがある。所が先生は一向に家賃を拂わぬ。

華陰の父は催促に行けと曰うが華陰はなかなか行けなかった。然しあまり督促されるので仕方なしに催促すると、先生の答が振っている、貴様はひどい奴だ。俺に教っていながら店賃を取ると曰う法があるかと。

信夫恕軒先生

恕軒先生は金陵先生の門下で、私も先生の講義を聽きに行った事がある。講義はなかなか上手で、往々窗下を通る商人が立止って聽く事もあった。最も義士傳が得意で義士討人の日には、泉岳寺で聽衆を集めて講義をした事も度々あった。

門下生も一度氣に入ると非常に喜んで目をかけるが、一たん氣に觸れると忽ち罵詈されるので居にくくなった。

或る時先生と山谷のある鰻屋に行ったことがある。そこの池に鴛鴦が一羽浮いていた。女中に聞くと、この閒雄を亡って淋しいので愁然としていると語った。すると先生は、俺も近頃妻を亡って淋しく丁度この鴛鴦の如き氣持だ、此の座には重々耐えられぬと、注文の料理をそのままにして直ぐにそこを引上げて歸り、直ちに「鴛鴦行」と題する詩を作って見せられた事がある。

先生は散歩が好きであった。一日淺草公園に連立って行くと、路上で哀を乞う母娘があった。薄い本の上に字を書いていたが、之を見た先生は感嘆して、あれはうまい、斯の如き名筆を以て哀を路上に乞うは遺憾の至りだと名刺を差出し、俺は本所の信夫粲と曰う者だ、甚だ輕少だが……と曰って幾何かの金子をやった。母は頻りに辭退したが無理に與えて去った。

同じく淺草公園を散歩していた時の事である。賣卜者が澤山居たが其の前に立って、運勢をみて呉れと曰った。易者はよい客だとみて、何々の卦が出たと曰った。すると先生は、君それは間違っている。易はそう曰う風に判斷すべきでないと學問上から判斷して教えた。易者は、とてもそれ迄の研究はつづきません。一體先生は誰ですか御住居はどちらでしょうか、どうか御教授して戴きたいと曰ったことがある。

又散歩の時である。途中一軒の古道具屋の前に立止った。みると山陽の書簡がある。勿論僞筆であるが止ってみていた。そして之を買ったので、先生之はいけません、僞物のようですと曰ったが買って歸った。數日經っての事である。先日足下が贋物だと曰ったのは全く贋物であった。昨日中村敬宇に見せたところ退けられた。然し俺が眞物だと思っておれば別に差支えないと語られ、「書山陽贋物書簡後」と曰う文章を作られた。其の中には次ぎの様な事が曰ってあった。私は山陽の書簡を得て非常に愛していたら或る人が贋物だと曰った。然し贋物でも差支えない。今の世の中にはびこっている贋物は困る。虎の皮に坐って聖賢の道を講ずるが、其の實は學識足らず過って道を傳える者がある。是れこそ贋物である。又廟堂に立っている大臣宰相にも贋物があると、色々の贋物をあげ、最後に、然しこの山陽の贋物は害を爲さずと結んであった。

龜井戸の或る寺に門下生があった。先生は私に用事があると、使いにはこの坊主がやって來た。或る時先生が見えて話の序に其の寺に行くからと曰うので連立って行った。丁度その坊主は讀經していたので暫く出て來なかった。すると先生は怒って、俺が出掛けているのに直ぐに挨拶に出ぬとはけしからぬ。もう彼の處へは行かぬと曰われたことがある。又重野成齋先生を訪ねたところ、玄關に犬が居て吠えついたので大層怒り、それより絶交すると曰われたことがある。

先生が春日町に居た頃一日訪ねて行くと、蕭然としていられる。わけを聞くと、今殆んど生命を失う所であった。實は星亨が殺されたに就いて詩を作って詠んでいた所、隣家の某が來て、それは結構な詩だ、下さいと曰って、それが關係している『萬朝報』に掲載した。其の中には星を譏った所がある。するとこの新聞を懷にした四、五人の壮士が來て詰問し、我々は星先生の部下だ、先生が譏られているのに默っているわけにはゆかぬ。生命を貰いに來たと曰うのである。幾ら辯解しても聞かぬ、決鬪しても生命を貰うと曰う。再拜深謝してやっと生命丈助けて貰ったのである、と話された事がある。

小永井小舟先生

私は其の後住居の都合で小永井先生の講義を聴きに行った。此の時私の渡東隅先生時代の友人である市村器堂君も亦來ていた。

此の人は田中從吾先生の弟で、小永井家へ養子に來られたのである。大變壯嚴に構える人で、立派な机を前に立派な筆硯を置き、又左右に侍する女中達も盛裝して綺麗であった。平生は少し吃られたが、講義の時は吃られなかった。

其の息子に雪松と曰う人があったが、本所の或る所で水泳中過って溺死された。先生は非常に哀悼して詩を作り、雪松とは解け易い名前である。名からして已に讖をなしていたと曰われた。又解太郎と曰う息子があった。伊豆韮山の學校長に赴任され、朝鮮にも行かれた。後には東京に歸って神田の大成中學校長になられた。

田中從吾軒先生

小舟先生の兄で、文章を直して貰った事がある。快活な方であった。存じている頃は本所の或る家の二階に下宿して居られた。貧乏で書物も澤山は無かった。平井魯堂君等の骨折りで同志が五六人集って講義を聽いた。其の時講義された『中庸』、『西廂記』の本も他人の書物である有様であった。

中村樓と曰う處で書畫會があって、先生にも出席を乞うたので出掛けた。さて其の名札の前に坐ったがあまり人がやって來ない。と曰うのは先生は半纒を着て一向風采に拘らなかった爲である。後には是が從吾軒と曰う漢學者だと曰うので來る人もあった。然し此の時は餘程淋しく感じたと言う事である。

平井魯堂、山田天籟君

其の頃私が朋友として最も益を得たのは、平井魯堂・山田天籟の二君だ。二人とも初は恕軒先生に就いた。後に天籟君はその怒に觸れて餘り行かなかった。原因は天籟君の父が先生の借家を世話したところ、高いとか安いとか不都合だと言う事でした。

麗澤社の人々

当時麗澤社と曰う文社があった。重野成齋先生が牛耳を執って文章を添削しておられた。私は或る時文章の添削を成齋先生に依頼したところ、忙しいから皆見られぬ、幸い麗澤社と曰う文會があって、其所では半日見るから其の中に加わるがよかろうと曰うので入社した。月一回上野不忍池辨天島の中にある長酡亭で開かれた。此の時は各々机があって、題も出ていて作った。出來たのを成齋先生に見せる、先生は誠に鄭重に直された。然しなかなか話がうまいので、興に乗じて來ると朱硯の蓋をし筆も直して話をされる。そこで皆んなは話をさせぬように注意する位であった。事が濟んで酒席になると快談が出て面白かった。會費五十錢位で酒料理が出るし、風色もよく、次に半日面白く遊べた。會員としては當時有名な方々が居た。岡鹿門・蒲生褧亭・龜谷省軒・本城鷹峰・齋藤樂堂・服部愛軒・松平破天荒・日下勺水・鹽谷靑山・松井友石等の人々が居た。

蒲生褧亭は九段の俎橋の處に居られた。『近世佳人傳』等評判であった。

龜谷省軒此の人は短文が上手であった。私は卜筮の道を少し聽こうと思って金澤町迄尋ねた。丁寧に教えられて六十四卦を暗記し算木の置き方を覺えた。先生は一々筮竹を用いないで、小箱の中に玉を入れ、それを振って轉り出たのによって、一、二、三と判るようにして居た。何事にも之を使用し、女中を雇う時等も之を用いていた。小學校の教科書として『修身兒訓』が當って、金庫を前に据えた位學者中でも金持であった。恕軒先生がよく惡口した、どうも省軒に及ばぬ事は、金を有っている事と美人を妻にしている事だと。

本城鷹峯　年の割に才氣がよく、文章がよいと褒められていた。後に文集を出版した。

服部愛軒　酒を好み、貧を嫌わずよく飲んだ。劍等を愛し、話もなかなか面白かった人である。

松平破天荒　廻文社に於ても亦相遇うた。人格崇高にして、文章も亦卓然として時流を抜き、誠に當代の大家である。文集も已に世に行われている。

日下勺水　夙に重野・川田二博士の知遇を得、修養淺からず、『大正詩文』を刊行し、『鹿友莊文集』を著わし、文名は當時に嘖々たるものがあった。

鹽谷青山　常に大なる紋章のついた衣服を着用し、鐵扇を持し、威風堂々、名儒の子孫たるに背かなかった。

松井友石　小永井先生の門人で古くより交際していた。

廻瀾社の人々

次ぎに私は文會として廻瀾社に入會した。今日知を辱うしている人々に古城坦堂・高謙堂・岡彪村・井上寅軒・安井朴堂・平井魯堂等の人々がある。

以文會の人々

文社として又以文會に入った。ここでは館森袖海・川田雪山・山田濟齋・加藤天淵・中里峻峯・林苔巖・荒浪烟厓・細田劍堂等の會員と相交り益を得ている。

「東洋文化」第一五七號（昭和十二・十）

石崎篁園翁作る文人評の書狀

石崎篁園翁（名は政氿）は、明治・大正・昭和三代閒の有力な文會であった麗澤社・廻瀾社・以文會に屬し、文章家として世に著聞していて、大東文化學院が創設されるや招かれて講師として學生を指導されていた。篁園翁の傳記は詳しくは知らないが、ただ大正七年にできた帝國漢學普及會（會長大炊幾麿、學監久保天隨）の講義錄に普通作文法と作詩法を講述しており、又意外に支那小說（梅岐悵蹟）も講述していることを知るに過ぎない。

篁園翁は同じ以文會の雪山川田先生と親交があり、雪山先生の『峽中紀勝』（昭和十年刊）の序を作っている。私は昭和十二年に雪山先生の紹介で、本所區厩橋一丁目三十二の五內藤氏の宅に翁を訪ねて以文會員の話を聴いたことがある。翁は眼が悪かったようで、あまり長居をしなかった。そこで後日手紙に大略の批評を書いて送って下さった（九月三十日の消印）。しかし都合でこの書簡の内容は發表しなかったので、これが埋もれてしまうのも惜しく、今回次ぎにその批評文の書翰をそのまま紹介しておく。（讀み易いように、句讀點をつけ、人名の行變えをしておく）

拜啓此の間ハ遠路御光來之處何等風情も不致失禮申上候。さて以文會々員川田君と諸氏の事は、左の通之意味にて可然願上候。館森袖海翁は仙臺の人。重野成齋・岡鹿門共に就き學問文章當代の巨匠、時々經解を試む、炬眼燃犀。川田先生ハ古實歴史等ニ精通し、特ニ維新勤王諸氏の事蹟に至りては已に著述あり。文章雄健、余近來一篇の成毎に必ず評正仕候。

山田濟齋氏ハ方谷先生の後を以て、三島中洲翁に繼き二松學舍を宰し、斯文學會々誌の文苑を擔當し、特に王學に深し。加藤博士ハ余尤も其氣力旺盛に服す。藤田東湖の弘道館記述義を解釋せるものあり。曾て其一本を贈らる。裒然たる大册なり。作所の詩賦まで雄篇大作に富む。中里日勝氏ハ本職たる佛教の教化ニ盡シ、特に詩材に長ず。林荅巖氏ハ詩畫を以て場を擅にし、荒浪烟厓氏ハ昭和詩文を發行し詩文雙絕の雄將たり。（以上以文會）日下勺水氏ハ夙ニ重野・川田二博士の知己を□□脩養淺からず。大正詩文を刊行し鹿友莊文集を著ハシ文名當時に嘖々たり。鹽谷青山氏余已ニ麗澤社ニ於て相知る。常に大なる紋章の衣服を着け鐵扇を持し、威風堂々名儒の子孫たるに背かず。令嗣節山先生大學の博士として當代の名士たり。松平天行先生ハ已に麗澤社に於て知を辱し、又廻瀾社に於て相遇。先生ハ人格崇高貴重すべく、文章亦卓然として時流を抜く、誠に當代大家（た）り。文集已ニ世ニ行はる。古城坦堂氏慶應・東洋等の大學に教授す。學識淹博、文章清新、喜ぶべし。黒髮明眉、古稀以上の人たるを覺えず。人に交はる極めて親切、能く後進を導く。作る所の文章明鬯清新、巧に當世の名物言動を寫す。余の如き屢々厚配を受く。高謙堂氏ハ重野・根本等の名流に就。文章平坦朴茂、其の人となりに似たり。余家嚴雲外と已ニ麗澤社ニ知る。岡彪村氏ハ朱學に通じ、其の道其の師の遺著を刻す。文章別に一種奇氣あり。井上寅軒氏ハ經濟ノ術ニ通シ、安田氏を翼けて功績あり。詩文を能くす。文ハ豐麗、往往歐陽修ニ似る。

安井朴堂翁ハ家學を繼承して學術文章を以て一世木鐸也。平井魯堂翁溫厚着實、人に對して深切、明大教授を以て世の敬愛を受。才學文章、殊に詩文敬すべく、余交友中市村器堂博士と共に尤も古くより交誼を辱うせるものなり。此ノ分以文會へ。

鵜澤總明先生述

大田和齋先生

よく世間から、鵜澤は何時、誰に就いて漢學をやったのかと聞かれるので、その次第を話し、且先師大田和齋先生を紹介しようと思う。

私は最初小學校時代に、鶴岡清治郎と曰う先生に就いて論語・十八史略を習った。論語は伊藤仁齋の論語古義に基いて講義をされた。

この鶴岡先生は九皐と號し、龜田鵬齋に就いて學んだ人である。隣村に代々漢學を教えていた村夫子があった。小學校の先生が公立太田小學校に縣から任命されて來ると、必ず門人を遣して問答をしかける。そして普通の先生方は漢學でいじめられ留任が六ケ敷がる。そこで縣廳では漢學の出來る九皐先生を選んで、この學校の校長にしたのであった。

私は十二歳で小學校を卒業し、暫く月給一圓五十錢で助教に任ぜられた。ところが九皐先生が私の鄉里千葉縣長生郡新治村（當時は太田村）を去って、先生の鄉里山武郡鳴濱村（當時は作田）に歸られる時、他の三、四の門弟は悉く伴って行かれたが、私丈を殘された。私は深い譯も知らず哀んだが、それには次ぎのような事情があった。即ち、九皐先生は戶長篠崎揔五郎氏に、鵜澤を小學校の教師にするのは譯もないが、それでは惜しい。もっと學問させたいからその方法を考えてやって吳れと曰うのであった。それで或日戶長が訪ねて來られて右の話を爲し、それに就いて、自分の親類に大田和齋と曰う江戶の聖堂で學問した學者がある。其處へ行ったらどうかと言うことであった。母も私もその篤き情に感謝し、直にその樣に願った。これから私は和齋先生の門に入ったのである。時に私は十四歲であったと憶う。和齋先生は六十四歲であられた。五十歲の年上である。

戶長篠崎氏は近村有數の豪家で、漢學者詩人文學者畫家の來遊する家柄であった。中に篠崎淵齋などと言う學者も出ている。

私の家は、德川幕府前に歸農したと言うことであるが、父は靑年の頃江戶に出て田舍に居らず。先代にも江戶に出でたものが多く、農家として定住出來なかった。私の生まれた時は上太田村の一番地（現在新治村上太田二十二番地）であり、生活は裕福ではなかったが相當の田畑山林があり、苦しむ程でもなかった。ところが隣村境界に山林二町歩餘、畑、水田等相當に有して居た。父の先々代頃畑、水田を隣村に賣渡した。それが父の代と爲り明治七、八年頃隣村から訴訟をしかけられて、これが十年も續いた。この訴訟は一審から終審に至る迄父の勝訴であった。

そこで父は先々代の土地賣却から後は自家の所有地に耕作の爲めにする通行を許したのであった。然るに恩を仇で報ずる措置で、訴訟を起すは不都合である。斯かる人達に私有地の通行を許すべきで無いと曰う所から通行の小路を禁止した。隣村人は大に困惑したと見え更に他の隣村の吏員を介して、前通行の箇處を賣渡して呉れと父に懇請した。父は不本意であったが賣渡すことにした。後で考えるとそれは買取村の父を陥るる術策であった。間も無く父を始め村吏を合せて八名を公道冒認販賣として告訴して來た。巧智を極めた告訴であり、八名は寒川監獄に收容された。父が未決監に居る頃、一家は母と老母と妹と私の四人であった。私は和齋先生の蘆邨塾まで三里の道を歩いて通學した。往復すると六里である。こんな苦勞をしたので、菲才ながらも學問が頭に染込んだ譯である。

これは別談に亙るが、前の訴訟問題は世に間違って罪になったように傳えられたこともあるので、序にこの機會にその無罪であったことを明らかにしておきたい。即ち千葉重罪裁判所明治二十年八月十三日の裁判言渡書には

（前略）

右六名ニ對スル道路ヲ損壞シテ往來ヲ妨害シ及ヒ道路冒認販賣官文書變換行使被告事件検察官ノ公訴ニ因リ審理ヲ遂ケ判決ヲ爲ス左ノ如シ

（中略）

右ノ理由ナルヲ以テ本案被告事件ハ都テ罪トナラザルモノト認定ス依テ刑法第二條ニ照シ被告六名ハ無罪且放免スルモノ也

とある。（詳くは拙著洗塵に讓る）斯の如く明らかに無罪とされて居る。

さて、大田和齋先生の話であるが、先生は名は正邦と曰い、和齋と號した。聖堂で學問したが、その頃安積艮齋の門に居たことがある。江戸に居る頃、花川戸に塾を開いていたと曰う。明治元年、鄉里（千葉縣長生郡二宮本鄉村蘆網）に引退し、後此處に蘆邨塾と曰う塾を創めた。有名な儒者であったから縣下到る處から門生が集った。

晩年に四階建の家を造り、小池に臨みその傍に桃を植え小桃源閣と名づけ、小桃源閣主人と號せられた。和齋先生の家門は代々の豪家であった。先生歸省後の交友としては岡本監輔・峰田楓江など今の長生郡に寄寓したことがあるので時に訪ねて來たことがある。私は號を朶谷小桃源閣とも曰うが、これは先生の蘆網村のそれを踏襲したのである。朶谷とは拙宅が千駄ケ谷に在るから二字附加えたのである。

塾舍の傍に書庫があったが、不幸火災で全部燒けてしまった。藏書と共に先生述作の原稿等も烏有に歸した。又先生は全く名聞を求められなかった人であるから、今は何物も殘っていない。幸に私は先生の絕句二幅、私に贈られた書簡を保存している。先生の面目を髣髴する資料の現在することは天與のたまものと感謝する。これは後に紹介する。

先生の養孫に大田謹三郎と言う人がある。中村敬宇先生の同人社を卒業して國に歸り、先生の孫婿となった人で、曾ては縣會議員となり、副議長にもなられた。猶お健在である。漢學ばかりでなく英語にも長じておられる。蘆邨塾は後に英漢育才校と改められた。それは英語漢學の教授をされた爲であると曰われる。その謹三郎先生から和齋先生の略歴を送って來られた。此の外に門人古山と曰う人の所藏する自傳がある。先生の經歴を傳うる唯一のものであろうと思う。略歴は次の通りである。

一、文政五年七月十七日生ル
一、天保七年ヨリ同十二年迄六ケ年間大田錦城門人小泉量作ヲ聘シ六經子史ヲ讀了
一、同十三年江戸詩人山地蕉窗（武一郎）ニ從ヒテ詩ヲ學ブ
一、同十四年ヨリ弘化二年マデ三ケ年間安積艮齋ノ塾ニ入リテ儒學研究（後チ暫ク歸郷）
一、安政四年ヨリ慶應三年マデ十一ケ年間淺草馬道ノ裏通リ字嬉森ニ於テ開塾
一、明治元年歸郷、同十一年私立學校設置以テ晩年ニ至ル
一、同三十四年九月二十日逝ク享年實ニ八十

最後の歿年の一條丈は謹三郎先生が書き加えられたものであろう。嬉森に於て開塾とあるのが、前に述べた花川戸の塾のことである。

尚お私が先生から直接聞いた所では、詩を梁川星巖にも就いて學ばれた。又、聖堂に入って

いた時、藤森弘庵と易の答問をしたことがある。周易は和齋先生の方が勝り、詩經は弘庵の方がよかったと言うことである。この話は謹三郎先生にも確かめたところ、同先生も先師より聞いていると言う返事であった。

和齋先生は淺田宗伯とも懇意であったと言われる。又清川八郎・安積五郎・小栗篤三郎等とも互いに音信を通じ或は往來があった。殊に清川・安積を鄕里蘆網村の自家に逃がしてやったので、その爲先生は半年位幕府の牢獄に投ぜられたことがあると曰う。略歷では無く、先生の自傳に基き私が撰文した碑石が、今長生郡茂原町公園に建立してある。先生は私共に教えられる頃は、鶴髪銀髯、身長五尺六寸程もあると見受けられた。溫顏慈容、私の如き少年に倦むところなく教えられたが耳が遠かった。それは前記遭厄の爲めだと曰われる。

蘆村塾の學問は、初め五經から文選迄を素讀した。それが終ると論語の講義、その間に學庸を讀ましめた。次ぎに孟子・老子・孫子の順序であった。

田舍で本が少なかったから新註本を用い、一應朱子の注を說かれたが、然し先生の學は秦漢以上の古學研究であった。

先生が聖堂を出た頃の詩であるが、上州を遊歷され、或る豪家に往くと、喜んで先生を迎えられた。その家の老主人が、次男に兵書を教えて貰いたいと曰うので、先生は兵書の講義をされた。すると老人は爐端に居てそれを聽いていたが、講義が滞ると、オット先生と膝を叩いている。先生もその度毎に更に注意して解説する。講義が終ると、先生はあまり兵書はおやりでないねと圖星を指された。そして曰うには、宅の庫には先生が一年間讀む程の兵書を藏している。辨當を差上げるから書庫を御覽なさいと。そこで先生は半年位書庫で兵書を讀まれたと曰うことである。後年蘆村塾で孫子を講義されたのも、ここに一因があるのであろう。又一因は、文が勝てば放漫になるから、孫子で之を抑えようと言うのであった。勿論吳子等七書を讀ませられた。老子を讀むと、莊子も讀ませられた。それが濟むと、左氏傳・書經・詩經をそれぞれ授業されたが、一人一人に教えるのであるから、その門弟の性格を考えて教えられたのであった。

周易はその頃から聽いたが、なかなか難しい。當時は卦を暗記する。經傳の文を更に精讀する。而して意義の研究は年の長ずる迄延ばさねばならぬと曰って、左傳の中に出て來る易の箇處も講義から除かれた。日本外史・日本政記は講義しないで意味を述べられ、銘々に讀ませられた。大體日本の學者のものはそう言う風にして讀ませられた。詩も入門すると間もなく習わせられ、初めは唐詩選を讀ませられた。然し先生は陶淵明の詩を好まれたようである。入學試驗には月落烏啼の詩を假名で書いたのを出し、之を原文に復し注をつけるのがその一つであった。

先生の講義は、唐詩選であったが、大體は秦漢以上のものであった。劉向の說苑・新序・桓寛の鹽鐵論・班固の白虎通義などを讀ませられた。自分では淸朝欽定の經書類、考證派のものも見て居られた。

歴史物は一人で讀めるからと曰うので、通鑑は一人で讀ませられた。

その教え方は門弟によって皆違っていた。或靑年が戰國策を教えて頂きたいと書物を持って行くと、それはいけない、たとえ讀まなくても足下はそんな流儀だから、これ以上讀んではいけない、と曰われたのを聞いたことがある。

千葉縣の何れの知縣の時か今は逸したが、曾て漢學好みの長官の頃、縣廳で和齋先生を聘して孟子の講義を依頼したことがある。縣廳の役人、縣會議員などが聽聞したということである。前に錄した略歴は、恐らく此の時縣廳に差出されたものか、又は學校認可願の時差出されたものであろう。此の講義に當って先生は書物を持參しなかったので、先生御本はと問われたら、先生は言下に、イヤ無くとも濟むと答えられたそうである。記憶のよかったことは此の插話にも覗われる。

私は此處に三年いた。一高に入ってから大學を卒業するまで、夏冬の休暇には歸省し、必ず先生を訪問し、且先生の講義を授けられた。

先生は刑名の徒は嫌いであったから、私が上京して法律を脩めると曰うことを御知らせしたところ、先生は驚かれた。私は旣に當初の研究に於て西洋の法と云うものは東洋の禮に當るものであると考えた。それ故先生に書を呈して、私は聖人の禮を研究する爲に法を脩める次第でありますと言うことを拝陳したところ、先生は我が意を得たりと喜ばれたと曰うことを後に承ったことである。

私の隣村には荻生徂徠が流されていた。又隣郡山武の出身者に海保漁村があり、その他漢學者が多かった。漢學がはやる處である。政治家などが來て下手に漢語を使うと笑われることがあった。私は斯様な土地に生まれ、幸い和齋先生の如き立派な儒學者に就くことが出來たので、今日人々から多少なりとも漢籍が讀めると曰われるようになることが出來たのである。師は實に貴むべきものと感激する。

最後に私の藏している先生の遺墨を紹介してお話しを終ろうと思う。

嘉永安政前後の物情を觀て

世教有流弊。浮靡苦掃除。
腥風吹不斷。激浪逐迷魚。

と詠ぜられた「憂世」五絶は前に拙著「老子の研究」の中に引用したが、尚お丙申夏に詠ぜられた次ぎの一幅がある。

扁舟爲宅月爲燈。篷底孤心與水澄。
更脫人寰甑中熱。飄然一夜信流騰。

明治二十四年、私が一高時代に先生に性説を質した時、寄せられた「答鵜澤生書」及び老子第五十章に就いての先生の論文「十有三説」も前著に錄しておいたが、尚お其の頃のことであったと思うが、先生に廢校の念があったので、私が繼續されるようにと申したことに對して、先生から寄せられた尺牘がある。先生の教育觀を見る資料であり、十有三説と共に傳うべきものと思うので、次ぎに之を紹介して讀者の御參考に供し、併せて漢學と英語との日本教學としての考慮に資する次第である。

答鵜澤生書

和齋曰、足下曩款華門。問予起居。辱其來意。留之宿之。唯恐其忽卒。然近地無可與語者。故告以予之所感。而被爲教務侵亂。晤對雖不以盡。要自胸中通曉焉。足下歸後。又辱三月十日手翰。來示云。深考予有所感而將廢校之旨。而欲勸以保存之計。使予斷然絶思。其意懇々懃々。不敢包承哉。予愚。不能量事勢可否。比常念民間以靡弊困頓。吾總州之地。文字章句之徒。取先斯土。爭教員之職。乘機逐利。以倡公立郡黌之明詔。民戸貧富。莫不被其調。人間爲之騷然。如私立學校者。自費營之。講堂諸器械齊頓而成。雖然句讀之學。提撕因襲。莫肯講學爲先達導後進者。與夫郡黌教員相似。獨予奮然率先。倣先聖六藝之科。飾以詩歌文章。親出入講堂。與生徒均勤勉。生其氣勢。見人才之發揮。凛然有定向之意。及至近頃。洋學連行。愚初聞時。方食不覺棄匕箸起立。豈以爲民間眞能爲益。單進角逐。

爭修身齊家之利哉。就令有利亦不足貴。凡爲農民者言因信義。行依篤實。以是爲足。奚尚奇言奇行耶。方今外國交際日熾。爲官吏大商者。與洋人相接。學之輒爲其用也。可以知而已。蓋出入予校者。皆農家之子弟。而爲父之後者多矣。日徂月來。年既垂壯。後學先農。此世使然也。故卒業者杲少矣。僅年月之際。學洋與漢。其雜務不可堪。是予所惜也。雖然時勢之使然。莫如之何。且言行之粗暴。人心之滑稽。旬歲亦成。雖國家之所失。亦可坐而念也。是以前日輙逑鄙誠。眷惠賜示數番。益增忻悚。夫所以教育人才。在講學適機宜。而爲風采可畏愛耳。三代用師。不出是道。唯以無倦。今從足下之旨。能用其言。繼之以不廢。得輕便之科。學力足用。抑民閒生徒之所惑。諭以事實。洋書以弘耳目。漢籍以修道德。勉而卒之。以見其成。幸甚。保存事宜。可從賜示。不宣。

三月念二日

和齋　大田正邦敬白

「東洋文化」第二三〇・二三二號（昭和十八・七・八）

内田遠湖先生述

東京外國語學校の生徒

明治の初年、昌平學校が改って東京大學本校となった。開成所は東京大學南校と改まり、又別に醫學校が出來、之を東京大學校と言った。その大學南校の向側一橋の外に護持院ヶ原と言う處があって、其處に外國語學校が建てられた。ここでは獨・佛・支・露の四ヶ國語を教えた。英語は學生が最も多いので、別に英語學校と言うのが神保町南裏に出來た。

明治九年、余が二十歲の時、この外國語學校に入って獨逸語を學んだ。當時外國語は直接外國人の教師から教わることになっていたが、下の級二、三級は日本人から教わった。その教師は三浦良春・渡邊廉吉の二人であった。この二人は晚年共に行政裁判官となった。

渡邊氏は越後長岡の人で、先般忠烈な戰死をされた山本元帥とは親類か何か關係のあった人だと言うことである。

余は西洋の教師ではオットゼン・ヘルム・セッケンドルフの三人に教わった。オットゼンはシュワイツ(スイス)人であったので、シュワイツの義民と稱せられるテルの傳を習った。私はテルが大好きであった。テルの傳はシルレルが書いて有名な作である。英語に飜譯され、又日本文にも飜譯されシュワイツ義民傳と曰われているヘルムは階級の低い獨逸軍人であった。初め紀州へ聘せられ、それが又東京へ轉任するようになった。極めて規則立った人であった。セツケンドルフは最も年若で、氣取り屋であった。しかし學生とは最も親みやすかった。

次に學生に就いて述べてみよう。佛蘭西語を學んだ上級の人に梅謙次郎・富井政章がある。富井は後に立派な法學博士となった。それより下級に鳥居忱と云う人があった。同じく佛蘭西語を習ってはいたが漢詩や和歌が好きで、暇な時には之を吟じて樂しんでいた。後に音樂學校の教師となり、歌謠を作ったことがある。

尚お當時は未だ岡崎春石君とは相知らなかったが、明治九年七月の「東京外國語學校生徒勤惰表」を見ると、その中に次の如く春石君の名が見える。

佛語學下等六級甲

岡 崎 壯 太 郎

遲刻早退八　缺課日數三十五

春石君は、中學は郁文館であったろう。(嘗て佛蘭西語を習ったことがあるが、ものにならぬので止めたと語られたことがある)。

支那語を學んだ中に、中田敬義・潁川某等が上級に居た。中田は在學中から放蕩で、已に藝者遊びなどをしていた。然し才氣が甚だ俊れていた。遼東半島還付の時、陸奥宗光に随って李鴻章との折衝に從事した。何時頃であったか、今年（昭和十八年）亡くなった。

露西亞語を學んだ人に渡邊增雄がある。後に加藤と改姓し、朝鮮公使になったことがある。又同じく露語を學んだ人に村松愛藏がある。三河の人で自由黨に入り、一部の隊長となったが、後に改悟して邪蘇教を奉じ、慈善家となった。

獨逸語の最も出來た人は、河本重次郎・八木秀太郎・村田謙太郎及び尾本壽太郎である。余はこの四人に皆親しく交った。尾本は最も年少であった。

當時クニッピングが日本に聘せられていたが、政府の命で日本の地理を調べ、地圖を作るようなことをしていた。その時河本はその手傳をしたことがある。河本に就いてこんな話がある。或獨逸の教師が、日本人の眦は細く尖く上っていて殺伐だと曰った。之を聞いた河本は癪に障ったものと見え、之に答えて言った。曰く、成程西洋人の眼は日本人と反對に下っており、やさしいかも知れぬ。然し我が國ではこの眦の下っておるのを卑んで、助兵衞と呼ぶと。河本と言う人は、こんな奇拔な語も吐ける人であった。此の人は眼科專修の醫學博士であったが數年前亡くなった。

八木秀太郎は父を八木雕と云う。萃堂と號す。尾張犬山の藩士で、國學者であった。維新後、神祇省、教部省、內務省等に歷任した。八木は親が國學者であったせいか、西洋紀元を用いず、獨逸教師から云いつけられる作文には日本の紀元で書いた。又西洋では名を前に姓を後に書くのが例であるが、八木は之に從わず、必ずYagi Hidetaroと書いた。八木は獨逸語が最も優秀であった。山縣內務大臣の內囑を受けて自治法を飜譯し、又陸軍省の囑託に因って普佛戰記を飜譯した事がある。

村田謙太郎は奧州三春の人で、年が最も若かったが、獨逸文がよく出來た。當時大學醫學部で生理學を教えていた教師は、シュワイッのチーゲルと言う人で、誠に精密な講義をした。彼が年期滿ちて歸國する時、村田はその他の人々と胥謀って、向島の八百松樓に別宴を開いた。その時村田は送別の文を朗讀したが、甚だよく出來ていた。勿論獨逸語で書いたものである。その頃であったろうが、日本の或學者が、日本人の體格生理は薄弱であるから、西洋人と結婚さすがいいと云う所謂人種改造論を唱えた。その時醫學部に聘せられていたベルッ博士が之を反駁したが、その獨逸文は村田が飜譯し、余が校正して政府に差出したことがあった。村田は三十歲になるかならぬかで醫學博士となった、其の頃は未だ博士の少い時であった。獨逸に二三年留學したことがあったが、肺病で早世した。

余は明治二十一年頃、井上圓了氏の創立した哲學館の講師となり、支那哲學を教えると共に美學を教えた。その教師用の書物として獨逸より取寄せたハルトマン氏の美學、及びヴント氏の心理學を譯して講義した。この二書は余が村田氏に依賴して取寄せた書で、當時二氏の書を講じたのは、蓋し私が嚆矢であろう。森鷗外氏より少し前である。然し乍ら、兩書とも甚だ精密な書で、實のところ、自分も了解しかねる處があった。呵々。

尾本氏は大村藩の醫者の子であったが、醫者が大嫌で、壯年支那に遊び、支那通で、所謂支那浪人の仲間に入れられた。その傳は多分『東亞先覺志士記傳』に載っているであろう。尾本氏は獨逸敎師から地理を敎わった時、歐洲人は白色で、亞細亞人は黄色である。そして白色人種が一番で、次で黄色人種だと敎えられたところ、尾本氏は之を反對に、第一は黄色人種、第二は白色人種だと頑張り、遂に敎師の敎えた順序に従わなかった。又支那から歸った頃或事件で入獄されたとき、大いに憤慨して絶食せんとした事があった。

その頃外國語學校でよく出來たのは、岡山縣小田郡の人、大塚義一郎である。獨逸敎師ギルケの處に同居していた。ギルケは解剖學の敎授であったが、人品の高い人であった。學生を呼ぶのに、何君と言うた。そこで學業劣等な者も自ら愧じて勉強した。大塚は品行端正で學才あり、前途有望であったが、在學中肺病にて早世した。

余が外國語學校の寄宿舍に居った時、その舍監を勤めた人に、片山尙絅と大瀧確荘とがあった。片山氏は朝川善庵の孫に當る人で、初めは朝川壽というたが、後に改めた。大瀧氏は鹽谷宕陰の門人であった。朝川壽は安積艮齋に學んで、余が姉夫木村龍江と親交があった。余は此の二人に漢文を直してもらった事がある。

余が外國語學校在學は僅に一年余であったが、その間に諸種の人々と相接し相交った。當時余と同じく下級に在って今尚お姓名を記憶して居る人々を擧げて見よう。

儒醫伊澤蘭軒の孫信平、蘭方大醫司馬凌海の子亨太郎、土方久元の子久明、曾我祐準の子某、軍醫長瀬時衡の子麟太郎、華族勘解由小路某、富小路某、土佐藩士岩神昂の子正矣、長州藩士柳琢藏

等であった。以上擧げた姓名に少しく間違いがあるかも知れぬ。

「東洋文化」第二三六號（昭一九・一）

松本寒綠

碑文や傳記で或人物を書き表わす時、其の人物が奇傑であれば、作者が奇傑でなくても文章に力を用いて上手に書いてあると、讀者を感動させる。これが書く人も奇傑であれば、尙更其の傳記とか碑文は人に面白く讀まれる。鹽谷宕陰の「寒綠松本先生碑」の如きはそれである。森田節齋は此の文を評して宕陰集中の第一とし、又其の銘辭を評して、「有㆓此一篇㆒、寒綠死而不㆑死、快絶快絶」と曰っている。

加賀の野口犀陽（名は之布、字は子政）から聞いた話であるが、犀陽が宕陰の門に入らんとして

贊を執った時、宕陰は近作のこの「寒綠松本先生碑」を壁に掛けて示されたそうである。斯様に此の文は宕陰自ら得意の文である。

「寒綠松本先生碑」は刊本の『宕陰存稿』巻八に收載されてある。其の行事を大略記し、「讜㆑正嫉㆑邪。如㆑辨㆓薫蕕㆒。爲㆑人戇直。有㆓忠孝大節㆒」と抽象的に書いてあって、具體的に詳しく誌してない。只君侯の前で直言したこと、洋書を開き「一母五子に乳する圖」を見て罵ったこと、それより海防に注意して諸國を巡遊したこと、又西洋學者に就いて西洋の事情を問うたことが記されてあるが、其の言行の細かいことがない。

然るに余は其の原稿を見たことがあるが、それには少しく事實を述べた所があり、甚だ面白いので、それを假名書きに譯してみる。原稿は「年四十餘爲㆓副敎㆒」の下に次の如く事實を述べてある。

　嘗テ經ヲ侯ノ前ニ說ク。既ニ畢ル。侯從容トシテ問ウテ曰ク、近日異聞有ル無キヲ得ン乎。對ヘテ曰ク、有ル無シ。但諸ヲ行言《コ》（行人ノ言）ニ聞ク、吾藩爵ヲ賈《ウ》ルト。臣聞ク、市ヲ爲スニハ賈ヲ以テス。未ダ政ヲ爲スニ賈ヲ以テスルヲ聞カズ、是ヲ異聞ト爲スノミト。擧座色ヲ失フ。

　國老某平素相昵ム。將ニ行クコト有ラントス。君（寒綠）之ヲ郊ニ送ル。某輿ニ在ツテ共ニ語ル。君艴然トシテ曰ク、安ンゾ故人ヲ待ツニ阜隷ヲ以テスル者アランヤト。其ノ手ヲ引キテ之ヲ紾《モトラ》シ、之ヲ塗ニ踏ス。時方ニ雨フル。衣帯悉ク汚ル。某襟ヲ斂《オサ》メテ之ヲ謝ス。

森田節齋は此處を評して、「快甚奇甚」と曰っている。

又佐治稗松の『愛國叢談』には次の如き數々の逸事が載せてある。

嘗て藩主會津侯に進講した折のことである。侯が上席に即いて坐ると、寒緑の曰うには、臣は聖經を講ずるのであるから、公は宜しく上席を避くべきであると。乃ち自ら机案を正し、侯の上に坐して講説した。

時は方に盛夏、炎日金を鑠かすような暑さで、寒緑は珠の如き汗を流していた。そこで袖を探って巾を取ろうとしたところ、誤って犢鼻褌を取出した。適々風が吹いて掀翻した。然し寒緑は一向周章てず、左臂を伸ばし手を縮めて面を拭って自若としていた。

重臣某の家に行った時のことである。某は寒緑の爲に酒を置き、魚骨羹を饗應した。すると寒緑は起って椀を擲って曰うに、來藏（寒緑の通稱）は魚骨を喫せずと。是れは某が平生鄙客であったから之を罵ったのである。

寒緑は其の友佐藤甚右衞門と連立って觀劇に行ったところ、孝子薄命の狀を演じた。甚右衞門はいたく感愴し睫に涙をためていたが、寒緑から罵られることを恐れて強ひて聲を呑んでいた。然し自ら禁ずることが出來ず、顧て寒緑を見ると、寒緑も亦滴涙が面に一ぱいであった。そこで相持して泣いたと云う。其の樸直なること、率ね是類であった。

又薩摩に遊んだ時、旅費が罄きたので仕方なく、逆旅の主人に實を告げた。主人は、「君は何か技藝がないか」と聞いた。「字を書くことが出來る」と答えると、主人は試みに其の書を請うた。寒綠は筆を搦って一揮すれば、墨痕は淋漓とし、字々飛動している。そこで就いて字を求める者が多く別に臨んで若干金を贐とした。寒綠は僅に旅費を留めて其の餘を返した。

虎皮を贈る者があったので、寒綠は欣然として之を受けた。將に薩境を出ようとしたところ、關吏の譏する所となった。そこで事實を白狀した。吏の曰うに、子は虎皮を借りて來なかったかと。蓋し藩法に獸皮を濫りに出すを禁じてあったからである。寒綠は問答の煩わしさを厭い、虎皮を投じて去った。

已に天も寒い頃であった。將に阿蘇山に登ろうとした。時に日は午を過ぎていたので、土人は明旦攀援したがいいと勸めた。然し寒綠は肯かずして登った。果して半腹に至って日が暮れた。そこで外套を席とし、樹跟を枕として睡った。すると夜半に至って大雪となり、軀を沒する程となった。飢寒甚しく、席とした外套も皆凍ってしまった。寒綠はその端を折り、之を嚙んで夜を明かした。翌日土人が救援に來たので、やっと死する處を免れた。

寒綠には越後の親不知の險を過った時、次ぎの詩がある。

從來危險不可過。　孝子千金奈命何。
忽地海鳴飀風疾。　後波重疊駕前波。

江戸に歸って永代橋を過ぎた時のことである。寒綠は突然身を翻して水中に跳込んだ。衣裳は濡れ、水沒溺死しようとした。同行の高木五平が飛込んで之を救い、倒懸して水を吐かし、やっと甦った。そこでその譯を問うと寒綠の曰うに、今や魯人が我が國を窺っている。之を防ぐには游泳を知らねばならぬ。故に之を試みた丈であると。蓋し寒綠は游泳術を知らなかったのである。

宕陰の「寒綠松本先生碑」に關聯して、川北溫山に「送松本實甫序」があり、藤田東湖・川西函洲に倶に寒綠の「代笠亭記」がある。併せてその人と爲りを想見するに足る。

寒綠は羽倉簡堂が幕命を奉じて伊豆諸島を巡視するに從い、將に三倉島に赴かんとして颶風俄に起り、舟が覆って溺死した。この様子は簡堂の『南汎錄』に記されてある。溫山の送序はその出發に際して送ったもので、『南汎錄』と併せて觀るとよい。次ぎにその序を錄す。

送松本實甫序

吾黨論卓落慷慨之士。必推實甫。實甫會津人。夙游于昌平黌、學成就仕、不得志於有司、年垂五十而未畜妻孥、一條槍一簏書、居常囂囂、客至輒置酒論兵、遠謀奇策、卓然出人意表、毎聞海國有外夷之警、奮然搤腕、曰予往焉矣、嘗講兵於北邊、遂跡蝦夷不毛之地、西游於長崎、嘯雪乎阿蘇嶽、歷南紀四州而歸、歲之三月、羽倉縣令、航於八丈洲、撫居民議海防、文武之良、皆願從事焉、實甫曰、予往焉矣、乞予言、予曰、子當平世、不忘亂似矣、抑縣令從事、非子之宜、八丈之治、非子之任、遠謀奇策、不施諸北邊鄉里、而試諸南海無人之境、抑何說耶、會津侯賢明、子不從事於此、而遠從彼、又何耶、實甫曰、安知不南顧之爲北顧、今日之卷懷爲異日之施用哉、予往焉矣、序以壯其行。

昌谷精溪曰、此篇敍事、摸汪堯峯、恑譎奇偉、語語驚人。

野田笛浦曰、溫山集中所罕覯、奇體傑作。

「代笠亭記」は東湖よりも函洲の方がよく出來ている。

序に又之を錄して參考とする。

函洲の傳は『宕陰存稿』の中に載っている。その文中に

議論勁鷙、有㆓鼻端出火之概㆒

とあるが、誠に斯樣な人であった。余の父が宕陰先生の塾に居た頃、函洲が來て先生と話すのを聽いたが、丸で喧嘩のようであったそうだ。

代笠亭記

世所謂奇節之士、不出於詭激矯誕之習、必發於窮愁無聊之餘、出於詭激矯誕之習、故其言蕩、發於窮愁無聊之餘、故其行鄙、鄙與蕩、固不可以語奇節、而似而非者、滔滔皆是、可不深歎乎、」余友人會津松本君寒綠、爲人沈毅而寛、誠愨而敏、居常讀書窮理、最尚新安之學、敝衣垢面、麤食水飲、恬如也、然時醉、言談及時事、慷慨淋漓、不能禁、或至擊案疾

呼、奮躍不自措、蓋天性然、古所謂奇節之士、我於君見之矣、頃者賃城東閑寂之地、構亭其中、命之曰代笠、其意蓋謂、當今侈靡爲風、構一屋、必擲數千緡、務聚異本奇石、以眩燿衆人、何爲於吾亭、我以避雨露而已、代蓑笠而已、因徵諸友記、」余曰、君奇節之士、往年西遊九州、經長崎、入薩、踰筑豐、航四國、歸又取途奧羽、到靺鞨之境、有深感焉、因屛居著書、則其居豈尋常風月之辭所能藻飾乎哉、蓋偃武以來、兵寢刑厝、戶殷民富、似無復四方虞者、而四虜之伺我、非一日也、昔神后征三韓、北條氏鏖元兵、而豐公又大擧蹂躪朝鮮、燿威海外、是皆足以落諸蠻之膽矣、然國有弱於古而強於今者、亦有強於古而弱於今者、蓋當今戎馬之強、莫如西虜、而西虜之最強者、莫如魯西亞、諳厄刺亞、諳厄刺亞之掠土、不過沿海地方、而越人國以取人國、要無大擧之虞、獨其最可懼者魯西亞已、夫魯西亞之爲壤、起西北、漸東南、而盡於東北、約可方萬里、旣北併雪際亞、南服度爾格、東蠶食大韃靼、而蝦夷近島、悉爲所有、東南直接松前、特隔一水而已、昔魏絳說晉侯曰、戎狄貴貨易土、嗚呼古之夷也略貨財、今之夷也貪土地、古之夷也事交易、今之夷也假法敎、是豈可不大懼乎、」且我聞之、魯西亞之酋帥、常帶銅板於腰、畫以一母乳五子圖、曰、不撫五洲、非吾子孫、又曰、我自得度爾格、砲制水戰益熟、異日或乘國家之隙、大擧窺邊陲、恐非復往時元兵之比也、」抑國家禦夷虜、猶屋蔽風雨霧露也、霧露之中人、微而浸、風雨之傷人、暴而慘、往年西虜當國家擾攘之際、潛入邊鄙、以其法敎、誑誘我民、猶霧露之中人微而浸也、當是時、不待奇節之士、事既有措置、未知一旦風雨驟至、加之以雷霆、滂沛鏗鍧、咫尺不辨、拔木發屋、全身露坐、將何以禦之、君既以屋代笠、亦將以何物代屋、君哂曰、不必大聲。

篠崎小竹評、傑作。

鹽谷宕陰評、寒綠爲士龍最得意之友、故此篇亦爲最得意之文。

（三浦叶記）

館森袖海翁談

岡鹿門先生　附　松本奎堂、松林飯山

鹿門先生は初め名を修、後に千仞と曰い、字は天爵、後に振衣と改め、通稱を啓輔と呼び、鹿門と號した。

仙臺藩に於て讀書家と曰う方で、藩校養賢堂に學んだ。時の學頭は大槻磐溪で、先生は本當の門人である。其の頃の藩校の風は、『四書集註』を皆諳記するに在った。ところが先生は一見識あって之をしない。經文の諳誦も容易でないのに長い註をする事は尙更出來ぬ。本文を正確に覺え大義を解していればそれでよい。集註まで諳記するのは愚であると曰う。其の爲試驗を受けると落第する。三度受けて三度落第したので皆んな之を嗤った。又卒業も覺束なくなった。然るに一人石澤遠臣と曰う教師があって先生の才を愛し、內々『集註』を諳記せぬのを一見識だと曰うように褒め、且藩校で學問するのは難しいから江戶に行けと勸めたので、遂に江戶に出ることとなった。

磐溪の弟子であるから磐溪の處へ行って昌平黌に入りたいと賴んだ。磐溪は昌平黌の教官安

積艮齋に話をして、やがて入學することが出來た。

さて入學したが知合が一人もない。只仙臺藩の森文之助と言う人があって、此の人に始終世話を受けた。結髪入浴の如き瑣細な事まで一切森に指導されていた。森とはかねてよりの懇意ではない。同郷同藩の士であると曰う丈で殊に親しく交ったのである。在黌中、重野成齋・水本樹堂と先生の三人は親しきこと兄弟の如くであった。そうしている中に、松本奎堂・原伍軒・松林飯山・棚橋誠三郎の四人が加わり、都合七人殊に親しく交った。但し表面上は親しいようだが內實は左程でもない人もあったが。

此の中で重野先生が一番年長者であった。そして岡先生は文章を重野先生に習った。直されると又工夫して作って見て貰った。一作に二度宛正を乞うた。是れが二、三年も續き、兎に角文章が書けるようになった。其の時重野先生に問うた。一體文章は如何なる風に書くのがよいかと。すると答えに、沈着、痛快なる文章がよいと。そこで先生はどうすれば此の言葉に當るかと考えて、遂に斯かる文章が出來るようになったと言う事である。この文章を稽古している時、重野先生は歐・蘇の文を讀み、岡先生は陳龍川の文を讀んだ。それは龍川の文に

「推倒一世之智勇。開拓萬古之心胸。」

と曰う句がある。米艦が浦賀に來て騒いでいるのに、同志者は風痺痛痒を知らずと曰っている。是は重野の曰う沈着痛快の文章であると曰って龍川の文を讀んだのである。當時皆んなその好

みを讀み、松本奎堂は魏冰叔、隄静齋は壯海堂を讀んだ。或る時松林飯山が岡先生に、君は陳龍川の文を讀んで沈着痛快の文を書くのはよいが、あまり疎宕に流れる風がある。是はいけない、壯海堂を少し讀むがよいと曰ったので、之を讀んだ。中には「答呉駿公書」「馬伶傳」を讀んでいいとは思ったが、然し感心せず長續きしなかった。

松林飯山

飯山は好んで壯海堂を讀んだ。飯山の考は、壯海堂は元氣ある面白い文だが、疎雜が缺點である。陳龍川は實に痛快だが一度往って還らざる憾があると感じて、龍川を好まなかった。又飯山が先生に語った。余は、安井息軒先生は朱竹坨の文を讀み陰かに之に擬していると聞いた。余も朱竹坨を研究するつもりだ。君も竹坨を讀んだ方がよいと。然し先生は之を研究するには及ばなかった。唐宋八家文を讀み、歐蘇を手に入れれば澤山だと、歐蘇許りを讀んだ。

松本奎堂

其の頃奎堂の文は一番よいと云う評判で、重野先生を壓倒する勢であった。當時出來た文章「清水宗治之碑」「送鶴田玄皜序」の二篇は、同窗生に及ぶ者がなかったと言う傑作である。是には重野先生も到底及ばず、大いに感心していたと曰う事である。然るにこの「清水宗治之碑」

は羽倉簡堂の代作であったので、今日原稿は存在していない。當時在黌中の生徒には持っていた人があったかも知れぬが。奎堂が名古屋で塾を開いていた時、岡先生が、「清水宗治之碑」の原稿はどうしたかと尋ねると、サア何處かへ飛んで行ったと答えたそうである。此の二篇は丸で魏冰叔の文であると賞賛すると、奎堂は得意になって魏冰叔を讀んだと自慢話をしたと言うことである。

奎堂と先生とは石交と喩えたが、兄弟とてもない親しいもので、飯山と共に三人は兄弟の如く交っていた。飯山は「文章之知己勝骨肉」と云う印を彫っていた。奎堂より年下で引立てられた。

在黌中、重野・水本及び先生の三人連立って房總地方を遊歴した事がある。其の時は各自分擔してその紀行文を書いた。『禺于日錄』と題して出版してある。重野先生と水本とは兄弟の如くであったと曰うが、水本と岡先生とは餘り親しくはなかった。

先生は昌平黌で舍長を七、八年した。餘り長くなったので後がつかえて內々不平の徒が起った事がある。先生は近眼であった。或時下痢をして早朝雪隱に行くと、「近眼先生傳」と題して「名は近眼字は某々云々」と書いた一文が貼ってあった。仙臺の人で常磐顯允と言う人があった。書生中の早起きで雪隠に行くと、この「近眼先生傳」の貼紙がある。そこで自分の尊敬する長森敬斐と言う人の處へ行って此の事を話すと、剝して來いと曰うので之を取って來た。如何にしようかと問うと長森は、岡に云うがよかろうと曰うので岡先生に知らした。すると先生は、俺が昨朝行った時「近眼先生傳」と曰う貼紙があったからそれで尻をぬぐった。詰らぬから誰にも話さなかったのであると語った。常磐は此の事を長森に告げた。長森は、是は書生寮の風儀を惡くするから捨てておけぬ。岡が舍長をしているので嫉妬したに相違ない、岡に辭職するようすすめよと曰うので、之を先生に告げた。先生は辭めよう、辭めてから始末をしようと、辭めて此の一件を教官に告げた。教官は是は上に居る者が怪しからぬ、犯人を捜せと長森に言付けた。長森は一同に字を書かせ、同じ筆蹟の者を犯人と見る外はないと之を試み、二人を得た。呼出して詰問すると遂に私等が書いたと自白した。尙お責めると、實は斯樣斯樣の次第で書いたので、言付けた者が別に二人あると曰った。その命じた二人は一寸學問の優れた頭株の者であったから、長森も困惑して考えた末、どうも罪人を出すのは學校の爲宜しくない、世間に現わさず握り潰し、只實際書いた者を處分するがよかろうと上告した。教官はそれでよい宜敷取計えと曰うので、長森は仕方なく二人を改めて呼出し、博士方の命である、止むを得ぬと二人に退學を仰付けた。この長森は佐賀の人で、評定官をしていた。儒者ではあるが法律等得意の人で、同學生から敬服されていたと言う。詩文もかなり出來た。

これより前に奎堂が失策して退學を命ぜられた時、先生は氣の毒に思ってわざわざ金澤迄送って行った。奎堂は、俺は天下の奇男子の爲すべき事をする、若し事が失敗して死んだと聞いたら碑文を書き、俺の精神を傳えて呉れと語った。先生は萬々輕率な事をするなと戒めた。そしてここ迄來たのであるから序に伊豆の國に津田某と曰うのが居る、そこに一宿してそれから別れようと、又連立って伊豆まで行った。

其の後先生が大阪に遊んだところ、偶然奎堂が來た。又飯山も來た。三人一緒になったので、甚だ奇遇だと喜んだ。三人とも金がないので、道頓堀で金を借りて塾舎を開いた。時に河野鐵兜が遊びに來た。貴樣達はどうしているのだ。金を持っていないので塾舎を開いている、天下の形勢をどう見る、と曰ったような話で、其の折鐵兜が頼まれて額を書いた。「雙松岡」と曰うので、今日も猶お殘っている。雙松は松本奎堂・松林飯山を表したのである。この時先生は鐵兜に、俺が三人中一番年長者であるのに一番下に置き、松本・松林を上に置いたのはどうした譯かと質した。鐵兜は、君そんな事を言ってはいかぬ、松は千年なるも字配りが惡くては立っている者ではない、君が一番力持になっているのだと答えたので、先生もそう言う深い意味があるとは知らなかったと大笑した。其の頃家里松嶹・藤澤南岳・江馬天江等が遊びに來たと言う。

先生はそれから京都に入った。大阪では天下の形勢が判らぬ、輦轂の下でなければならぬと言うのである。枝吉平左衞門と曰う先生があった。號は神陽、佐賀の人で副島蒼海伯の兄である。先生は此の人が某公卿に懇意にしている事を知っていたので之に倣って自分も公卿に取入って尊攘の意見を發表しようと、二、三の公卿を訪ねて時世論をした。一、二年する間に高杉晉作が來た。彼も亦、岡が公卿を廻說して天下の形勢を論じているが、さぞ公卿も面白い事であろう、自分も斯うしてみようと廻說を始めたと言う事である。

中には反對者もあって先生を狙擊しようとする者が出て來た。嘗て酒屋の二階で議論している時狙われ、女中とか下女とかの注意によって雪隱から逸走して難を免れた事もあったと言う。

仙臺藩の役人は之を聞いて、啓輔は年は若いが色々議論するので、藩の方に禍が波及してはならぬと考え、嚴命して仙臺へ還した。さて歸ってみると話相手もなく淋しく、塾舍を建て草私史亭と名づけた。額は飯山が書いたが、今日猶お殘っている。其の名の示す如く、交った人々の逸話を書こうとしたのである。

仙臺藩は佐幕勤王の二派に分れた。勤王家はかなりあったが本當の勤王家は僅少で、多くは假面をつけた者であった。佐幕黨の勢が強ければ俺は佐幕黨だと曰い、勤王家が頭を擡げると俺は勤王家だと曰う。昨日と今日とは議論が違う。その中に白石と言う處で奥羽六藩が聯盟して官軍に抵抗すると言う評判があった。先生は之を聞くや大いに驚き、眞晝閒素足の儘で但木と曰う執政の家に飛込んだ。何ダ、岡、氣でも狂ったのではないかと問うと、佐幕に決定したとは如何なる譯だと責めた。暫くしてこれから會津米澤始め水戸邊までの形勢を視察して來いと命ぜられた。是は先生の勤王論が矢釜しいので、仙臺から體よく排斥したのである。其の閒に仙臺は佐幕派に一變した。先生は視察から戻って來た。そしてどうしても勤王でなければならぬ、會津米澤は佐幕であって天下の時勢に暗いと語った。仙臺で勤王の心を抱いている者は阪本大炊・後藤孫兵衞・三好監物・先生等が其の頭株であった。阪本は白河戰爭で流彈に當って死に、三好は腹を切って死んだ。先生は母と娘を背負った夫人とを連れて仙臺藩を脱出した。先生は近眼であるし撃劍もせぬので肩がめげる、川に差掛った時は刀を抜いて一歩一歩深淺を測って渡ったと言う。生まれて始めて大砲の音を聞いた。二十里許り歩いて入谷と言う山中に逃込み、山内耕烟と言う人の食客となった。當時は佐幕黨の盛んな時で、捕手が四、五人やって來た。夫人が出て見ると顏に見覺えがある。誰ではないかと曰うと、そうです、ごたごたの濟む迄暫時御辛抱を願いたいと曰う。そこでこの門人に腰繩をつけられて仙臺に護送された。

当時獄吏に賄賂を贈るのが例であったが、先生は一向そんな事に氣付かず土産を持參しなかった。そこで彼は先生の衿元をつかんでグルグル廻し、是でも金を出さぬか出さぬかと強要した。然し先生は一錢も持っていないので如何とも仕方がない。其の時隅の方に武田丈吉と言う人が居た。此の人が、オイ少しは手柔にしろ、今入って來たのは岡啓輔と言う學者で、土産の事等そんな用意は何も知らずに來たのだ。俺が幾何か上げる工夫をするからそんな慘酷な事をするなと注意したので、始めて彼は止めた。其の時久我大納言が舟で松島に來て急に仙臺に入り、佐幕黨の頭十六人を抑えた。是に於て先生は牢を出ることを赦された。當時久我は霹靂手段を行ったとの評判であった。先生と磐溪は子弟ではあったが尊王の事に於ては別で、其の爲絶交ではないが、維新後は餘り交際しなかった。先生は晩年仙臺を毒したのは磐溪だ、磐溪は大義を知らぬと語っておられた。

愈御一新となり天下が定まると、朝廷から迎えられて東京へ上って來た。そして中學助教、修史館編修、圖書館長等をした。其の閒に『尊攘紀事』四册を書いた。是はよく出來た文章で當時非常な評判があった。右府岩倉公は之を見て、御一新以來此程の著述はないとえらく驚嘆し、六百部を買上げ海軍兵學校の賞與品とした。それは文中に、日本は海國なり、海軍を強くせねばならぬと言う議論がある。是は萬古動かすべからざる論で、公は此の點を褒めたと言う事である。そして公より使があって馬車で迎えられた。先生は此の時始めて二頭立の大臣の馬車に乘った。先生一代の得意の時であった。公は先生に、『尊攘紀事』は甚だ名文であるが、殘念な事は阪本龍馬の事が書いてない。龍馬が薩長兩藩を調和した事は、大久保・西鄉以上の手柄である。這種の名作に龍馬の功績がもれているのは遺憾である。余が話をするから書いて呉れと曰われた。然し一々話を聞いて書く事は出來ぬから、左右に仰せられ、その筆記を賜りたいと答えた。公は如何にもそうだ。先生の方に送るからよろしく賴むと仰せられた。其の中に公は病氣が重くなり、話の書取れぬ中に薨去されたので、先生は龍馬の事を書きようがない。然し公の仰せに違うわけにゆかぬ。幸い門人に濱田源之助と言う土佐人があったので、之に事蹟を取調べさして書き、補遺の中に收めた。

先生は愛宕下の仙臺屋敷に塾舍を建てた。大名屋敷で四圍に人が住んで居り、自宅の門が見苦しいので大工に修理を命じた。出來上ったのを見て、此の門はどうも大き過ぎるから細くしろと言った。大工は折角出來たのに今更直すと曰っても一、二日費す、是でも良いではないかと言ったが、先生は、君はいいかも知れぬが俺がいかぬと曰って遂に細くさせたと言う事である。

先生は餘り禮儀に拘らぬ人で、肩の破れた羽織を着て一向平氣であった。又客が居るのに横臥したり足を投出すと云うような人であった。

人と話をする時酒を一杯出した。自分は飲めないが、盃二杯位で酔うと太い聲で、しかも仙臺辯でしゃべった。ズット壁を隔てて居ても聞えた。

鳥取藩に安達清風と云う者があって、先生を五百石で推薦したいと曰った。すると先生は、自分は仙臺で小臣者で祿はないが伊達家の臣である。五百石は惜しいが他藩に仕えるのは嫌だと斷った事がある。

支那に遊びに行こうと思って、自分の著述類を集め『藏名山雜著』と言うものを作り、知人に買って貰って金を作った。北は北京より保定まで、南は上海より蘇州まで、又廣東香港まで廻って政治家達に面會した。此の時の紀行文は『觀光紀遊』と名づけて出版した。出版には私が專ら盡力した。

私は明治十八年先生が此の廻遊から歸られた時入門し塾頭を六ケ年續け、後に重野先生の方に移ったのである。先生は大正二年、八十二歳で歿した。其の後私は『藏名山房文集』三册を出版した。續編を近年に上梓するつもりでいる。雜著類は色々あるが、私は悉く之を藏している。

嘗て先生とその懇意にした川島梅坪の世話で、ある金持の家に宿った時の事である。そこに一人息子があって、書畫、角力、碁等が好きで、六十餘圓の書畫帖を持っていた。或夜一緒に寝ていると、此の家の息子は六十餘圓もかけて書畫帖を作った。こんな馬鹿な事をするな、そんな金があるなら長崎と函館を地勢許りでも見ておくべきだと話された。私は此の時成程先生は慷慨家だと大層感心した事がある。これは他の文人學者では云えぬ言葉である。

先生は歿する少し前に三年を費して『在臆話記』と言う書を書いた。確と覺えぬが三十巻ある。是は自分一生の閲歴を書いたものである。私は未だ悉く讀んではいないが、或時一寸開いてみると次のような事が書いてあった。

藤森弘庵が江戸を放逐され行徳に居た時、先生が之を訪ねた。色々話のあった序に弘庵は、市河米庵程書法に骨折った者は近代にはなかろうと思う。然し彼は生涯書の甘味を知らぬと語ったと云う。是は弘庵だから言えたので他人ではなかなか云えまい。

「東洋文化」第一五九號（昭十三・一）

重野成齋先生

先生は鹿兒島の人で、幼少の頃から奇才子と評する評判があった。父は野水と謂ったが、この父も亦矢張り才子で町人でもなければ百姓でもなく藍玉製造を家業としていた。ところが其の仕事が大層成功して藩主齊彬公のお耳に達し、公は其の製造權を買上げたいと曰う思召があった。野水は殿樣よりの御内命を受けて大いに嬉び進んで之を獻上した。其の功に依って士人格に取上げられ立派な鹿兒島藩士となったのである。父は藍玉業者としては珍しい事に能が好きで、仕舞も自分でやった。先生は之を見倣って子供乍らに能の眞似をした。是は能役者になりたいと曰うのではなく、好奇心からしたのでしょう。少し經って、折角藩士になったのだから學問をして立身しようと決心し、鮫島白鶴と曰う當時鹿兒島屈指の學者に就いて書物を習った。齊彬公は、貴樣は能役者になりたいか學者になりたいかと問われたところ、學者になりたいと答えたので、公は益〻先生を御寵愛になり奬勵されたと謂う事である。蓋し鹿兒島には學者がなかったので公は學者が欲しかったのでしょう。

川添某と言う人があって、學問は一人前に出來ない中に江戸から歸って來た。そこで此の人に江戸の學問文章を聽いてみると、齋藤竹堂が若手で有名だ、自分は「愛山樓記」を書いて貰ったと曰って之を差出して見せた。先生は同輩の小牧櫻泉・今藤悔堂等と之を讀んで感心し、成程名文と曰って可なり、今頃江戸に斯んな人がいるとは珍しいと皆んな之を寫して讀んだと曰う事である。是は二十歳以前の事である。後に昌平黌に居た頃或る仲秋明月の夜、文會をするからと竹堂から招かれた。村山拙軒等が出席していたと曰う。先生はここに於て嘗て思慕していた竹堂に文を添削して貰い、宿望の一端を遂げる事が出來た。

太田雄藏と云う碁師が鹿兒島に遊びに來た。先生は才子であったから早速入門して碁を習った。二段打ったと言う事である。

又琉球から鄭某と言う董其昌風の書家が來た。先生はまた此の人を訪ねて書を習った。

鹿兒島は和歌の流行した所であるが、先生は漢詩が好きで作ったがなかなかよい。そこで鹿兒島には詩、書、讀書の出來る重野程の才子はないと曰う評判があった。二十二歳の時齊彬公は學資を出して江戸に留學を命じた。

そこで先生は先ず龜田綾瀬の塾に入り、綾瀬の處から昌平黌に入った。入學してみると書生は四五十人居たが、詩に於ては先生に及ぶ者がなく、今度鹿兒島から重野厚之丞と言う詩のうまい者が來たと曰う評判があったと言う。當時黌に會津の人で高橋誠三郎と曰う詩文の上手な人が居た。年若であったから先生に負けないように勉めた。大分出來たらしい。先生が長篇を作ると高橋が添削をした。然し評判には高橋より先生の方が優れていたと曰う。

或る時藤野海南が先生に向って、足下は詩を作ってエライ評判だが詩人になる氣かと尋ねた。すると先生は、イヤ詩人で世に立とうとは思っていない。江戸に來たのは文章で立つ希望でやって來たのであると答えた。そこで海南は、それでは一つ文を作らぬか、とすすめた所先生は、然し未だ一度も作った事がない、教えて貰えないか、と曰う譯で、ここで始めて先生は文章を作ったのである。題は失念したが四枚許りの議論文であった。然し是はサッパリ文になっていない。海南は鹽梅せねばものにならぬと朱で以て一々文法語をつけ、ここは冒頭、ここは段落、ここは照應等と記し、其の作法の必要を説明した。爾後五六度添削して貰った。斯の如く文は最初海南によって引立てられたのである。それより昌平黌の詩文掛に出した所、詩は評判だが文もなかなか上手だと稱せられ、三年許りの間に海南を壓するようになった。海南も我輩の遠く及ぶ處に非ずと感服するに至った。

昌平黌に於ては『詩』『書』の講義と『資治通鑑』の會讀があった。會讀が終ると『通鑑』の中から題を出して文を作った。是を論史會と名づけた。會長は原市之進で、書手には松本奎堂・岡鹿門・水本成美・先生邊が錚々たる者であったらしい。私は其の會の規則草稿類を見た事があるが、エライ勉強したようだ。此の會は非常に隆盛であったがそれには譯がある。當時米艦が來て尊王攘夷の論が起っていた。この尊攘は昌平黌の書生が始めて云い出したので、先生も亦此の論者であった。そこで國論とか國策を論ずるのに、此の會が『通鑑』から題を採って史論を書いていた爲、時機に適して盛んであったのである。『通鑑』は課程で用いたのであるが、是は大部な本で漠然としているので、自分勝手には蘇東坡の論文、陳龍川の論策を机上に置いた。當時昌平黌一般の學風は、『四書朱註』・『唐宋八家文』・『高靑邱詩集』がなければ書生と曰えぬと稱せられていたが、論史會一派はもう一段高くて以上の如くであった。

昌平黌の學風は米艦が來て一變した。卽ち漢籍を一所懸命やって國書を讀まぬのは不都合だ、『六國史』・『令義解』・『職原抄』を讀ませねばならぬと曰う事を枝吉神陽が建白し、其の意見の如くになった。隨って當時の書生であった先生等も國書に骨折ったのである。

當時の先生方は昔氣質で世事に迂闊であったが、ここに羽倉簡堂と言う先生があった。學者で時勢に心を用いていた人で、ここには色々の人々が出入していた。簡堂は殊に外交上に大いに注意していた。そこで佐久間象山もこの人の教を受けた。然し象山は蘭學を杉田成卿に學び實際の事に明るかったので、簡堂も實際は弟子の象山に聽いて意見を立てたのである。先生は簡堂の塾へ遊びに行き其の意見を問うた。象山の事も聞いた。そして段々聞いている中に前に攘夷論であったのが開港論に變って來た。

先生は尊攘論者で有名な藤田東湖の處へ度々行った。それは齊彬公が『禮儀類典』五十巻を謄寫させて自分に保存しようとして之を先生に命じた。先生は水戸より借りて之を昌平黌の書生に寫させたのである。この書物拜借の爲に先生は度々水戸邸に行ったが、其の閒に東湖に會ったのである。先生は西郷隆盛より先に東湖に會っている。或る時先生は東湖に向って曰った。先生が東に於て攘夷の義兵を擧げれば薩藩は西に於て之に應じて兵を擧げるでしょうと。すると東湖は大喝して曰く、貴樣何を云う、攘夷をした後は如何する心算かと。そこで先生は默して何も云わなかった。其の時東湖は一言、俺の尊攘を唱えるのは譯があると曰われたと言う。先生は東湖に叱られたので之を聞く者は、先生は東湖を怨んでいるだろうと噂したがそうではなかった。東湖は豪傑だ、象山は技術家、奇術家であると曰っていた。

先生は象山の話を聞き、東湖に叱られ等して、やがて攘夷論者から開港論者に變ったのである。

簡堂の處へは時々行って教を受けたので、始終は昌平黌に居た。當時君公から學資金を貰っていた書生達は二、三ケ月前借が多かったようだ（先生も貧書生だが父が能役者の道具を買っていたのを賣って學資としていた）。此の頃鹿兒島から池田という書生が來ていたが、彼は小金を持っていたので前借をしなかった。學問は出來なかったそうで、先生はよく之を叱っていたと言う。或る時伊地知恆庵、兒玉天雨の二人が來て急に五十兩欲しいから何とか工面して呉れと頼んだ。當時五十兩と曰えば大金で書生としては一寸方法がなかったが先生は之を請け合って、池田に譯を話して彼に前借をさせ、之を二人に與えた。ところが或る事から池田が島津の三太夫に、前借は重野厚之丞斯樣斯樣の譯であると暴露した。其の頃先生は齊彬公の寵愛を得て羽振が利いていたようで、門閥家達は厚之丞生意氣だと怨んでいたので、この池田の事を聞くや機會はよしと、君公を誑かるけしからぬ奴だ、君前に於て割腹申付けると議決した。是を聞いた箭堂は驚いた。そして川路左衞門尉に島津の老臣と懇意な者があったので箭堂は川路を連立って島津邸に助命に行った。重野厚之丞は鹿兒島の人に非ず天下の人なり、厚之丞を殺せば天下の文運潰れる。天下の爲に生命を助けて貰いたいと一週間命乞をした。齊彬公は先生を罪人にしたくないので吟味役人を代えて再吟味したが、先生が有體に曰うので判決は前と同樣であった。君公は心配したが仕方がない。そこで遂に遠島を申し付けた。この命には老臣達も仕方がなかった。島流の事を「歸國を命ず」と曰ったが、是は多くは途中で殺したものであると言う。先生の場合には君公が內命を下して警固の人を選んだので、途中梁川星巖を訪ねたりして罪人扱でなかった。大島——鬼界ケ島と曰った——に流されて古仁屋《コニヤ》と曰う處に七年居た。流罪中に西鄕隆盛も流されて來た。西鄕は龍鄕《タツガウ》と曰う處に居た。龍鄕と古仁屋の間は十七八里距っているが、永い間島に居て淋しいので、西鄕を訪ねて其の詩を添削し、『史記』の講義をしたと云う事である。

話の途中だが西郷に就いて憶い出した事があるから序に話しておく。それは西郷が月性と相抱いて薩摩の海に投じた事は世の周く知る所であるが、之を救ったのが平野國臣である事はあまり知らぬようだ。平野は此の時同船していたが、投身に氣付くや直ちに船の板子を投げ帆索を切って船を止めた。直ぐには止まらなかったが板子を目標に捜索して救い得たと曰う。是は平野が自分の手柄話のように先生に向って話したそうだ。

生麥事件があって英艦が鹿兒島灣を包圍した。此の時先生は、自分は罪人の身であるが、只今國には有力な人が留っていない。自分は許を得て此の事件の局を結ぶ事に盡力して前罪を償いたいと願出た。そして願を許されて横濱で英國公使パークスと談判した。是は先生一生一代の功であった。この談判は、普通の學者では出來ぬ事である。是に於て先生の開港論は益〻鞏固となった。先生は攘夷論から開港論になったので、變節者として三度刺客に狙われた。其の一に福原實に襲われた事がある。此の時は吉原の女郎屋で、女郎に助けられた。明治になってから此の女郎は年寄って行く處がなく且病氣を患って困っていたが、先生は之を世話し、其の葬式も營んでやった。

昌平黌で書生寮の寮長をしていた時の事である。鯖江の人で大郷巻藏《オオゴウマキゾウ》と云う人があった。普通の書生より金持であったが、一度も皆んなに奢った事がないので悪口されていた。然し表面から曰う者はなかった。すると或る時松本奎堂は何事か議論して怒って大郷に火鉢を投げて火事になりかけた事がある。そこで先生は寮長として捨てておけない。然し博士に申出ると事が面倒になる、さりとて此の儘にしておくと將來の事もあるからと色々考えた末、松本に退學を命ずるがそれ以上の處分はせぬ方がよかろうと申し出た。其の通りにせよと曰う事で、奎堂に退學を申し渡した。此の時の添役は水本成美であった。すると奎堂は不平で、拳固で先生の頭を撲とうとしたので首を横向にしたところ、拳固は水本の頭に飛んだと曰う事である。

當時昌平黌で失敗すると簡堂に憐を乞うたものだと曰うが、奎堂も亦簡堂の塾へ入った。太田蘭堂・岡鹿門も居たので、三人腕を揮えば昌平黌に劣らぬと自負し、天下の文運羽倉先生の塾に在り、自分はこれより奎堂と號すと、これより自ら奎堂と曰ったと言う。然し簡堂は、佐久間は大兒、重野は小兒と呼んでいたと曰うから、奎堂を重野先生程までには思っていなかったようだ。

昌平黌に居た時の事である。水本成美が『管子』の注を書いたが、之は先生も大分手傳をした。

『管子』にある「曙戒忽怠」の句を見て、我が輩の學問は是であると曰って、屋號を曙戒軒と名づけた。『管子』はよく讀んだ書物でしょう。

其の頃昌平黌の學風は前に述べたように、外國關係より昔風と大いに變っていた。佐藤一齋先生が『易』の講義をしていたが、學生は机下で韻字本を廣げ、講義の終らぬうちに絶句は出來たと言う事である。學風は朱子學であったが、何様尊攘論が熾んで論策に一生懸命であったから、經學は無いも同様上の空で、經書など眞に讀んだ人はなかったようである。先生も後に經學のやり直しと曰って『詩』・『書』・『易』に骨折った。

私は『書經』・『左傳』の講義を聽いたが餘程上手でした。先生は和學にも達し國學者の書いた假名書きの書物も讀んでいた。『古事記傳』は必ず眼を通せよと曰われ、『職原抄』の講義の時には『拾遺集』の歌を引用された。世間には知らぬがよく和歌をやったようだ。記憶のよい人で和歌でも發句でも引合いに出し面白く講義をした。殊に『萬葉集』に詳しくて、地方に遊歷しても『萬葉集』にある歌を引合いに出した。儒者であって『萬葉集』に詳しいのは先生より他にはあるまいかと思う。

昌平黌に居た或る冬の寒い朝の事である。湯殿で水を汲む音がするので覗いてみると、佐賀の人佐々木金十郎と曰う人が素裸で水をかぶっている。譯を聽くと、伊藤玄朴（蘭醫）に健康診斷をして貰ったら、半年許り毎朝冷水磨擦をやり、それから東北地方を二三ケ月遊歷してこい、すると丈夫になると曰われたと語った。先生は、蘭醫は妙な事を教えるものだ、自分も虚弱だからやろうと、それから之を眞似て始めた。

先生は虚弱な方で、嘗て芝の石龍子と曰う人相見に見て貰った。すると虚弱な先生の身體を見て、是は珍しい長壽の相があると曰ったので、半信半疑で聞いていたそうだ。佐々木の眞似をしたそれ計りではあるまいが、丈夫になって、冷水浴、冷水磨擦は死ぬ迄廢さなかった。時々百歳迄生きると曰っていたが、八十四歳で歿した。

晩年『易』では古註の外に惠松厓の説がよいと曰い、『周易述參訂』と曰う書二册を編著した。『詩』『書』に就いても古註を多く採った。

『左傳』の文章を褒めていたが、然し其の書いてある事柄は小説的なもので取るべきものは少ないと曰っていた。『史記』、『左傳』『漢書』は必ず讀まねばならぬと曰っていた。或時足下は今何を讀んでいるかと問われたので、『漢書』ですと答えると、それはよい、列傳、本紀を好んで讀むのは當り前だが、志類を讀まねば用をなさぬ。志類は讀んで面白くはないが、學問を用に立てるには之を讀まねばならぬと曰われた。

學問上の功績は考證學をやった事である。我が國の考證學の端緒を開いた人はあるが大成はしなかった。獨り先生は史學の考證と曰う事を云い出し且實行した。但し史學の考證は先生が始かと云えば、そうではない。考證とは曰わないが伴信友が始めてやった。然し大成はしない。先生に至って斷案を下す事になったのである。先生は世に抹殺博士と稱せられたが、「辨慶、兒島高德に限った事はない。考證によって生れて來る人も死んでゆく人もある。歷史は小說とは違う」と話された事がある。

先生の歷史の顧問には水戶の菅政友がある。政友は栗田寛と水戶藩の雙璧と稱せられた人で、水戶の內紛に際しても一向無頓着に彰考館で讀書していたと言うことで、當時史學界の第一人者であった。先生は一應この政友に問うて而る後に說を立てたので、獨斷で立てたものはないと曰ってよい。

先生の考證に就いて、一例として有名な辨慶と兒島高德に就いて話してみよう。辨慶が實在の人物でないと曰うのは先生の創說ではない。『大日本史』にも書いていない。書きたいが證據がないから書かぬと斷ってある。兒島高德も正確な史料がない。そして先生の疑問とする點は、院庄では佐々木道譽が警護の任に當っているから之を破って入る事は出來ぬ。よし入ったとしても、翌朝兵卒が十字の詩を發見して直ちに天子に奏上した。司令官の佐々木に何も云わぬとは順序が變だ。また高德は天子が隱岐に在ます時屢〻手紙を奉呈している。然るに船上山に在ます時は何處に居たのか、或は又楠正成等が活動している時何處に居たのか、當然一緒に働くべきではなかったかと言うのであった。

文は初め蘇東坡を習い、晩年に至って姚姫傳の文章を讀んだ。全く姫傳風の文章がある。川田甕江も姫傳を讀んだ。頼山陽の時代には『姫傳集』は來ず『歸震川集』が來ていた。故に山陽の文には震川の文を論じたものはあるが、姫傳を論じたものはない。私共は姫傳は表面は綺麗だが内容は足らぬから實がないと觀ている。眼が肥えると震川・姫傳の文は輕く見えてくる。

先生が私に曰われた事がある。それは、谷三山と曰う聾者があって、森田節齋が之を訪ねたところ姫傳の文集を出してみせた。其の時偶然開いた處が「登泰山記」であった。節齋は感服して、三山に此の文集を借りて歸ったが遂に返さなかった。そこで世間では節齋は姫傳だと見ているると言う話が傳っている。姫傳の文は文格が正しい。「登泰山記」を讀んで、桐城の文ここに盡きたりと曰うのは間違だ。他になかなかよい文があると語られた。先生は私に震川・姫傳を讀めと曰われた。實は私は今になって讀んだ事を悔いている。どうも之が筆癖になってついて廻る。そこで私共は先生晩年の文はよくないと見ている。

先生は東京に居て大久保内務卿に信ぜられ、始終ここにあった。卿も重野重野と呼捨にして家族同様に思い、内閣書類等に就いても相談をしていた。是は事が祕密に屬するので世人は知らぬ事であるが。

内務卿と岩倉右大臣と仲がよかったので、随って右大臣も亦先生の學問文章を信じていた。或時川田甕江が右大臣に目通りした。右大臣は周知の如く玉松操を信用していたので、歿後其の碑を建てて名を殘しておきたいと之を甕江に依頼した。其の後重野先生が訪ねた時、右大臣は甕江のこの碑文を見せて良否を聞いたので、餘り上出來ではないと答えた。すると然らば足下之を直せと、面前に於て筆を入れさせた。そして之を京都に建てたのである。其の拓本が甕江の手に入り、みると自分の文章と違っている。キット重野の仕業に相違ないと詮索してみると果して重野であった。先生の方では右大臣が直せと曰い、時間がないのでその面前で添削したのであるが、川田の方から曰えば、文人仲間、殊によく知った間柄である、内々斯うしては如何と相談すれば感謝をするのだが、是では不都合だとなる。この結果は碑を磨り取って元通り甕江の文に彫り直せと曰う事になった。現在の碑はそうなっているでしょう。是から川田が先生を怨んだ。もっとも修史館に於て二人とも一等編修官であったが所謂兩雄竝び立たずで、明治十九年であったか行政整理で川田が罷めた。之を傍で邪推して、重野は川田をオッポリ出したと曰った。川田は出されて不快を抱いていたのでしょう。そこでこの碑文に就いては一層怒ったのでしょう。是が私の承知している重野、川田の軋轢です。

先生は局量の大きい人で、大抵議論せぬ人であった。只辨慶とか、兒島高德とか、日蓮の手紙等に就いては世間に喧しいのでよく議論したが、個人的の事は無頓着であった。然し先生も心中には甕江に對して面白くなかったのかも知れません。嘗て中村確堂と曰う埼玉師範學校長が、小田原の有志者に依頼されて其の藩主大久保氏の碑文を甕江に依頼したが、忙しいと曰うので斷られた。そこで先生に頼んだところ、先生は怒って、川田先生のお下りは頂戴せぬと言った事があった。

山尾庸三と曰う長州藩の人があった。君公に叱を受けて逃れて先生に泣きつき、風呂たき等をしていた。維新後二、三年經って、先生は東京に出て木戸公に、山尾は使い様で役に立つ男である、前罪を赦してやって呉れと依頼した。すると木戸公は直ちに山尾を工部卿に薦めたと曰う。昌平黌の舊友中、會津の人では南摩綱紀・秋月胤永・永坂常次郎（小笠原午橋）の三人であったが、戊辰の戰爭に會津は目茶になり三人は東京に出て來たが、當がある譯でなく先生に窮狀を訴えた。そこで先生は三人を半年許り自分の邸中に厄介をした。それから南摩、秋月は女學校長に、永坂は修史館に入る事となった。私達は門下生として此等を先生の美德と思っている。また岡鹿門先生と重野先生とはエライ親しい仲であった。鹿門先生が支那から歸って大病に罹った。年は寄っているし困っていたところ、先生は之に百圓を與えた。明治十九年の事である。百圓と曰えば今日の千圓にも相當する。此の事を以ても如何に舊友に敦かったか判るでしょう。
先生が才を愛すると曰うことは晩年に至る迄變らず、何か取り柄があればそれを世話したのである。

先生の門人で田代安定と曰う人があって沖縄縣に長らく役人をしていた。當時沖縄には猶お結縄があったので、田代は其の結び方を四十枚許り寫して先生に送った。先生はこの結縄に興味を持っていたようで、之に就いて斯文學會で講演をした。其の時横井某が聽衆に向って、ここに來て御覽なさいと曰ったので、觀る者は之を持歸ってしまった。先生は非常に落膽して田代に再び書寫を依賴した。田代も今度は本氣になって手の届く丈集めて書き百枚位あった。先生は之を帝大に納めたと話された。地震に燒けたかどうか……。私は臺灣に長く居てこの田代に面會した。田代は希臘學に達しゃな世界的植物學者である。昔話をしてこの結縄の事に就いて話すと話が符合するので喜んでいた。

先生は講義のある前日には如何に夜が更けていても必ず下讀みをした。そして如何に夜更しても朝起であった。起ると冷水磨擦をする、そして一日に一度は必ず散歩をした。駿河臺袋町の宅から、水道橋、お茶の水、萬世橋ニコライ堂の下を經て歸る。約一里餘あるらしい。少しの雨降でも傘をさして歩いた。そしてこの間に絶句が一つ出來た。何が出るかそれは自分でも判らぬ。芝居の事でも、雨の事でも、史上の事でも、天地萬物何でも御座れであった。詩は斯くして澤山あった筈だが今日は殘っていない。

舊雨社と曰って、毎月十五日日暮から蓮池の長酡亭で一杯飲む會があった。互いに近況を知らす會で、詩文が出來れば持寄った。先生は社中の人々の傳記を書いたが、先生の傳は岡鹿門先生が書いた。其の中に重野には七奇ありと碁、書、詩等六つを擧げ、最後に其の一は之を忘れたりと書いた。

先生の歿後其の碑文は小牧櫻泉が書いた。可成りに出來ていると思うが、之を日下勺水がくさした。勺水が書きたかったらしい。其の爲に文會は面白くなかった。勺水は田健次郎の處へ行って、どうか櫻泉の碑文を建てる事を中止させたいと話した所、田は俺は學者でないからと此事を斷ったと曰う事で、遂に碑文は勺水に賴まず櫻泉に賴んだ。谷中に在るのは是である。

世間の學者の中には、重野は曲學阿世だと曰う人がある。曲學は見様によるが、阿世と曰う事はない。阿世ならば抹殺博士と曰われる事はない。又英國公使と局を結んだのは大功勞で、普通なら男爵を貰ってもよいと思っている。殊に薩長によって出來た政府であるから。斯う曰う名譽等云う事は先生の念頭にはなかった。學問が成功すればよいと曰う一念があった丈である。先生は強情な人で鹿兒島の先輩は色々忠告したが聽かなかった。話は上手な人であったが諂らいはしなかった。

最後に私の事で恐縮ですが、先生の門人になった次第を話しておこう。枕流館で支那公使等と宴會した時、徐少芝が七律を作り、重野先生等が和韻をした。其の詩がよく出來ているので、私もやってみようと試みた。當時岡鹿門先生の處に居たので、之を岡先生に見せたところ、よく出來たから重野に見せろと曰う事であった。自分は貧書生であったから何も持って行かない。只この詩を持參して敎を乞うた。先生は之をみて、貴公ナカナカ詩はうまい。書も亦うまい。君の云う事は判った。直ぐ來てよいと曰われた。そこで始めて成達書院に入ったのである。ここでは六疊一間を與えられた。据火鉢、茶器、机等を持參して、月謝なしでいた。塾生ではあったが、マルデ客分扱であった。先生晩年の門人で私程優待を受けていた者は他にないように思う。

「東洋文化」第一四六號（昭和十一・九）

前に話した如く、先生は昌平黌へ入っている時、羽倉簡堂の塾へも遊びに行った。この簡堂の處へは佐久閒象山も門人として來ていた。そこで先生は佐久閒から西洋の事を聞きかじり、自分もやってみようとて和蘭陀の書物を讀始めた。當時奉書を綴じた册子に片かなつきで書いたものが殘っている。さて始めてみると先生なかなか難しい。やがて佐久閒とか杉田成卿とか曰う專門家に聞く方がよいと覺って之を止めてしまった。この羽倉の塾では文學の事を談ずるは勿論、西洋支那の事、時勢の事を話すようになった。そこで齊彬公から先生に質問があると、其の答は明瞭であり、加うるに公も耳新しい事を聞かされるので、益〻先生を寵愛になった。其の寵愛が門閥家の嫉む所となり、池田某の借金事件が導火線となって大島に流罪となった事は前に話した。

大島に流されていた時、島には鼎氏と云う舊家があった。庫に書物が一パイあったので、先生は島に居ること六、七年の閒に、其の書物を殆んど讀んで了った。島流で却って學問を仕上げたのである。

昌平黌に居る時、文章は時々鹽谷宕陰に正を請うた。又安井息軒にも。殊に息軒の學問に感心し、文章は宕陰、學問は息軒と思っていた。息軒は先生の才を愛し歿後は我の碑文を書いて貰いたいと曰っていた。先生は大島から赦されて江戸へ出て息軒に伺候した。此の時は鼎氏の本を皆讀んでいたので、この爺と何時迄敗けているものかと自負したのでしょう、顏に矜色が表われたと言う。息軒は之を見てとり、書物を幾ら讀んだか知らぬが、先輩を輕くみる事は學者の謹しむべき事だ、今日の態度は宜しからずと思うたでしょう、其の爲平常ならばアマ一局やろうと手づから碁盤を持出すのだが其の事もなく、以前のように親しげに話す事をしなかったと言う。人の話に、それより以後表面上は息軒と先生とは仲が惡かったと曰う。然し大名の席上とか宴會の席上とか公の場所で相見えた時は、依然書生時代の禮儀を以て交際していて、決して惡い顏をしていなかった。然し表面はよい樣であったが內實は面白くなかったらしいそうだ。そこで初め息軒は己が死後は其の碑文を書いて吳れと曰っていたが、島から上ってからはそんな事は曰わなくなり、代って川田甕江を愛するようになり、遂に碑文は甕江が書く事になった。

鹿兒島では韓柳歐蘇の文を學ぶ者は少なかったのであるが、先生は齋藤竹堂を慕い、其の文を學んでからどうかして竹堂風の文章、それより溯って韓柳歐蘇の文を書きたいと曰う希望があって殊に之を硏究した。

詩を作ることは好きで且得意であったから、大いに力を用いるようになったが、文章は作りたいと曰う心持はあったが、學ぶには至らなかった。然し好きであったから讀書はしていた。それが藤野海南の指導によって作文を始めた事は前にお話した通りである。

竹堂が歿した時、大槻磐溪が其の碑文を書いたが、銘に至って甚だ不適であった。本文は磐溪で銘は簡堂が作った事になっているが實は磐溪である。簡堂は、磐溪は韓文丸呑みだからいかぬ、重野に云いつけて直せと曰った。そこで先生は命によって手入をしたが、是が石に刻してある。斯の如く先生は簡堂から信ぜられていた。文章から曰うと、簡堂は韓文一點張り、先生は歐蘇の方で、文の肌が丸で違うのであるけれども、簡堂は先生の文章に大いに感心していたのである。

先生は文章は各體をよく作ったが、殊に碑文に骨折った。碑文は孰れもよく出來ているが、面白くないのもある。遺稿に載せない碑文が他に四五十篇ある。先生は詩を勉強したので碑銘が優れている。近代の文人學者に出來ないような良い作品がある。勿論中年迄のものである。先生は文章の中に話を取入れて書いた。是は大層目新しく感じたものである。此の手際は先生一人舞臺である。ところが文章の方から見ると、是は文が弱くなり易いから面白いものではない。只事柄が現われていない事が現われていて目新しいのであるが、文章の氣力が弱くなる。

私は嘗て昌平黌晩年の書生目錄を見た事があるが、當時の學生には薩摩が一番多く、次は長州であった。薩摩の文學ある人は詩が出來ると先生の添削を受けるようであった。其の一番頭は西郷南洲で、南洲は必ず先生の添削を得たと曰う。

先生中年以後の事であるが、なかなか仕事が多いし、且一文を書終えると他が來ると言う調子で、文章を作る事は容易に出來なかった。そこで日下勺水に代作を云いつけたものである。勺水に作らせ自分が添削して書いた。然し是は長續きしなかった。日下は元來書物を讀んでいない。そこで多く作っていると千篇一律で變化がない。日下自ら曰っていたが、重野先生は文格を破って別に一生面を開くべく努力するようにと前後三回曰われたと。然し日下は遂に書馴れた文法のみで生面を開く事が出來なかった。僅かに記事文の一體を善くするのみで終った。植松果堂と曰う矢張り甕江の弟子で文人があった。先生は勺水の後をこの果堂に云いつけた。果堂は書物はかなりよく讀んでいた。或時古本屋で松崎慊堂の讀んだ『文選』を得て之をよく讀んでいた。随って果堂の文には漢魏の古色ある所がある（勺水等は『文選』等素讀も出來ぬ位であった）。果堂は先生の文章に就いて折々は字句の用方に就いて直した事もある。斯様なわけで晩年は必ず果堂に言いつけた。

果堂が歿してからは後を言いつける者がないので、止むなく自ら書いた。老後の文章は意を用いないので至って拙くなった。門下生として言うべきではないが、文章にならぬ物さえ一、二篇ある。八十を超えてからである、數の中には仕方があるまい。是は先生の文章を讀む者は一見して判る事である。私は遺稿を出版する時餘程取捨した。あの時は外に編輯委員が設けてあって私は後に其の中に入った。委員は甲の文が除いてある、乙の文がないと言うので、強いて反對する事も出來ず、擧げぬ方がよいと思うのも収めてある。玉石混淆は免れぬ。實は惜しい事に思っている。蓋し詩文の編輯は一人ですべきである。其の後先生の草稿の殘ったもので二、三種出版したいと思うのがある。私の生存中出版したいと思っているが、只費用の點で心配している。

先生は文章に於ては、日本では弘法大師、次に物徂徠を推していた。弘法の文におかしい所があるが、それは僧侶の文であるから仕方がない。徂徠の方にもおかしい點があるが、これも古文辭であるから仕方がないが、然し力量に於ては實に筆力雄健であると曰っていた。

晩年は曾國藩の文章を讀んで感心した。曾國藩は姚姬傳の文章に私淑していたので、隨って先生は亦姚姬傳を讀み大いに之に心醉した。その爲に初め歐蘇であった文調は晩年に及んで變化した。今日から見ると姚姬傳にかぶれて却って惡くなったように思われる。勿論是は私一己の考であるが。

先生は前にも話した如く國文學にも骨折った。『古事記傳』、『源氏物語』を讀んでいた。殊に

『萬葉集』に詳しかった。そして記憶のよい方でよく之を覺えていた。先生の後輩に岡鹿門と言う先生があった。この岡先生が文章を先生に直して貰った事があるが、其の評はあまり面白いので今だに私は暗記している。それは、「鹿門ノ文好ンデ天下ノ二字ヲ用フ、何ゾ天下ノ多キヤ。昔光源氏ノ局ニ末摘花ト曰フ者アリ。和歌ヲ詠ズル毎ニ必ズ唐衣ノ言葉ヲ用フ。光源氏之ニ戯レテ曰ク、唐衣唐衣、又唐衣唐衣、返スぐ\モ唐衣哉ト。殆ンド相類スルナカランヤ」と曰うのである。

先生の門に遊んだ者で今日猶お文筆を執っている者は我が輩と高於菟三氏の二人であろうと思う。或は地方にあるかも知れぬ。又他の方面には人があろうが、是は知らぬ。

この高氏が『明治詩文』を始め各種の雑誌類から、先生が人の文章に評を書いたのを抜集めたものが二册ある。餘程根氣よく集めたものである。私も一見したが篇々孰れもよく出來ている。何百と言う文章の評が一も同じ事を云ってない。是によって先生の文量の多い事が判る。

父が江戸に來た時其の荷物を負って日光見物をしたが、此の時は非常に苦しかったそうである。日光から松島見物となって仙臺にある知人某の宅に宿った。家には飲中八仙歌を書いた屛風があった。父と主人の某とは碁を打って樂しんでいた。先生は二人と段違いであったから打たず一人で松島見物に出掛けた。そして八仙歌の韻字を以て長篇を作って來た。其の草稿は今日殘ってはいないが、當時面白く出來たというので、藩校養賢堂の先生が之を見て喜び、薩摩の重野厚之丞と言う者が斯う云う詩を作ったと書生達に披露した。之を見た書生達は大いに感心したと言う。後に先生は二三度松島に遊んだが、其の時の詩は今日猶お殘っている。

先生は鹿兒島に居た時、太田雄藏と云う六段の碁師から碁を教わった。二段打ったと云う。晩年には一局の碁に二、三日費すので時間が惜しいと云って止めた。父は矢張り碁が好きで、初段に二、三目おくのであった。先生は江戸に出て面白い碁を打つか、或は之を見ると、寫して父に送ったと曰う。そこで孝心が敦いと云う評判があった。

終に遺稿の中に面白い歌があるから紹介しよう。

好嫌の歌

菅茶山僧五岳の體に倣う

吾好は音曲歌舞に美人美味ほんんは格別金は人竝み
吾嫌ひゆがみちらばりごみほこり蚤蚊輕多《かるた》に惡酒醉狂

七十四叟成齋戯題

「東洋文化」第一五六號（昭和十二・九）

岡彪村先生談

楠本碩水及び同端山先生

楠本先生の逸話は、碩水先生の直話を筆記したものがある（『過庭餘聞』一册で、昭和七年岡先生が印刷された）から之を御覧になるといいでしょう。そこで今日はそれにない私の見聞談をしてみましょう。

村は平戸城下より十三里距った針尾島と言う田舎で、先生以外には私の表伯父近藤畏齋、その弟近藤思齋等二、三人の讀書人が居たに過ぎない。この畏齋は月田蒙齋の門人でここに三年許り居た。弟の思齋は初め端山に學び、後池田草菴に三年許り就いて陽明學を聽いたが、歸國してみると周圍が皆んな朱子學であるので、復た朱子學に復歸してしまった。この伯叔父二人は倶に詩文を作らず、隨って著書もない。畏齋は碩水先生と同鄕のみならず且同庚で、先生は其の傳「近藤信卿傳」を作っている。私はこの伯父の處で育った關係で碩水先生の塾に十年許り居た。

先生は四人兄弟で、長兄が端山先生、次が山田梅窗、其の次が先生で、弟に松陽があった。其の中山田梅窗は詩も書も先生より上手で、壯年の頃は四方を飛廻ったが、晩年は故園に歸り魚釣などして優游自適していた。其の生涯の詩は生前燒いてしまったので遺稿は何も殘っていない。弟の松陽は月田蒙齋の門人で蒙齋より大分見込まれたが、三十歳許りで眼を患い、醫師より注意されて一時讀書を見合せていた。此の人は大した學者にはならなかったが、蒙齋より見込まれた程あって、一寸曰うと、禪坊主が悟を開いたような學風であった。

實は楠本家には兄弟があって、兄が別家して弟が後を嗣いだ。すると兄には娘があって男子がなかったので、近藤畏齋の父竹齋が養子となった。しかし其の時は役人になる必要から名籍を持って行った。ところが畏齋は崎門學を學んだ結果、父に養子はいかぬから元へ復るよう勸めたが、今更間違っていたからとて父が亡くなってから離縁して復る譯にはゆかぬ。お前の時代には好いたようにしろと曰う事であった。そこで父の歿後三年の喪中はその儘にし、三年後碩水先生に後を嗣いで貰う事にして自分達は別家した。其の爲に碩水先生に財産を全部提供した。ところが端山先生が、それはいかぬ、自分に一切任して呉れと曰って、碩水先生と畏齋と同樣に財產を分け、又思齋にも畏齋の半分に相當されるものを與えた。近藤家は村では資產家の方であったので、小作米を碩水先生百五十俵、畏齋百五十俵、思齋が七、八十俵と分配した。

但し私の地方は一俵の量が少なく三斗二升でしたが、兎に角田舎であるから是れ丈で暮しが出來た。

ここで先生は門人達を教えても月謝は一切取らなかった。然し束脩丈は納めさしたが、其の額は極めて少なかった。私が在塾の時新來の人が相談する事があった。私はそれは其の人の貧富によることではあるが、少なくとも十錢は包まれよと答えた。するとそれでは貧生故とて十錢の束脩を納めた人もあった。先生の方より飯は給與せぬので塾生は自炊していた。又塾の疊の表替丈は塾生が負擔した。

先生は三十九歳の時歸國して針尾の梅林山莊に塾を開いた。其の後伯父の後を續ぎ、其の故宅なる江下に移られた。其の門傍に大椋樹があり、其の樹下に塾を設け椋陰書寮と名づけた。塾生は平常十五、六人居たが、端山先生も病氣で平戸より歸村せられ、塾を擴張しようとて近藤畏齋と三人で計畫した。すると門人の濱本宗齋其の他も出金を願い出て藩主詮公も之を聞き賛助せられた。そして閑靜な畠を見立て、建坪六七十坪の家を立て、庭前に桐木があったから鳳鳴書院と名づけた。塾生は多い時は椋陰書寮と兩方にて四十人位居た。其の教授には端山・碩水・畏齋、思齋交互に講義、輪講をした。

塾生には松山某と言う青森縣人を始め、各地より參集していた。池田草菴・東澤瀉の門人も大部來て居た。又一時は尾州の人が居た。これは殊に端山先生の門人が多かったのであるが、其の原因には次の如き話がある。

御一新の際御親征とて明治天皇が京都より大阪へ行幸の時、或日各藩の若い者に命じて文武の試みがあった。その折平戸藩主松浦詮公が御前講義をしたがよかったらしい。殊に尾州公が感心して、勿論藩主自身も學問が出來るのであろうが、然し其の背後に誰人かがなければならぬと調べさした所、果して端山先生が居た。それから尾州では、勉強は平戸でさせねばならぬとなって二三人宛選抜して寄越したのである。是は御一新後大分永らく續いていた。蓋し殿様が上手に講義したのは、端山先生の講義振が、初め自分で講義し次に生徒にさして之を聽き、若し惡ければ熟していないとて再び之をさすと言う風であったから、殿様にも同様に講義をさせていたのであったかと思う。御一新後の事であるが、藩主は當時の新しい學問をやる必要はないと曰って、世子を東京からわざわざ鄉里に戻して端山先生の處に聽講にやった。私も其の時傍聽して居た。殿様式ではあったろうが、端山先生は、むずかしい言葉をよく言表して合點さす風であった。碩水先生よりも上手の様に思った。

碩水先生の講義は注より先に講義して後で本文を釋かれた。そして朱注は十三經の注疏から出たものであるから參考に看よと曰われた。隨って史類では通鑑綱目が使用された。誠に先生は純粋の朱子學者で、日本では山崎闇齋を主としていた。

端山先生と碩水先生とは頗る性格が違っていた。塾生は端山先生は程伊川に似ていると曰っていた。端山先生は材が大きく、人當りが柔かで圭角がなかった。碩水先生は程明道に、風采も堂々たる立派なものであった。そして初對面の時にはおじぎが濟むと襟を上下にすごいて整え、而る後に除ろに相手の顔を視るのが例であったが、是は佐藤一齋の眞似ではなかったかと思う。其の學風は明末の學者で、高攀龍と云う人がある。其の人の書を愛讀して陽明に傾いた孫愼行の學風であった。後で聞いた事であるが、或る時端山先生は、一度陽明學を學んだ人が朱子學に轉じたのが丁度よい。初から朱子學をやると文句せせり許りで要領を得ぬと話されたそうである。思うに端山先生は世間に出ても仕事の出來た人であろう。

之に比して碩水先生はマア大學の先生でしょうか。實にきかぬ氣の人で、大名の飯は食わぬとはねつけるような人でした。

先生の家の下に溪水が流れていた。村人はそれを大川と稱していた。小島であるからではあるが、川幅は二間もない程な極めて小さな流れである。先生は之を取って碩水と號せられたのであるが、全體誇大な事は好かれなかった。先生は若い時から隨分論客であったと曰う事であるが、私の在塾十年間には塾生に小言を曰われた事は只の一度も聞かなかった。

先生は佐藤一齋の門に游ばれた事があったが、其の時一齋は歿せられた。送葬に當って新九郎サンが駕籠で供をする事に定った。すると先生は、父の送葬に駕籠で供をする者が何處の世界にあるかと論じつめたので、新九郎サンも大いに困って、遂に草履に竹の杖で供をせられたと云う事である。この話は其の時同じく一齋の門に居られた仙臺の田村顯允と言う人から聞いた。

先生は明治の初め京都にて小博士に任ぜられ、既にして辭職して歸國された。すると藩主は家祿を與えた。ところが先生は其の令書を引裂き口で嚙み碎き、藩殿の玄關を出る時吐き出して棄てて歸ったと曰う世間の噂があった。此の事を門人が質問に及んだところ、先生は否認された。但し祿を棄てたのは事實だと曰われた。或る時私は此の事を藩の先輩に聞いたが、先輩は、先生が京都から歸らるるや藩主から直ちに御召しと言う事にて藩主に謁せられた。すると執事が令書を載せた三方を恭しく捧げ來って先生の前に置いた。然し先生は受取らなかった。侍坐の者が此れ藩公より祿を下される目錄である。御受けなさいと注意したところ、先生は始めて之を受取って退出せられた。玄關で棄てた事は見て居らぬ事故知らぬと話された。祿高は二十五石であったと云う。先生は藩主に對して不平も反感も何もあるわけではないが、元來大名なる者は天皇陛下の御土地を斬り取りせる強盜である。俺は餓死するとも強盜からは祿を貰って食わぬと曰う立て前からの事である。不レ仕二武門一忠之第一義と其の著書にも錄しておられる。

或る時強盗が村に入込んだと云う報があるや、先生は直ちに鎗の穗先を拂って驅け出されたとの噂があった。そこで一日門人が武藝の達人でもない先生の擧動はあまり輕率ではないかと尋ねたところ、先生は、そうだ。然し我が母は兄の家に居られる。故に武藝の熟否は顧みるに遑がないと答えられたと曰う。

先生は朱子學者であるが陽明學者の東澤瀉と非常な仲好しであった。詩文が出來ると互いに相談もした。是は共に同じく隱者であるから氣が合うと言う事であった。私が澤瀉先生を訪うた時も、澤瀉先生は、どちらが先きに死ぬか判らぬが、墓石の字は生きて居る方が書くことに相談すると語られた。これは澤瀉先生が先きに死なれ、其の令嗣敬治君から碩水先生に其の依頼があった。すると先生は拙筆で到底石に刻するに足らぬからと云って斷られたが、敬治君から遺言であるからと曰って來たので、先生も遂に之を揮毫された。

昔藩主の祖先に鬼八郎と言う人があって後醍醐天皇の爲に働いた。他の人々は其の後肥後の菊池氏についていたが、形勢が惡くなって足利氏に寢返った。そこで先生は、鬼八郎サンは拜まねばならぬが他の人々は拜む事はない、然し同じ廟所に祀ってあるので、この差別が出來ぬからいっそのこと詣らぬと曰われた。

先生は十四歳の時佐々家に養子に往った。それに就いて私に話されたことがある。京都に居る時復姓を藩主に申し出たところ、おそばの者が、多分殿様は右から左へとは曰い兼ねられるから、平戸に歸られて後何分の御沙汰があろう、それ迄待てと曰ったので、そこで自分は斯う曰った。殿様は勤王の爲に京都に上っておられるが、其の進退のかけ引は一々平戸にて御評定になるかと。すると侍者達は、イヤ我々が主君のお供をして京都に來ているのであるから京都にて御議定になると答えた。そこで自分は、勤王に就いてのかけひきと、僕の復姓事件と孰れが重いかと質問したところ、皆んな默ってしまった。ややあって或人が、成程御尤だと曰い、遂に京都で復姓する事が許されたと。

先生は崎門學者丈に、勤王と養子の事がやかましい人であった。

先生は若い頃廣瀬淡窗の塾にいた。又草場佩川にも就いた事がある。そして一時は詩文の方へ趨りはしないかと他から心配された事もあった。然し結局詩文は其の本領でなく上手でもない。

文章を書くなら一家を主として稽古し、それが厭いたら次の人を主とせよ、色々の人を雜ぱくに學んでは進まぬ。そして其の一家と言うは清朝では汪堯峰を學べ、袁隨園の如きは學者的にならぬと話された事がある。文はあまり上手に書きまわす事は好まなかったようで、藝者の手踊の如くなってはいかぬと戒められた。

先生自身は詩が好きで、詩は宋人の詩を學べ、唐人のを學ぶと贋物になると曰い、先生は淡窗の門人ではあったが淡窗を學ぶ事をあまり奬めず、却って村上佛山・菅茶山の詩の如きを褒められた。支那人では陸放翁の如き詩である。但し宋人のを學ぶと理屈に墮入り易いから、之を注意せねばならぬと曰われた。

嘗て明の歸震川の子歸陶庵の詩を褒めて、其の全集を見たいと尋ねて居られ、私の友人西田某が北京の琉璃廠《ルリチャン》に往った時も捜して貰ったが、遂に先生生存中には得られなかった。

要するに先生の詩の系統は陶淵明の詩の如く、口で曰うようで而も調子の高い詩が好きであった。

先生の藏書は端山の孫が九州帝國大學に勤めている關係で同大學圖書館に納って居り、『碩水文庫目録』一册が出來ている。約千二百部位ある。先生は神道はやらなかったが、此の中には若林強齋・西依成齋の中臣祓講義の如き神道書もある。先生の學統に關するものは大體先生の舊宅に藏している。

著書としてはこの派は著述をせぬと言う傾向があるので別段言う程のものはないが、骨折ったと曰うのは『日本道學淵源録』の增補であろう。此の書は大塚觀瀾の著述で之を千手謙齋に讓った。謙齋は弟子の月田蒙齋が見込があるからとて之に讓ったが、蒙齋は增補しなかった。蒙齋は小笠原敬齋に讓るつもりであったらしいが、是人が死んだので、蒙齋の弟子ではないが、端山・碩水先生の方に送って來たのである。

月田蒙齋

初め月田蒙齋の名を知る人はなかった。或る時木下犀潭が

火語荒村半扉夜。月鳴亂石一溪秋。

と曰う山村夜歸の七律をみて感心し、是は田舍儒者ではないと藩黌時習館に推薦した事から世に著われるようになったと言う事である。

前述の伯父近藤畏齋は蒙齋に從遊したので嘗て私に次のような話をした事がある。

蒙齋の性格は大分世人と異っていた。物賣りが來るとオイその値段でよいか、損はしないかと聞いたと言う事である。

肥後には赤酒と言うものがある。一日伯父と一緒に之を飲んでいると、酒中に蟲が出來ていた。すると蒙齋は印材を包む絹切を杯にかぶせ、其上から酒を注ぎ漉して飲んだ。こうすれば飲める、足下もこうしてみよと曰ったそうだ。

蒙齋は農夫と漁師と相半ばする長洲と云う所の神官の子として生れたが、砂上で手習をしたと云う話が傳っている。書を書く樣子は非常に珍しかったそうで、懸腕直筆とはこれを言うのかと曰うような有樣だったと曰う。嘗て『詩韻含英』を二度寫したと云う事である。一度は寫

して使用している中盗まれた。伯父はそれは多分書が見事なので盗まれたのであろうと曰っていた。金がないので復た寫したと云う事である。

蒙齋は自分の詩は皆覺えていて暇があると推敲していたと曰う。嘗て伯父が蒙齋に俗人と酒を飲み坐をつき合せている時は中坐も出來ずさりとてジット居るのも馬鹿らしいものだが、斯様の時先生は如何しますかと尋ねたところ、自分は詩を作ると答えられたそうだ。

蒙齋は天文に注意していたと言う。晩になると牀榻を持出して空を仰いで天文の話をし、俺は師匠なしにやったが、諸君も二十八宿位は知ってオケ、爲になるぞと語っていたそうだ。蒙齋は渾天儀も自分で作ったと曰う。

「東洋文化」第一四三號（昭和十一・五）

岡崎春石翁談

依田學海

昭和十年十二月十二日

牧野藻洲先生訪問。午後より先生の紹介で岡崎春石翁を小石川指ケ谷町に訪う。唐突の訪問、且突然その師依田學海について逸話を聞く。翁は入れ歯のためか、口をパチパチ鳴らしながら答えられる。あまり話上手ではない。しかし話柄は蠶絲の如く續いて絶えない。質問しようと用意していた事項は先方から前に話されてしまった。主として文事に關する事と前提していたので、話す裡に想い浮かべられた事と偶然一致したのであろう。中途で度々坐を離れて『談藪』、『魏叔子』、或いは學海の草稿類を持參して示された。一月號に掲載するため早急に原稿のご閲讀を乞うて歸る。翁は幕醫岡崎作左衞門（勝海舟・田邊蓮舟等と親しかった司法省の刑法草案審査員）の男で、地主。勤めることなくただ詩を生涯の友とした人である。今日の訪問は却って閑談のいい相手となり喜ばれたようである。特に久しく經驗した事で、誰にも之を話す機會がなかったのを話されたためであろう。

春石翁と內田遠湖先生とはご親交の仲で、ご兩人とも恩師友人のことを傳えたいご希望があり、私の拙筆をいとわれず訪問を樂しみに待っておられ、次回は何のこと、誰の話をするといってその準備をし、引用する詩文は之を書いておいて下さった。（三浦叶記）

＊　＊　＊

私（春石翁）が學海先生の門に弟子として入ったのは、明治二十六年でした。先生は何人の詩文でも添削されたが、一切弟子とは爲されませんでした。それは少し眼が開くと師匠に負くものが多いと云う所からです。それ故先生の弟子としては、先輩の杉山三郊氏と私との二人丈です。世に學海の門人と自稱する人はあるが、先生は決して認めてはおられませんでした。

私が先生の弟子となった次第は、先生の方から見込んで、文章を教えてやるから來ないかと曰われたのです。それは明治二十六年の四月下旬に、私が熊本の小野蘇堂という人の七十の壽詩を作った時に、父は之を舊友の田邊蓮舟に見て貰うと言って持って往ったが、其の歸途杉浦梅潭を訪ねて、又此の詩を示しました。時に學海先生が來合わせて居て、側より見て賞贊せられた。それから數月を經て、十二月九日に、父が偶先生の宅を尋ねた時に先生は私の事を記憶せられて居て、君の令息は詩が彼丈なら文も相當書けるだろう、詩をやる人は多いが文を作る人は少い。彼丈の力を文に用いたらどうだろう、一つ教えてやろう、來る氣はないかと曰うことであったそうです。父は歸って私にこの話をしたので、私も其の厚意に感じて直に入門しました。先生も、屹度本氣で教えよう。藤森翁（天山）から受けた文法を誰か相當な者に傳えようと思っていたが、足下を得て喜ばしいと語られました。後年先生が私の父を哭した詩中の「鳳毛受寄托、文藝庶少補」という二句は實錄です。

私が弟子入りをした最初に言われた事は、讀書は必ずしも澤山には及ばない、差當り『通鑑』丈でよい。そして若し質問するならば、ここは判らぬから教えて呉れと曰うのではいかぬ、何か自身で意見をつけて、是では如何ですかと尋ねて來いと曰われました。先生の教え方は萬事此のようでした。

先ず最初「王莽論」を書けと曰われました。以來先生より課題を出して貰いました。先生は私の文を、幾度でも書直しをさせられました。私は二十六年から四十二年先生の歿する迄、凡そ十五年許り就きましたが、草稿は割合少ないのです。それは私が怠けたかも知れませんが、書直す事の多かったのも一因です。先生の手が入るのはなかなかでした。

實に先生の教え方は深切でした。「王莽論」に就いても、私は「甚矣哉矯飾之足以欺世也」という冒頭で、王莽は矯飾を以て漢の天下を奪い甚だ不都合だと論じました。所が先生は、是でよい、議論は通っている。然し王莽の虚僞の事は既に歴史上明瞭であるから、他人の言わぬ急處がなければ作った甲斐がないと曰われました。

又漢の「楊震論」を書いたが、それは楊震は大臣たる立派な器量を持ちながら、宦官の誅伐に失敗して自殺したのは惜しいものだと論じました。すると先生より、死者を責めた許りでは何にもならぬ。斯うすればよかったと曰う策を立なくては意義が無いと書直しをさせられました。

何の議論でしたか其の文中に、やや得意の積りで「不待知者而後知也」と書きました。先生は評して、足下の議論は至極穏當ではあるが、「不待知者云々」が邪魔になる。此の句は奇抜で鳥渡《ちよつと》人の氣が付かぬ様な場合でなければ面白くない、削った方がよいと曰われました。

私は以前より先生の文が好きでした。そして其の文より想像して、先生は袁隨園・廖柴舟が好きだろうと思って尋ねたところが、あれは滑稽輕佻で而も人情に遠い、文は著實沈痛の處が無くてはならぬと答えられました。先生は古にては韓非子、中ころにては蘇老泉、後にては魏叔子が好きでした。魏叔子は事理に的切にして陳腐に渉らず、議論新奇なれども情状に適し、總て事を敍し、義を述ぶるに、情を本とし、理を後にす、飾らず、僞らず、天下の至文と謂う可しと曰って居られました。私も先生から蘇老泉・魏叔子を讀まされたが、到底手に合わず、却て東坡の方を學びました。魏叔子は今でも苦手です。往歳後輩の爲めに叔子の文を講じましたが、八家文の如き解釋評論もないので、判らぬ處は調べようがありませんで困りました。

先生が文を作るのに、樂々と上手に出來るのを目前に見せられた事があります。それは「三枝雲岱先生墓碣銘」を作る時の事でした。雲岱は初め神官であったが後に繪を專門にした人です。私は材料を持って行きました所、先生は之を讀んで、神主と畫師とは縁がないから困ると云われたが、銘の中に「技藝通稱」とやってしまわれた。

遠州の大竹蔣逕と曰う人の爲めに、其の詩集「松竹幽居集」の序文を先生に依賴した事がある。大竹は谷如意・江馬天江の門人で、永く西京に移住していた。先生は其の序の中に

今京師有谷如意江馬天江兩先生。皆近江人。竝以詩著名天下。君以同鄉人起其後。可謂奇矣。

と記された。先生は大竹を近江の人と思っておられたのである。すると大竹より、自分は如意・天江兩先生と同鄉人では無い、實は遠州ですと曰って來た。先生は早速、それならばそうしよう。近江と遠江とで尙お文が面白くなったと曰われました。

先生は文章には實に忠實でした。大抵世間の文人は一家を成すと、謝禮のある序、碑の如きものの外は餘り書かないものですが、先生は斷えず好んで書かれた。先生自身でも、頼まれて書いた序、碑は我が本領でなく、後世に傳うべきものではないと語って居られました。遺稿は餘程あるが、大部分は自ら好んで書かれたものです。殊に英雄美人の逸話が好きでした。

先生は才氣敏捷の人で、粗漏の所があるかも知れませぬが、何でも早くせられました。私の文章でも讀みながら朱を加えられたもので、終り迄讀んで後に句讀を切る事はよくよくの事でした。先生の作文は、反故紙の裏でも何でもよい、それに針の如き細い小さな字で書かれた。書き乍ら文章になったのです。

川田甕江とは同門で大變親しかったが、川田さんが、依田の文才は驚くべきで私は到底及ばぬ。然し依田は書き放しであるのでそれで自分も凹まずに濟む、あれで洗練されたら堪らぬと話されたと曰う事です。

先生は又國文が好きで、落合直文・池邊義象・萩野由之等の國文家と會合して、席上で題を出して書く例であったが、先生が毎度一番早く、一同をアッと謂わせたと言う事です。是は私の知合いの落合さんから聞きました。

先生は文を作られるに、題材料より直ちに趣向がついた。然し相當工夫はされたが、どうも湧いて來るようでした。餘り照應の現われるのは嫌でした。森田節齋などの文は照應が判きりするので、讀む中に、ヤアおいでなさったと來て面白くない、此は素人の遣方だと曰っておられました。私等も之をやってゆくと、削った方がよいと曰われたものです。

それで議論文でも何でも説明が餘りあってはいかぬ、間を考えさすようにするが好いと曰っておられました。唐本の『魏叔子文集』をみると處々に字が缺けているが、先生は、是には相當の文字があったに相違ない、然しそれがなくてもよく通ずる。餘韻をとる爲に斯《こ》うなったのであろうと曰っておられました。

前述のように私は詩を認められて入門したが、文を作るなら一時詩を止めろと曰われまして、二、三年作詩を中止しました。其の爲め二十七、八年の日清戰爭の頃の詩は一首もありません。三十一年の新年に久し振りに七律を作りました。年禮に行くと先生より新年の詩を見せられ、足下は近頃どうだと問われました。先生の仰せに従い止めていたが久し振りに作ったのですと、その詩を見せました所、其の時に、詩も偶にはやってみよと曰われました。然し先生には詩は一度も直しては貰いませんでした。

先生は五古が好きで、最も得意でした。五古許りで一集を編したいと曰っておられました。

私は若い時から五古は手に負えぬと思って餘り作らず、七律位に力を注いで澤山作りました。然し先生が五古が好きだったので、自然之を見る機會も多く、直接先生よりは教わらなかったのですが、識らず知らず作法を會得したのでしょう。今日では五古が割合に多いのです。教えられずして眞似をしてしまった。先生に會わなければ、五古は今日も作らずにいるかも知れません。

先生は氣が短いので字を書いてもよく落字をされた。本當に丁寧に書かれたのは多くありませぬ。私も立派に書いて貰おうと思って墨を磨っていると、もうよかろうもうよかろうと曰われました。私が嘗て三保の松原と大磯の虎石との詩を書いて貰いましたが、大磯の詩は四字目に落字をされました。後に書直されましたが前の方が好いので之を装潢しています。

先生は多藝な方で、書も上手だが畫も面白い。文人の中には山水を畫く人はあるが人物を畫く人は至って尠ない。然るに先生は人物も畫かれた。先生の宅に粗末な「ノート」が藏してあるが、それには先生自己の一代記を描かれている。死ぬる場面、遺族が遺物を整理する處、墓等迄がある。

或る新年（日露戰爭前）の試筆に、巻紙へ「學海居士埋骨處」と書かれた。是が其の儘谷中の墓地に建っている。後より學海先生と書かれるのを嫌がったのです。又傳も自分で書かれました。『談藪』の中に収めてある「依田百川傳」がそれです。是も後人が作ると餘計な事まで書くであろうと曰うので自作されました。死後の事は私に書き足して呉れと曰われましたが、是で充分ですから續貂もしません。

先生は若い時から小說が好きで、『八犬傳』、『弓張月』等には朱で書き入れがしてあります。又芝居が好きで、今なら繪葉書ですが、當時は三枚續の錦繪が出ましたが、之を大抵持っていて、帖の如くに表装し、其の繪の上には一々漢文で評を書いておられます。又尾崎紅葉・森鷗外等が新刊物を贈ると之を讀んで、表紙裏に精細な評を書かれました。文が樂に出來た事もあるが、又讀めば何か意見のあった人です。

「東洋文化」第一三八號（昭和十一・一）

三浦叶記　依田學海

私は嘗て依田學海の令息春圃翁及び學海の門下生岡崎春石翁から、學海先生に就いて色々なことを聽いていたので、岩波書店が學海の著書を出版した時、學海に關係の『學海日錄』月報を發行した。その時私のことを聞いた岩波の編集者は、東京から拙宅の岡山までわざわざ來訪し、學海に就いての原稿を依賴された。よって私は今回は同書第三卷（一九九二年一月）・第十一卷（一九九一年七月）に前述の學海先生の聞書を發表していたので、今回は讀者が違うので參考になるであろうと、ここに再錄した次第である。

學海先生の逸事聞書

私は昭和十年から依田學海先生の門下生岡崎春石翁（名は莊太郎）を、指ケ谷町のお宅に度々訪ねて學海先生の話を聞き、又西大久保の無窮會を會場に毎月開かれていた三古會（史傳の研究會、三古は稽古・尚古・考古をいう）で、學海先生のご令息美狹古翁（號は春圃）から、ご先君の思い出などを聞いていた。ここにその學海先生についての直話を紹介しよう。

春石翁談

弟子は二人だけ　私（春石）が學海先生の門に弟子入りしたのは明治二十六年であった。先生は誰の詩文でも添削されたが、一切弟子とはされなかった。それは少し眼が開くと師匠に背く者が多いというところからである。弟子としては先輩の杉山三郊氏（名は令吉、川田甕江の女婿）と私との二人だけである。世に學海の門人だと自稱する人はあるが、先生は決してこれを認めてはいられなかった。私は先生の方から見込んで文章を教えてやるから來ないかといわれ、私もその厚意に感じ直ちに入門した。先生も藤森天山翁（別號弘庵）から受けた文法を誰か適當な者に傳えようと思っていたが、足下を得て喜ばしいと語られた。

文才俊敏　先生は才氣敏捷の人で、粗漏なところがあるかも知れないが、何でも早くされた。私の文章でも讀みながら朱を加えられたもので、終りまで讀んで後に句讀を切ることはよくよくのことであった。先生の作文は反古紙の裏でもなんでもよい、それに針のような細い小さな字で書かれた。書きながら文章になったのである。川田甕江とは天山の同門であったから大變親しかったが、川田さんは、依田の文才は驚くべきで私は到底及ばぬ。しかし依田は書き放しであるので、それで自分も凹まずにすむ、あれで洗練されたら堪まらぬ、と話されたということである。

短氣　先生は氣が短いので、字を書いてもよく落字をされた。本當に丁寧に書かれたものはあまり多くない。私も立派に書いて貰おうと思って墨を磨っていると、もうよかろう、もうよかろうといわれた。私は嘗て三保の松原と大磯の虎石との詩を書いて貰ったが、大磯の詩は四字目に落字をされた。後に書き直しされたが、前の方が良いので之を裝潢している。

揮毫　先生は演劇趣味よりして俳優とは交際が多くあった。今の歌右衞門（五世）が福助時代に先生の宅に講釋を聽きに來たことがある。ある時私が先生を訪ねると新派俳優の河合武雄が來ていた。用件は前日先生が市村座の芝居見物に行った時、河合が先生を樂屋に迎えて何か揮毫して貰った。その印を貰いに來ていたのである。河合が樂屋でご接待できなかった挨拶をしていると、先生は、そんなことを餘りいってくれるナ、樂屋で字を書いたなんてことが知れると、この人(私を振り向き)に叱られるからといわれたことがある。

嗜好 先生の傳記は、自作の依田百川傳と經濟雜誌社編の『大日本人名辭書』の傳とであるが、後者は私が先生の自傳を本として書いたものである。ところがどうしたことか文中に、「能く飲み能く談じ云々」と、私が書かない事柄が付加してある。先生は酒は多く飲まれなかった。若い時のことは知らないが、どうも酒の味は知られなかったようである。又煙草が大嫌いで、煙草盆は客にも出したくないといっていられた。先生は煙草吸いぐらい無作法な者はない。訪ねてくると直ぐ袂に手を突込んで煙草を出す。これがもし菓子好きの者で、人の座敷に上がるなり懷から菓子を出して食べたらどうであるか、その上吸殼、烟を殘してゆく。なんと無禮無作法なものではないかといっていられた。

評 先生は詩文の評が上手で得意でした。評は短いものだが一體をなしているもので、文章家が必ずしも評が上手とは限らぬ。文章の力ではできぬものである。それは捉え所と文句とに注意せねばならぬ。文句は古人の語そのままでもそれがよく當てはまればよい。そして言葉が引緊って、又思いつきがなければならぬ。褒め過ぎても貶し過ぎてもいかぬ。語に分寸(僅かの意)あり、という所が必要である。作者の苦心を看てやって、これを發見することが必要である。『莊子因』のように分析しては面白くないと語られたことがあった。

尾崎紅葉・森鷗外等が新刊物を贈ると、之を讀んで表紙裏に精細な評を書かれた。文が樂にできたこともあるが、又讀めば何か意見のあった人である。なお多數の淨瑠璃本に漢文の評を加えている。これは恐らくシナ小說の評釋から會得されたのであろう。

先生は芝居が好きで、今日なら繪葉書だが、當時は三枚續きの錦繪が出ていた。先生はこれをたいてい持っていて帖のように表裝し、その繪の上には一々漢文で評を書いている。

讀書　先生は平生慶弔などの交際はせられなかった。それは讀書文章が好きであったから、無駄な事で時間を空費するのが惜しかったのであろう。讀書は何よりも好きで晩年に及んでも廢されず、卓上にはいつも數種の本が載せてあった。一つ物を續けては倦むからと、『論語』『孟子』『史記』『左傳』、文集・隨筆のごときものを五、六種、毎日三枚か五枚讀んでおられた。雜誌類、又新聞の連載小說、殊には子供の物まで讀んでいて、その讀書力はいわゆる五行竝び下る程早いものであった。

小說　若い時から小說が好きで、中でも馬琴が一番で、『弓張月』『八犬傳』などには朱で書き入れがあり、名文の處は暗記されていた。作品では『八犬傳』より『弓張月』の方がよい。『八犬傳』はやや冗長で、且どうも人間があまり完全すぎて噓らしい。寧ろ『水滸傳』の人物の亂暴や放縱の方が實際らしくて良いと評しておられた。

譚苑・日記・自己一代記　『譚海』『談叢』以外に、なおこういう風な漢文で古人の逸話を書いたものを、『太陽』『庚寅新誌』などの雜誌に掲載されたものがある。ところが文が樂にできるだけに粗末にされたのか、先生の手稿にはこれらの文は留めていなかったのを、令嗣の美狹古氏が精密に集め「譚苑」と名づけており、私がその序を書いている。

先生は安政三年から明治三十四年までに亙って日記を記された（『學海日錄』がこれである）。客が來て話をすると皆詳細に記されている。これは後日その話を想い出し捜し出して文章の材料にされたのである。

先生は多藝な方で、書も上手だが畫も面白い。文人の中には山水を描く人はあるが、人物を描く人は至って尠ない。然るに先生は人物も描かれ、「學海先生一代記」を描いている。死ぬ場面、遺族が遺物を整理する所、墓などまでがある（本書では別巻に納められている）。

一本の筆　學會翁の机上には筆立と一本の筆と銀の壺と硯とがあったのみで、この筆で日記・書簡など總て書かれたという。旅行の際にも日記帳とこの筆を持參し、又月に一週間ばかり妾宅に行かれたが、その時にもこの筆を持參されたという。

〈學海資料〉

小川街清話

學海居士

明治元年が三十五だかなナ。貴君なんかを見ると、私ほどよう生きのびないと思ふと氣の毒な、アハ。併しナ、追々世の中の調子が亂れて來よるからナ。吾々はもう長命してもしれたもので、こんな世の中はもうもう御免だ。貴君たちはこんな處にまだ幾年も生きて居なくてはならぬのかと思ふと氣の毒サ。

ハ、。この間も聖人が盗賊かとかいふ小説に大層な人々で序跋をしたのに、漢文は私一人ぢやてナ。皆かけぬばかりかよめないやうになツた。漢文は吾々一代で滅びる。どんなものでも滅びるのだ。遲速あるばかりだ。

（明治三十六年五月『心の花』）

●依田學海翁逝く

▽喜の字祝と金婚式を濟す

▽漢文の遺書を生前に認む

漢學者として令名あり、兼ねて劇壇の率先改良論者たりし百川依田學海翁は、豫ねて病氣靜養中なりしが、一昨二十七日午後一時、終に逝去せり。享年七十七。

▲翁の臨終　翁は一昨年來坐骨神經痛を病み、昨年春頃より中風症を併發し、兎角室内にのみ籠もり居りしが、本年春、療養に都合よければとて、牛込新小川町三丁目二番地の現住所に轉じ、去る十一月十四日、七十七歳の祝に金婚式を兼ねて、親類縁者を集めて祝宴を張り、「偕老」「壽生」等の文字を揮毫せしが、數年前に比し筆力甚だ衰へ居たり。越えて十一月二十日に至り、病漸く重く、座に堪へずして病褥に臥し、專ら駿河臺片桐醫師の診療を受けつゝありしが、去廿六日に至り、近來の寒氣にて病革まり、殆んど人事不省に陷り、廿七日午後一時半、古今・和漢の書籍及び氏の書きなぐりし未完原稿山の如く散亂せる室に於て、眠るが如く逝去せり。

▲死期を知る　學海翁の實兄柴浦氏は、明治廿五年一月歿せしが、翁は其の時己れの死を豫期し、妹婿《（マヽ）》

なる宮内省賞勳局書記官藤井善言氏及び柴浦氏孫雄甫兩氏に對し各一通の遺言書を與え、死後開封すべきを命じたり。其の遺言書左の如し。

學海遺令（付依田雄甫吾死發見之）

一、吾家祖先以來。以忠孝節義著。遠祖蕃松君以忠。祖母松光夫人以孝。若兄柴浦君從子貞。皆克似其德。余雖不肖。幸爲海内所知。爾子孫其勗之。

一、吾死宜合葬谷中墓地殤子古狹美。不別設塋域。莫勒銘辭虛文。宜署曰依田學海先生墓。

一、吾死。莫厚葬。杉棚布覆二人舁之足矣。平生單身獨行。死後豈須虛飾。

一、除親戚外。賻贈香火。一切固辭。莫受。吾平素所受。止著作報酬。不敢向人求一錢。死後豈失其節。

一、會葬紛雜可厭。一切謝絕。又忌辰祭膰菓餅類。莫須配以煩他人。但親戚不在此限。

百川手書

○

絕筆示雄甫

我未生時何有我　我將死處我將無

偶然寫去偶然滅　水月鏡花一幅圖

▲能く飲み能く語る　翁は天保四年十一月二十四日下總佐倉に生る。父を貞剛と云ふ。兄弟四人あり。幼にして藤森天山の塾に學び、故川田剛と友としよし。川田氏は謹嚴の人、翁の能く飲み能く語り、豪放窮まりなきを憂ひ、漢文の苦諫書を送られしこと再三ありたりと云ふ。翁は若き頃より芝居を好み、如何なる小芝居にても見物せざるなく、女婿外國語學校授教伊藤平《（ママ）》藏氏等を誘ひて精覽會なるものを組織し、

歌舞伎座見物を強行せしむるに至れり。芝居の見納めは昨年春の歌舞伎座にて、夫れ以來は坐臥意に任せねば、人々の噂を聞きて喜ぶのみなりき。

▲翁の著書　脚本に就いては非常に意見ありし如くなれども、未だ全部を發表せざりしも、其重なる著書は、談叢・譚海・話園等にて、脚本には、芳野拾遺名歌譽・俠美人等あり。其雜誌に出でたるもの、未完稿物は數限もなし。毎年正月には何かの作詩ありしも、三十七年來は全くなかりしが、只卅八年、二〇三高地の一詩ありしを異例とするのみ。三十四年三月二十九日、隱居屆を出して、家を長男美狹吉(ママ)に讓れり。

▲二十名の孫　子女は甚だ多く、長女てふは高師教授千本福隆氏に、次女琴柱は前記伊藤平藏氏に、三女まき(ママ)は陸軍中佐天野芳造氏に、四女花枝は砲兵少佐澤茂之吉(ママ)氏に、五女柳枝は岸和田里井千藏氏に嫁し、長男美狹吉(ママ)(三十)、長男貞美(二十二)及び美狹吉(ママ)長女菊枝(二)は皆家にありて、孫のみにて二十名に達すと云ふ。

▲葬儀　出棺は今二十九日正午、淺草森下町金藏寺に埋葬の筈なり。

▲余の識れる翁

▽饗庭篁村翁談

學海翁の訃を齎らして篁村翁を訪へるに、翁曰く、

▲漢學者の識見家　依田翁は佐倉藩の家老の家筋で、身分の高い人です。翁は故川田甕江翁と共に藤森天山門下の二秀才と稱せられた位で、漢學の造詣の深かつたことは勿論であるが、翁は漢學者の列にあり

ながら蚤くから小説を書いたので、他の漢學者連から妙な眼を以て見られてゐた。詰り當時の漢學者は、小説を作ることなどを戯作者流のすることだと卑む風があつたからです。然るに翁は少しも意に介せず、夫は間違つた考へである。書く人さへ立派であれば何の非難すべき所があらうと。斯る意識を以て小説を書かれてゐたのです。此點から見て、翁は矢野文雄など云ふ人と共に、我文壇の恩人として其識見を徳としなければならぬ人です。翁の家筋は右に申した如く立派な生れですが、翁自らも亦平生、俺の祖先は依田信濃守であつたと、苟くも其門地を落とすやうなことはせられなかつた。

▲葬式圖入れの日記　翁の一代を通じて珍しいことと思ふのは、若い時から病床に就かれた此一年前迄に、一貫して書かれた翁獨特の日記です。翁と逢ふ度によく馬琴の日記について話をしたものですが、馬琴の妙文は日記にある、之を解する者は僕とお主ばかりだと云つて居られた位で、馬琴に就て感心した所もあつたやうですが、翁の日記は夫を見ない前から書て居られたと云ふから、矢張自分で深く思ふ所があつたのでせうが、其日記と云ふのは随分力を注いだもので、所々に漢文や繪を插み、最も珍しいものは、其中に遺言を記して、俺が死んだら日記を見ろと云つて居られ、學海葬式の圖迄チヤンと書いて入れて置いたと云ふことです。儂は未だ夫を一度も見ませんが、何にしても翁の殆ど一代に亙つての日記ですから、余程浩瀚なものとなつてゐませうが、従つて死後の値打も夫にあらうと思ひます。

（明治四十二年十二月二十九日『東京朝日新聞』）

學海に縁りの人々

(一)　學海と同門の人

川田甕江・杉山三郊

學海と川田甕江とは藤森天山の同門の弟子であるが、學海が初めて甕江を知ったのは、ある日甕江が大橋訥庵の紹介状を持って、姉の碑銘を頼みに天山を訪ねた時である。その後天山は、あの甕江という男は備中の人で學問があり、殊に文章はなかなか上手である。これと交わるがよいといわれ、後に交わりを結ぶようになった。兩人は同門ではあるが、その頃甕江は訥庵の塾にいた。學海は入塾していたが、甕江は塾に入らず通學していた。しかし講義などは一度も聽きに來たことなく、ただ文章の添削を請い、その折文學の話を聞いただけである。後年甕江は牛込區若宮町に住み、學海は向島に住むようになってから互いに往來し、二人の交際は明治維新より歿年まで續いた。學海の令嗣春圃翁は、父の日記を繰り開いて見るも、かくまで往來の頻繁であったのは他に見出さない。殊に甕江は父より前に歿したので、父は甕江を悼む假名書きの文を作っている。これぞ友を想う信愛であると語られ、用箋二十一枚にその文を筆寫して下さった。「吾親友の川田甕江終に世を去れり　噫」と題してあり、『國民新聞』に明治二十九年二月五日から同十四日まで連載された。同文は雜誌『太陽』に轉載され、岩波書店刊『學海日錄』第十巻附錄の月報4に收められているので參照されたい。二人の性格、行動、友情などが詳しく書かれている。

學海が自分の弟子だといった者は、岡崎春石と杉山三郊の兩人だけだというが（春石翁談）、三郊の先考杉山千和も學海となかなかのつき合いがあった。千和は美濃から始めて東京に出て來た時、向島の長命寺の近くの二階家に暫く三郊といたが、學海の家が近いので兩者の往來は繁かった。

三郊翁は後に甕江の女婿となったから、同門親友の甕江・恩師の學海とは、父子・師弟の緣のあった人である。私はこの三郊翁から祕中の話だといって、甕江の女と結婚されたいきさつを聞いている。それは、嘗て明治の兩文宗と稱せられた甕江と竝ぶ重野成齋が、その姪を三郊翁に妻わさんとした。しかし翁は成齋の人物に感心せぬ所があるからその一門とは結婚しないが、甕江の女ならばしてもよいといったことを、成齋・甕江に懇意な佐田白茅（熊本縣人。『明治詩文』編集人）が聞き、同感だといって甕江に話し、ついに結婚するに至ったというのである。

高橋白山

信州高遠の高橋白山（名は利貞、通稱は敬十郎）は、高遠藩儒高橋確齋の子で、父に從い家學を修め、江戶に出て藤森天山に就いて學んだ。維新後私塾を開き、また中學校、師範學校に勤む。著書は『征淸詩史』『白山詩集』『白山文集』がある。白山は、同門の學海とは互いに相知らなかった。後に學海の弟子岡崎春石翁は白山を連れて學海の處に行った。その時白山は七津二首を作り學海は之に次韻をした。日露戰爭前に再び東京に出て來た。その折春石翁は晩翠吟社（明治十一年向山黃村が開く。同三十年黃村歿後、杉浦梅潭・西岡宜軒・岡崎春石等が擔當した）に連れて行ったが、社の人々は一向尊敬せず、中でも西岡宜軒の如きは反對に質問したので白山は怒り、以後は出かけなかった。白山の詩は高靑邱の如く奇麗で、しかも氣力があると評されている。

(二) 學海と親交の人

信夫恕軒

學海は信夫恕軒となかなか昵懇であった。恕軒は名を粲といい、恕軒・天倪と號した。海保漁村・芳野金陵・大槻磐溪に師事した漢學者で、東京帝國大學・早稲田大學の講師を勤めた。全くチャキチャキの江戸ッ子で、直情徑行、怒りっぽい癇癖の強い人であった。ある日恕軒が學海を訪ねて來た時、學海は玄關まで顔を出して座敷に入った。幾ら待っても恕軒が入って來ないので、變に思って出てみるといない。女中に聞くと歸ったという。そこで直ちに女中に後を追わせて聞くと、君は出て來たが直ぐ内に入ったので、仕方がないから歸ったという。そこで學海は、君は後からついて來るだろうと思って内に這入ったのに歸ってしまった。君はそれがいけない。君は世人が恕軒を間違えて怒軒と書くといって怒っているが、あんな事で腹を立てる所をみると、それはそうかも知れぬよ、といったことがある。

菊池三溪

學海と親しかった人に菊池三溪がいる。三溪、名は純。三溪・晴雪樓主人と號す。和歌山藩儒、幕府の儒官となる。明治時代に警視廳御用掛を勤め、罷めて京都に移住す。詩文を善くし、最も稗官野乘に長じていて、著す所の『本朝虞初新誌』(明治十六年刊)は最も世に名高い。本書は中國清代の張潮の『虞初新誌』に擬して、わが國の明君・忠僕をはじめ、老賊・毒婦に至るまでの奇事異聞を錄したもので、學海が評點をつけている。學海も事を細かに寫すに妙を得ていて、翌十七年に『譚海』(二巻二冊)を上梓している。しかし兩書を比べると、細かに記す點は三溪の方が上であったといわれる。

それはともあれ、學海の文は記事文に優れていると評されていたようで、文章家の内田遠湖(名は周平)翁も晩年には學海に記事文を見て貰ったという。『遠湖文髄』にその批評が出ているからこれでそれが分かる。

三溪は官を辭して京都に行こうとした時、學海にその送序を頼んだ。學海は之を承けて送序を作り、三溪が辭職西歸するのは、抱負が行われないか、位が低くて不滿なのだろうという者があるが、そうではなく、嵐山の花、鴨川の水で志を養い、伊丹の酒、宇治の茶を飲んで身を終えんとするものだといった。ところが三溪は之に對し、西歸の理由は、花水酒茶の如き口腹耳目の欲に沈溺するような陋拙なものでなく、これより大なるものがあって勢い官を辭せざるを得ないのだと不滿で、再度學海に書き直しを依頼した。すると學海はいう通りに再び之を作った。そして初めに三溪の言を記し、その西歸は名山・勝水・美酒・佳茶のためでなく、専ら文筆を事として身後の計としたいのだというが、東京は英俊の淵叢、文物の都會で皆文筆の良材である。然るに之を捨てるというのはどうだろうかとその言を疑い、思うに、これは繁華な東京を去り寂寞な京攝の地にいて俗腸を一洗し、以て大いに蘊蓄する所を展べんとする志であろうといった。三溪は之を評し、

萬言の送序一編、已に牢饌(ごちそう)に飽くが如し。今又辱くも第二序を賜ふ。前篇は濃厚、後篇は雅澹、已に此の二序有り。亦以て此の行色(行動のようす)を盛んにすべし。

と曰って喜んでいる（原漢文）。この送序二篇は『詩文詳解』（第八十一集）に載っている。

中根香亭

香亭、名は淑。朝川善庵の外孫で静岡藩士。沼津兵學校教授。明治五年に陸軍參謀局、次いで文部省に出仕し編集官となる。大正二年歿す。文章・書畫・音樂に通ず。香亭も學海と同様に利かん氣性の人で、文字の上では往々爭うこともあったようだが、人としての交際は厚かった。春圃翁の話に、香亭が『香亭雅談』を作る時には學海が相當骨折ったという。又、嘗てある新年に、學海が畫を描き、それに詩を書き入れて送ったところ、香亭も亦同様に畫を描き次韻して來た。爾後再び互いにやりとりしたようで、はがきであるが、香亭が二度次韻したものが家に殘っていたということである。

村山拙軒

春圃翁談。父の日記には村山拙軒（名は德淳。明治二十六年歿。學海と共に夙に明治五年創立の文會舊雨社、同十二年創立の麗澤社の社友であった）の來訪の事が書いてあるが、いずれも皆いつも晩方とある。これは住居が近かったからであろう。そしてただ訪ねて來た事だけしか書いてない。村山さんは親切な質朴な方でした。

次に演劇關係の人を一人紹介しよう。

川尻寶岺

寶岺は名を義祐といい、天保十三年江戸で生まれた歌舞伎の脚本作者である。明治二十二年日本演劇協會委員となって演劇、脚本の改良に力を盡くした。素人の脚本を上演させた最初の人だという。

學海は老後、この寶岑翁と芝居好きが縁で親しく交わった。寶岑翁はいわゆる江戸ッ子であったから、ただ観劇だけでなく、自分で脚本を作ることも上手で、その配役までも考えた台本を學海の許に持参した。その時春圃翁は、聞きにお出といわれたので、かねてから寶岑の聲色の上手だということを聞いていたので、皆んな隣の部屋までおしかけた。すると、サァこれから始めますよと咳拂い一つして讀始めたのを聞くと、まるで新富座へでも行ったような氣持になったと、皆んな悦んだという。

寶岑は學海の歿後、婦人と夏箱根に避暑に行った時、その溫泉宿で暴風雨に遭い、川に流されて溺死したという。時に明治四十三年であった。

學海はこの寶岑と合作で脚本「吉野拾遺名歌譽」（十九年）・「文覺上人勸進帳」（二十一年）・「豊臣太閤裂封册」（二十三年）の三篇を作っている。二十四年にも「夢野道鏡花水月」を出版したが、これは發賣禁止になったという。

學海は當時文壇から依田南朝とまでいわれたくらい、殊に南朝の忠臣楠公が大好きで、前記の如き正行と辨内侍とを取扱った「吉野拾遺名歌譽」（寶岑と合作）がある。明治十九年八月演劇改良會が設立され、十月十七日發起人會合の折これが朗讀された。その後、二十二年に正儀と伊賀局とを取扱った「拾遺後日連枝楠」（春圃翁よりは「後日の楠」と聞く。あるいはその内容の意か）を『新小說』に發表した。これは二十四年八月に川上音次郎が中村座で上演した。學海の脚本が上演された最初だという。

この外、少年の讀物として、楠正成をはじめとし四代の傳記を正史に基づいて面白く書き、「菊水源流」という表題で、博文館發行の月刊雑誌『少年世界』に、明治三十一年七月から同三十四年十二月まで連載した。しかしこれで大尾になったのではない。博文館の都合で中絶したということである。

(三)　學海に學んだ人

佐々木信綱

『學海日録』第十一巻月報5（岩波書店發行）所載「學海先生の逸事聞所」の春圃翁の談の中で、國文學者で歌人の佐々木信綱博士が住居の二階の落成祝に、學海や尾崎紅葉を招いた時の話を記したが、その學海を招いた理由については觸れていない。よって今回はその事について述べてみよう。

博士は歌人であるが、少《わか》くして漢學の素養があり、漢詩も作り、そして學海にも漢文を學んでいたからである。この博士の漢文・漢詩の學習については、自傳「ある老歌人の思ひ出」の中に述べており、下記の「　」で圍んだことばは、この書より引用したものである。

さて、博士の學歴をみると、小學校は中退、中學にも入らず特殊な教育を受けていた。卽ち初め漢學者石原信明（上州安中の舊藩士。神田今川小路の板倉家の門内に住んでいた）の門に入り、文選や唐宋八家文の教を受け、歌人になるにしても詩を作るとよいといわれ、漢詩も作り添削して貰っていた。長じて東京大學文學部付屬古典講習科國書課に入學すると、ここで漢學を岡松甕谷・南摩綱紀・秋月胤永に習った。そして折々近隣に住む學海翁に漢文の教を請うていた。

明治三十六年秋、白岩子雲に誘われて南清に行った。それは「漢文學の和歌に及ぼした影響は萬葉に現れてゐ、古今以後には愈〻著しい。その漢文學を生んだ南清の風光に接したいと思ひ立った」というのである。それで南清の人に贈るべく歌集を作った。そして巻末のあと書きのことばは自ら漢文で書き、「巻頭には近隣に住まれて折々教を受けた學海依田翁に漢文の序を……請うた」と記している。

〈學海資料〉

余の日記

依田學海

先頃報知新聞の報知漫筆に『曲亭馬琴の手紙』といふ一文を載せたが、手紙としては實に旨いものである。元來手紙は思ふ事を洩れなく述るのが肝要であるが、それが中々に出來ぬ。思ふ様に書けぬから從て眞情が表れない。然るに馬琴の手紙を見ると、實に何から何まで行届いて、現在其人を見る様な氣がする。手紙ならば彼《あゝ》書きたいものだ。

日記は私も五十年來誌《しる》して居る。別にかうと云つて意見も何もあるのではないが、若い時から逢つた人の話や、現在見た事などは必ず誌して置く。今日となつて繰返して見ると、其頃の事が明瞭に眼前に浮んで來て、故人なども話してゐる様な氣になります。文體は、若い頃は漢文で書いて居たが、何うも夫れでは思ふ通り充分に自分の考を現す事が出來ぬから、維新後は假名交りの文章を用ゆる事にした。先づ漢文のは恁《こ》んなもので、

安政三年四月十五日辛未。晴。早天臻レ塾。弘庵先生以二十四日一歸二於總州一。因訪二問起居一。小崎公平

將三十八日歸二省鄕國一。請三予作レ序送一レ之。訪二大槻益士一、共倶賽三成田不動於二深川一、是毎二十年一、開レ龕度レ衆。今歳適二其期一、故賽詣尤多。士女塡レ路。至二八幡宮境內一、則皷聲・鑼聲、與二人聲・笛聲一相混、轟天震地。蓋開レ場繞レ欄者、凡二十餘處、有二騎戲一、有二力戲一、有二踏繩戲一、有二傀儡戲一、有二活偶人一、有二珍禽獸一。最奇則有三二婦人一。年僅十五六、若十二三、身材壯大、至二七八尺一、力善扛レ鼎。皆在レ此賣レ戲。觀者如レ堵、赴者如レ蟻。至二假堂一則廣數十楹、長數十尋、燈火燦爛、錦幕熒煌。賣二符記一、麗二神象一、及酌二神酒一、觀二神寶一。內有二天國劍一。傳二神代所一レ治、最爲二極寶一。欲二一見一者、非レ出二數百錢一、則不レ可レ得也。其盛可レ想矣。與二益士一別、還レ家。

これは私が二十三歳の折に誌したもので、今年七十四歳になるから、恰度五十一年前、隨分久しい以前のものだ。其後は前にも申した通り、假名交りの文にして了つた。例を引きますと、

明治卅年八月十九日。晴。朝食は豆腐の葛かけの椀に隱元豆、椀の味よし。豆腐も普通のものより調味よし。午飯は鳥肉の親子煮にして、玉子を交へたるもの也。外に煮しめにて、麩、ジヤガ芋、やき豆腐あり。これは味よろしからず。猪口には麩の辛合を出せり。思の外甘かりき。下痢やゝ止りぬ。されどなほしぶる心地す。主管、赤倉溫泉竝開墾沿革といふ書一巻をかしくれたり。午後、雲混々として前山はやく濃霧のうちにあり。やゝありて庭前の杉樹もまたその形を失ひ、雷起り雨來る。涼氣甚し。（晩食は泥鰌のかばやき、玉子の椀）。此日、夜に入るまで雨やまず。

これは私の祖先で、信州の岩屋城と云ふ所で討死した人があるので、其の遺蹟を見に行つて、赤倉溫泉に宿つた折の日記の一節です。斯様《こん》な風に私は五十年來一日も缺かさず日記を誌して、今日もなほ現に誌

しつつあるのです。

（明治三十九年八月『文章世界』）

三浦叶記　岡崎春石先生のことども

内田遠湖先生より、春石先生の病氣囘復祝に「春風壺」を贈るから、急ぎはせぬ近日序に届けてくれとの御依頼があった。そこで一日おいて昭和十八年二十四日（三月）白山下に先生を訪れた。家は平常の如く靜寂である。門をくぐって玄關に到ると、格子戸の内に花筒がある。ハッと不吉の感に打たれて戸を開けると、座敷にも花筒がある。やがて取次の方から先生は昨日急逝されたと告げられた。

客間の次の室にまだ御遺骸はそのまま安置されていた。訃報はまだ發してないとのことであった。春風壺を持參してみると、已に先生は白玉樓中の人であった。二日早く訪問していたらと殘念で堪らぬ。春風壺と言うのは文化四年五月四日、柴野栗山が但馬に坐湯の途次、島田宿の本陣置鹽維德の家に宿った。維德は伊藤仁齋の學を修めていた人である。翌日別に臨んで栗山は維德に龜齡藥酒一瓶を贈った。維德は之を春風壺と名づけて敬愛していた。明治四十年六月、玄孫維裕氏が伊勢の製陶所に命じて之を模作し、遠湖先生に一口を贈られた。持參したのはこの酒瓶である。春石先生は酒を嗜まれ、壯年の頃よく瓢を腰に花を尋ねられたそうである。生前之を御覽になったら、さぞお喜びであったろうに。

十九日先生をお訪ねした時は、頭の工合もいいからと言うことで、前に伺った川口東州の話を閲讀して貰うように筆記を手渡して歸ったのである。東州の話は二月六日に聽いたもので、今年は茗溪吟社を始め昔社など色々詩會の話を聞くつもりで、先生も出來る丈勉強して話したいと仰しゃっていた。これが只一回東州の話丈で終ったのは返すがえす殘念である。それも先生は翌七日立誠文社の文會で岡彪村翁の宅からの歸途、水道橋の所で風に倒されて後、血壓が高いとかで長らく面會を謝絶されていたのであった。この三月十九日面晤出來た時先生は鬚がずっと延びて前にも增して御立派な御風采に變っていられた。家人のお話によると、此の日面會した私が先生にお會した最後の人であろうと言うことである。この時先生は病氣で臥床されるまでの經緯を語られ、惱神經衰弱だと曰われた。非常な恐怖に襲われるそうで、これは春の暖かな氣候になり身體がよくなると共に消えると醫者も言っているが、そうかも知れぬ。然し今のところはどうもいけぬと曰われた。又病氣して一の運命觀が出た。自分は夜中でも詩が出來ると起きて書いた。且少々酒を飲む。そこで自分は詩と酒の爲に命を隕すと思っていた。今その時が來たのである。だからどうしても助からぬと考えた。ところが又段々日が經つにつれて、水道橋で倒れて手腰を打ったがその傷痕がすっかり癒えた。これでみると、これはきっと運命の神が一寸いたづらをしているのだ、もう一度癒って仕事をしろと言うのだ。自分もまだしたい事があるから之をしたいと語られた。

先生は昨年夫人を亡われてからすっかり淋しくなられ、それからいけなくなったように思われる。嘗てこう言うことも話された。青厓先生は夫人を亡くされた。別にその夫人が青厓先生の湯タンポの世話をするわけでもあるまいが、先生もさぞお淋しいであろうと。全くこれが春石先生のお心持であったのだ。そして自分の知人が隨分死んでゆく。これで六人死んだ、七番目は自分だなどと言われた。又暫くすると七番目でもなかった。今度は十番目だと言われた。十番目が館森袖海先生の訃であったろうか、これで十番目でもなかったと言われたことがある。死という觀念が絶えず頭から消えなかったのであろう。

先生の近處に佐伯篁溪翁が住われ、文墨の交り深く、日夕相往來して驩談されていた。嘗て先生が翁を訪ねられた際、翁は、自分が官途につく時先師五十川訒堂先生は役人となっては正しく、趣味として文を修むべしと言うところから、履正修文と言う扁額を書いて下さった。そこで法名を履正院修文篁溪居士とつけようと思うと語られた。すると先生は自分も一つつけておこうと曰って法名の話が出た。岡崎家は幕臣で、先考は勝海舟をよく知っていた。一日先生を連れて之を訪ねた。海舟は、何をしているかと問うた。先考は、無器用な奴で何もしていない、ただ少し詩が出來る丈だと謙遜して話された。その後海舟は先生の囑によって「人皆知有用之用、而莫知無用之用也」と莊子人間世の句を書して贈られた。先生はこの句が非常に氣にいり、よく床の間に掛けて居られた。そこで先生はこの無用を取って、無用春石居士とするが春石無用居士とするかと話された。篁溪翁はそれは無用春石居士の方がいいと答えられ、これで大體決ったが、未だ院號までは決らなかったそうである。そこで先生が逝去されるや、篁溪翁、奧無聲氏など集って、この無用春石居士をつけることとなった。院號がなかったので、先生の字大輿を取って、大輿院無用春石居士とし、之を國分靑厓先生に謀った。先生も之に贊成され遂に之を法名とした。ところが葬儀も終ってから家族の方が遺稿を整理されていると、篋底から先生自筆の法名が出て來た。それには「淸風院無用春石居士」と記されてあった。先生のお宅に集る詩社を淸風吟社と曰う。お宅に淸風と木彫した額がある。淸風院はこれから得られたものである。

私が始めて先生を知ったのは牧野藻洲先生の紹介による。學校を出た頃早稲田の水稲荷の境内に下宿して居ると、どんな所に住んでいるか一寸序があったから寄ってみたと、わざわざ訪ねて下さったことがある。その後は先生を度々訪ね、依田學海を始め、藝備の學者、村岡櫟齋などの逸話を聞いた。又雜誌の編輯でお伺いする閒に、色々と藝苑の話も聞いた。或時先生は、中根香亭の傳記は世にない。自分が一番よく知っているから之を傳える義務がある。之をいつか話そうと仰しゃり乍ら、一年と過ぎ二年と經ち遂に永久に其の機會を逸してしまった。

尙お先生が嘗て御調べになったものとして次の二、三を聞いたことがある。一つは支那人の諱名を集めた。無駄なことではあるが、然し詩を作る參考にはなると語られた。又名と字を調べたことがある。又日本人の著書で版下を書いた人を調べたと語られた。纏っているかどうか。

「東洋文化」第二一七號(昭和十八・四)

川口東州

依田學海先生の話が大變長くなったが、尙お春石翁は學海先生の外に、聖堂の塾に居た川口東州、漢學者で法制々度に精しかった水本樹堂の門人、邨岡櫟齋の話もされた。この兩人のことは知る人も少いだろうと思い、話が長くなるがこの機會に續記しておきたい。

内田先生の遠湖小品の中に「書茗溪吟社詩鈔後」と曰う文がある。これは明治二十九年、先生が熊本に居た時の作で、當時『日本新聞』の文苑に出ていた。大變情實を盡くした文で、當時よりいい文だと思っていたが、今日見ても大變よく感じる。

ところで「茗溪吟社詩鈔」とは何かと曰うと、聖堂の塾に居た川口嘉（字は子儀、通稱を覺藏と云い、東州と號する）と言う人の編纂した詩集である。東州は私の父と懇意な友人であったから、その文は一入床しく感じた。

東州と言う人は、本姓を梨本と曰い、川口に養子にいった。川口も梨本も舊幕時代の旗本で相當の家柄であった。東州の父の梨本は晴雪と號した。海保漁村の弟子で、『漁村文話續』に跋がある。相當の學者であった。

東州は聖堂の寄宿舍に居た時、年若くして勉強家であった。早朝から讀書するので他の者は寝て居られない。或用事で一日、東州は家に歸って泊った。すると翌朝塾の生徒達は、川口が居ないので朝寝が出來ると曰ったと言う位であった。

その當時大學頭鹽谷宕陰に、今日塾生で見込があるのは誰かと問うと、川口覺藏と答えた位出來た人である。この頃から詩も出來たが、文章がよく出來た。

東州は舊幕時代から早く役人になり、若年ながら何をしてもよく出來た。明治になって小役人をし、十四年に會計檢查院に勤めた。院長始め總べての人々に信用され、ここで『會計檢查院史』と曰う著書も書いた。

若い頃、當時の書家川上花顚の處で書を習い、非常に勉強した。勉強振りに就いては色々あるが、その一つを話すと、花顚が褒めて扇に字を書いて與えた。東州は之を大切にしていたが、戊辰の戰爭の時之を失った。惜しく思ったが仕方がない。ところが東州は、肺腑に刻んであるからいらぬと曰ったと言うことである。

東州は學者であったが、後には書法を傳えようと、有眞樓と曰う塾を作った。束脩も月謝も廉く、それに用紙を供給してやる。弟子は男女を問わない。そこで大勢の人が入門した。立派な人も弟子となった。

東州は勤めていた時、賞與を七十圓貰ったことがある。それで白い手本を買い、皆んなに書いて頒けた。又いい石拓の帖を所藏していた。拓本と言うものは、半ば骨董品であるから、書家は手も觸れさせないようにと大切にするものである。ところが東州に限っては、どんな手本でも惜しげもなく之をバラバラにほどき、皆番號をつけ誰人でも弟子に貸してやった。これはなかなか出來ないことである。

或る時私が賴まれて大字を書くことがあったが、筆がなくて困った。書家は筆を非常に大切にし、使うと綺麗に洗い、筆懸けに懸けるものである。私は弱って何處かで借りたいと思ったが、その家がない。東州の處へ行けばあるが、まさか東州にと、曰うのを憚った。然しそう曰っては居られぬので、何か使い古しでもないかと聞いてみた。すると平生自分が使用している大切な筆を、何とも言わず貸して呉れた。私は前の帖の話と共に敬服している。

前に述べたように、東州は若い時分から早起きが平氣であった。面會日は月曜日と定めてあったが、その書出しを見ると、

面會日、月曜日、雞鳴より九時に至る

とあった。これは夏でも冬でも變りがない。冬には寢る際、傍の火鉢にタドンを入れていたから、雞鳴に起きても湯が沸いていて、家人に迷惑をかけずにお湯が呑めるようになっていた。四時頃起き、茶を飲んでから下駄履きで湯島の天神へ日參をした。天神様を信仰することと運動をすることとで、これ許りは降っても照っても止めなかった。

會計検査院に勤めた位であるから、何んでも豫算を立てる人で、自分の必要品でも豫算を狂わさなかった。家を建てた時のことであるが、扉が蠶籠の粗末なものであった。客が怪しんで之を問うと、今豫算がないから仕方がない。來月になれば出來るのだが……と曰ったそうである。

或年の暮のことである。元日に餅を燒く金網が壞れていると、大晦日に自分で之を補ったと言うことである。これは一つの話であるが、萬事がこの通りであった。

養生家であったから老年になって舞踊の稽古をした。しかし決して休まない。三年だか五年

だかしたから相當上達した。よく宴會などに餘興で踊ったが、一擧手一投足、餘程慥かだったと言う。これも規則が正しいから間違はないが、地を彈く藝者が困ったと言うことである。今日はないが、以前小石川橋の傍に富士見樓と言う料理屋があった。舊幕に緣があったので、舊幕人の集いであった同胞會と言うのが、春秋ここで大會を催したが、東州も必ず來て踊った。

何時だったか、東州が妾を抱えたことがある。すると妾に對して規則を作り、之を讀んで聞かせた。そして言うに、これで得心なら署名して拇印を捺せと。誰かが冷やかし半分に妾に向って、どうだ、承諾して印を捺したかと聞くと、妾は、私は何も知りませんが、お給金さえ頂ければいいから捺しましたと曰ったと言うことである。

東片町に居た時分、貸家を二軒有っていた。孰れも相當な人が住んで居たが、家賃が期日に遲れると自分で催促に行ったものである。

東州は川上花顚と海保漁村に敎わったので、この二人に對しては大へん敦かった。花顚の書が出ていると、何んなものでも買って來て保存した。明治三十四、五年頃だったか、漁村の文集がないから之を編纂しようと思立ち、漁村の書いたものは斷簡零墨、悉く集めた。之を自分が編纂し校正した。私も賴まれて川口の處へ行って手傳ったが、餘程長くかかった。相當字の書ける人に賴んで之を特製の紙に書かせたものを三部作り、一部は漁村の菩提寺に、一部は帝國圖書館に、一部は大學の圖書館に置いた。今日は一部が崇文書院にある。

東州は故舊に對して敦く、お祭りをする、墓參もする、遺族に對して惠むなど、大變であった。

邨岡櫟齋

この人の傳記は私の記したものが『大日本人名辭書』に出ていますから、之によって其の經歴は大體判るだろうと思いますので、省略しますが、お話の便宜の爲姓名生歿を申しますと、名は良弼、字は賚卿、小字は五郎と言い、櫟齋と號し、弘化二年二月十日下總國香取郡中村に生まれ、大正六年一月四日、七十三歳にて東京小石川の僑居に病歿した人です。

學問は漢學者で法制制度に精しい水本樹堂の門人でした。明治八年頃——判きりしませんが——司法省に刑法草案審查局と言う機關があって、ここでは佛蘭西の法學者ボアソナードを招聘して講義をさせ、通辯の言を審查員が分擔して筆記し草案を作って上官に提出していました。今日の刑法の根本は斯くして出來上ったものです。この審查員には專ら漢學者を聘していました。邨岡さんは其の一人で、私の父も亦同役でした。是を以て見ても邨岡さんは漢學者ではあったが、經史詩文の如きものに通じた丈ではなく、兼ねてこの法制方面の知識もあった人でしょう。この時邨岡さんは一番年少でした。

この刑法の編纂は十三年に出來上って、後に其の關係役員は大抵判事となって地方に赴任したが、邨岡さんは内閣に入り、二十五年官を辭してからは著述に專心しました。作ったものを版にするのが好きで著書も多數あります。其の書名を擧げてみると、

日本地理志料、續日本紀纂詁、文德實錄纂詁、日本書紀定本、法制志、刑法沿革圖解、樂器考證、樂器圖說、澁谷譜略、古牧考附馬政略、下總國莊園考、葛西御厨彊域考、安房國神社志料、上總國神社志料、淀姬神社注進狀考證、能登國田數目錄解、大安寺資財帳考證、興福寺官務帳考證、拜陵日錄、北總詩史、房總游乘、千葉日記、小金紀行、香取紀行、英上紀游、高峰の由紀、甲信紀程、豆山臥遊詩、介壽錄、谷岡唱和、鍾情集、國郡捷見、總州文纂、北總人物志、地理臆語、詹詹小言、櫟齋偶筆、赤檮舍叢書、櫟齋文存、赤檮の落葉、良弼詠藻、

又校刻の書に、

香取文書纂、下總國舊事考、武家職官考、原城約事、歌儛品目、甲斐國妙法寺年錄、標註荀子箋釋、

等があります。其の學問の特に精しいのは日本の歴史と地理とでしたから、就中『日本地理志料』七十卷と『續日本紀纂詁』が優れています。『日本地理志料』は狩谷棭齋の『倭名抄箋注』に郡鄕の闕けていたのを補ったもので、『倭名抄郡鄕疏證』と名づけていたが、後に增補改訂し

て『日本地理志料』と曰ったものです。『續日本紀纂詁』では帝國學士院から恩賞を授けられました。博士の價値は十分あったのですがなりませんでした。後にこの邨岡さんの地理歴史の材料を貰って博士になった者が二人あります。

學問は和漢兩通の人で、國學方面では特に語源、漢學方面では字義が精しかった。さぞ説文にも造詣のあった人でしょう。漢文に於ても虚字は餘程詳しかったようです。何時も人に向って『古事記傳』を讀まねばいけぬと曰っていました。この書で以て言葉を研究したのでしょう。漢籍のみ讀んで國書を讀まぬ人は唐頭《カラアタマ》で駄目だと言っていました。そして私にも屢々『古事記傳』を讀めと勸められましたが私はやりませんでした。然し私も『標注古事記讀本』の初の方を讀む事があって、話題に上る神代の事件の多少は知っていたので、邨岡さんへも何とか相槌が打てましたから、君は漢學者の中ではマア話せると曰われた事がありました。

假名書きの紀行文が可成りありますが、「寺田を寄進《ヨセ》られし璽書《オシデブミ》」と曰う風に、漢字に日本語の振假名が附けてあるのが得意で、和文は之でなければならぬと曰っていました。

其の號を櫟齋と名づけた所以は、當時市ケ谷の加賀町に住んでいたので、イチイガヤと曰う櫟と屋との字を利かしたのです。別號に觕佛老人というのがあります。觕は粗と同字ですが、觕佛とは必ず何か意味のあることでしたろうが尋ねませんでした。

私の住んでいる指ケ谷町は、サスという植物があったからで、茗荷谷町と相竝んだものだろうと曰っていました。惜しいことにはサスとは如何なる字か聽いて居りません。大正四年出版した『千葉日記』の奥書に、日頭山房藏版と記してあるが、日頭という妙な字を使用したのにも譯があります。當時郁岡さんは小石川區高田老松町に住んでいましたが、この高田老松町の地を古名ではヒノカミと曰いました。其の理由は、今江戸川公園に瀧があるでしょう。瀧といってもそれは川を堰止めた爲水の落ちるのですが、俗に謂う樋です。そこでこの樋の上手にある老松町をヒノカミと稱したのです。

此等の例は思い出したままですが、すべて斯樣に何でもない字でもなかなか意義が詳しかったので、子供の名を附けて貰うのには大變都合がよかったのです。但し不必要な位考證が詳し過ぎていました。

漢文は勿論出來ました。若い時に書いた「標註荀子箋釋序」はよく出來ていますが、寧ろ詩が好きで、其の中でも五言古詩が一番よく、力があります。其の優れた一つを擧げてみましょう。

謁　神武天皇陵

香山耳梨山。　與畝火鼎足。

畝火最蔚森。空翠滴平麓。
皇矣太祖陵。規模何淵穆。
瞻望仰偉業。肅拜思亭育。
維昔剖判初。神州孰握樞。
螢妖曁蠅彪。擾擾滿中區。
天孫降自天。相攸都智鋪。高千穗、風土記作智鋪鄉。
皇化漸浹洽。猶未被東隅。
帝明睿而確。脩戎建皁纛。
一征紫海清。再征備山肅。
三年此養鋭。大擧如破竹。
長髄爾何物。方命逞兇毒。
咨朕日神胤。不宜嚮晨旭。
班師易其方。南紀駐宸幄。
夢賚有神劍。大烏導峻嶽。
靈鵄集象弭。醜類咸順服。
寰寓妖氛収。四海同歌謳。

洪基垂百代。一系纂徽猷。

彝倫秩有敍。黎烝所率由。

綿綿三千載。至今敬丕休。

俯仰日已夕。古栢風颼颼。


詩は福井學圃に就き、殆んど門人の如くなって添削を乞うていました。一時事を以て福井より絶交したが、復た元通りになって終身服していました。

詩は作るが理屈の人で興が湧くという事は少なかったようです。詩會は學圃の涵詠詩社に入っていて、課題は必ず作りました。

私の父とは司法省の同僚であったが、父は磊落の方であり、邨岡さんは謹嚴でしたから性格が合わず、あまり親密ではありませんでした。然し父の歿後私は詩の方で懇意となりましたので、君とは大人からの交際からだと曰われました。私と年齢は二十餘も違うがよく往復しました。そして度々の事程ではないが月に一回位は席上分韻をして詩を作りました。是も自然の感興というよりも、何か作らねばならぬひっかかりをつくるのです。そこで材料がなくなると、「放吟以海濶天高爲韻」と曰うように題を設くるに至りました。

性質は氣むづかしい人で、先方から訪問して私が不在であると頗る不氣嫌でしたから、取次の者が留守だと斷りにくくて困った事が屢ありました。家の人々に對しては、むきむき叱る事はなかったが、氣むづかしいので煙たがっていました。非常に潔癖で、硯は何時でも洗ってあり、筆は嘗めたようで、机上にしろ玄關先にしろ、すべて奇麗で一塵を留めずという有様でした。學者に似合わず經濟思想があったと曰うのか、節儉しながらよく體面を保った人です。

邨岡さんはあれ程博學多識でしたが、抹茶の事は全然知られませんでした。恐らく學者は茶儀の如き煩さい事には拘らなくてもよいと言う考ではなかったかと思われます。それは明治四十四年の事ですが、紀州の人で濱口吉右衞門と曰うのがありました。銚子で醬油を釀造していた富豪ですが、この人は龜田鵬齋の崇拜家で、この年は鵬齋の何年忌かに丁ったので、其の盛大な追悼祭を日本橋倶樂部で催しました。この時私も邨岡さんも招待されました。席には種々のものがありましたが、中に抹茶がありました。邨岡さんは私に向い咽喉が渴いて堪らぬので此の席に這入らぬかと誘われますので、私は茶の飮方を知らぬから御免を蒙りたいと答えましたら、それは自分も同樣だ。然し此の中にはキット素人もいるであろうからかまわぬでは無いかと勸められて入りました。すると、宗匠は案外氣輕な人でしたから窮屈な思もしませんでした。出てから邨岡さんが曰われるには、茶は飮む丈なら何も知らなくても差支無いねと。

同じ馬中臨時に小屋を建てて二十五座神樂の演奏がありました。其の時邨岡さんは頻りに素戔嗚尊大蛇退治の一段を觀ていましたが、やがて終ってから、ドウモ子供の時の事を思い出して面白かったと語られました。何でもないようですが、鹿爪らしい邨岡さんを見ていた私には、この言葉に無邪氣さが想われて、今日でも之を懷しく憶い出します。

邨岡さんは琵琶、笙の如き雅樂が好きでした。祭典等に行くと、下手な奏樂で聽いては居られぬと話していましたが、自分でも出來たのでしょう。聽いて貰いたかったようで、よく笙を攜帶していました。宅でも吹いた事がありました。著書にも前に擧げた中に『樂器考證』『樂器圖說』があったでしょう。

書畫骨董には格別の嗜好も無かった様でしたが、其の藏幅の中、竹田が括枕一個を畫き、上に夢の和歌十首を題した小幅は珍物でした。是は嘗て某處へ游んだ時、旅館の床間に懸けてあったのを無理に懇望して得たのだということです。此にて其の鑒識と風流との一端を知る事が出來ます。

酒が好きで、人が來ると有合せの物で酒を出しました。宅へ來ても、何はなくとも有合せの肴で出すと喜ばれました。性質は嚴格でしたが酒には磊落で、其の善し惡しとか肴の有る無しには曰われなかった。然し燗の加減はやかましくて、自分の傍に鐵瓶を置いて餘り冷さぬようにして飲みました。飯の時は其の燗をした湯を其の儘用いるので、酒の香いがしませんかと曰うと、どうせ腹の中に入ったら一緒になるからと一向拘わずに食べていました。

餘り遠方には行かなかったが旅行が好きでした。是は地理歴史の材料としたのです。

餘藝として字が得意で、習字の検定試驗の免許狀を持っていました。小中學校の習字手本を大分書いたと曰う事ですが、東京では見當りません。千葉縣では習字丈でも評判のよい人です。

謹嚴な人でしたから雜誌等に出す詩文の草稿でも一點一劃の疏落も無く極めて丁寧でした。和歌も作られたが私には判らぬから批評出來ませんが、字が上手なので短册も立派です。


私と邨岡さんと唱和の詩は少なくありませんが、最後に其の輓詞を擧げます。


自首櫟齋叟。神貌何淸肅。

儒雅名聲傳。江湖推耆宿。

華生高尙心。豈肯希榮祿。

早賦歸去來。肥遯伴松菊。

老境猶焚膏。矻矻耽誦讀。

萬象自羅胸。五車方滿腹。

矧著等身書。千毫已見禿。

考據精且深。識者咸歎服。

於我師友兼。交情久愈熟。
花月幾追隨。詩酒每徵逐。
忽遇龍蛇災。永訣空痛哭。
凍雪摧寒梅。嚴風折脩竹。
一夜唱招魂。俯仰愁成斛。
未信隔幽明。高標猶在目。

「東洋文化」第一四四號（昭和十一・七）

佐藤仁之助先生談

信夫恕軒先生逸話

本書三三七頁に出てくる平井さんのお話に、龜澤町時代に新井日薩さんから百圓拜借したと言うことがありましたが、あれは實は詐欺にかかった辨償の金です。

當時塾は十疊二間であったでしょうか、門の右手に武道の道場のような建物がありましたが、是が稽古場で、上壇には桑でしたろうか立派な見臺を据え、大蒲團を敷き先生はその上に平袴をはいて坐り、兩手を膝上においてジット本を睨んでおられる、當時は机と云うものが使用出來なかったので、私は下手《シモテ》の疊の上に手をついて素讀をしました。是が終ると、先生は默って立ってその儘座敷の方へお歸りになりました。

素讀は『徂徠集』が始で、次が無點の『呂氏春秋』、『文選』汲古閣本でしたが、流暢に讀めぬと叱られました。其の後四書全部、又當時『韓非子』が流行したので是の講義、次に『莊子』をやりました。嘗て早大の圖書館で先生の書入れした御本を種々みたことがあります。

塾生はその名を失念しましたが一人いて、忠實に勉強していましたが中途で出てしまいました。

次に講義の話をしますと、先生は『文章軌範』と『唐宋八家文』が得意で、是は何處でも講義されました。『文章軌範』は暗誦せよ、『八家文』は講義が出來ねばならぬというのが持論でした。いずれも永い間聽きました。『四書』はすべて伊藤仁齋の古義でしたが、『論語』には多少折衷說がありました。私は先生の書入れ本を借りてすっかり寫しています。其の外に尙お『韓非子』、乾道本『荀子』增註、『戰國策』・『左傳』・『墨子』經訓堂本・『列子』郭註等の講義をも聽きました。

先生は實に朗讀が上手でしたが、是は嘗て法華坊主になったことがあるから聲がよかったのです。百五十坪位の屋敷の奥で讀む聲が門外まで朗々と聞える程で、殊に義士傳でもすると、洪鐘の如しとでも謂うのでしょうか全く大した聲でした。

詩文の作法に就いての呼吸を聞いたことがありますが、五絶は難しいから七絶を作れ、古詩は難しいから初學は作ってはならぬと教えられました。ある折に今の奴が「コシ」古詩と葬式の輿《コシ》と言掛が出來るというが早桶位しか出來ない奴が多いと罵られたこともありました。

私が大田元貞の大學・中庸の原解のようなものを買ったところが、先生は私の父に、仁之助は餘り本を買い過ぎる、あれでは讀み通せぬからいかぬ、そして又、初のうちは注釋書を買ってはいかぬと話されたそうです。

先生は後に話しますが生き物が好きでしたから、大きな塗泉水にも金魚や鯉が澤山はなしてありました。或時その水換をして呉れといわれたので、御子息達や塾生女中等としましたが、小半町もある屋敷内の堀井戸の水を手桶で銘々が庭まで運ぶので決して樂でない。是が終ると、ヤア御苦勞だったといって上等の御菓子を下さって、モウやめて皆んなで遊ぼうではないかといって講義を休まれたことがありました。そうかと思うと雪の降る日の事でした。休んでは叱られるからと出掛けて行くと、雪を掻いて呉れと仰しゃる。當時は私一人時代でしたから何しろ百五十坪からの屋敷内をするので大變でした。やっと濟むと御茶菓子を出して勞を謝し、もうやめようといって休講せられました。斯様に全く雪掻きに行ったようなこともありました。時には、今日は奢ってやろうと先生及び子息等と四、五人許りで野獸肉の料理をする湊屋へ二度許り御馳走に招かれたことや、又鰻屋へも連れてゆかれたこともありました。

入門直後お治家《チカ》さんという九歳位の娘さんがありました。非常な祕藏子でした。後に醫者に縁附かれたと聞いています。小學校で優等だったそうで、それでも先生は私に、嬢に和算と習字とを教えて呉れぬかと頼まれましたので、當時先生が勤先の攻玉社から歸られるまで教えていました。又本所の警察署から警部達が聽講に來ましたが、先生は皆んな私に任せて代稽古をさせられました。

先生の後の夫人は埼玉縣粕壁の豪農長谷川家から來たお琴と云う人で上品な方でした。その妹をお菊さんといったが、此の人は學問に熱心で『日本外史』を教えて呉れと云うので、上る度毎に素讀をして上げました。

その中に私は少し考があって、二十一年三月に黑川眞頼先生の門に入るようになり、先生も三重縣、和歌山縣等の教師に出られましたから、暫らくお目に掛りませんでした。先生は其の後武島町へ移ってここで歿くなられましたが、私は臨終にも參りました。

少し話が餘談に亙りますが、私が黑川先生の處へ入門するに至った動機を話しておきます。私の父は舊幕府時代外國公使に附いていた關係で、學問はないが、つくづくと外國語の必要を感じ、當時の外國語卽ち英學は漢學が出來ねばいけぬと、私が四歳の時から『大學』の素讀を教えられました。十三歳の時府立第一中學校の試驗を受けるつもりで英語等も勉強していましたが、試驗の前夏に大病に罹りましたので、醫者は受驗をやめ好きな學問をさせた方がよかろうと忠告したので、父も心配し、十四歳の時から徂徠派の關先生（關松窗の孫）の處へ入門することになりました。關先生は『資治通鑑』の藤堂版がスラスラ讀めると卒業だといわれましたので、當時出來た古典講習科に入りたかったのですが、年が二三年足らない。詐って入るのも嫌ですし、又二松學舍も遠いし、遂に或る紹介で信夫先生の門に入ることになりました。一ッぱしの漢學をやるつもりでしたが、所謂鹿鳴館時代が來て、西洋心酔が頗る心頭を悩ましたので、一ツ國體の研究をしてみよう、それには和書でせねばならぬと感じました。ところが丁度隣家に網野延平という歌よみが居て兼て懇意でしたから、此の人を頼んで芝の佐久間町に諸岡正胤（舊名節齋、平田門、等持院で尊氏の木像の首を斬った中の一人）と云う氣骨稜々の先生があると紹介して呉れたので、二ヶ月許りそこへ通いました。成程忠君愛國の道は教えられましたが、それ計りなので、私は文法が出來ねば困るからと『詞八衢』を持參したが、當時では此の書では念がとどかず、又度々質問するので、平田門の先生ですから煩しくなったのでしょう。そう云う事が聴きたいならそう云う人を紹介してやろう、所謂國學者和學者は澤山あるが、何でも出來ると云うのは黒川先生だといって紹介されたので、是に於て黒川先生の方へ轉向することになりました。

信夫先生はかねがね和學者は何かにつけて泣ケアがっていかぬといっておられました。私は先生に黒川先生の處へ入門した事を正直に話しました。すると先生は、あれはよいといわれたので、先生泣きませぬかと反問すると、あれは泣かぬと答えられました。成程會ってみるとさばけたよい先生でした。

さて信夫先生から學問に關する注意は絕えずありました。そして自分の書き入れた本でも持っていってもよいと云う程度量の寛大な人でした。

書物は大切にする人で、奇文欣賞書樓という眞四角な印が捺してありました。珍書は何程所藏しておられたか知りませんが、『韓非子翼毳』を持っていられたようで、太田全齋の骨折の話もされました。時代が時代で好書癖ではなかったが、玄關四疊の突當りにはウンと本箱が積重ねてありました。此の本箱の前に机があって、嘗ってこの玄關先に於ても講義を聽いたことがあります。お座敷の中にもありましたが、今その藏書は早大の圖書館に入っています。

攻玉社へ通うには人力車に乘って行かれました。當時その穿いていた靴は異彩を放っていました。前方は普通の牛皮ですが、周圍が虎皮でした。是を手ではかず足をズット突込んではく癖がありました。偉大な體格で、眞黑の顇頭、非常な痘痕面に、黑紋附に黃八丈の服裝で、威風堂々風を切って歩いたものです。先生は子供の成績が惡いと止してしまえと直ちに退學させたので、淳平氏も半年位でよく轉校していました。

次男の敬造氏は私より四五年下でしたが、十三、四歲の頃將棋をして私が三度連勝したことがある。すると直ちに先生から手紙で破門でした。理由は年上で勝つと云う事があるかと云うのでした。此の爲暫く出入も中絶していました。是を以ても其の性格の一端を知ることが出來ましょう。

然し一面には次の如きこともあります。それは詩を作ると直ぐに評を書いて、或は畫くが如しと云って褒めたり或は詩にならずと云って貶したり、兎に角癇癖の方であるにも拘らず、几帳面に評をして下さいました。

又怒りっぽい癇癖の強い人でしたから、動物等は蹶飛しそうに思いますが、實は反對に非常に生き物を可愛がった人です。獒と呼ぶよく馴れた犬がいた。後藤伯から貰った和犬の偉大なものでしたが四年許りで死にました。すると先生は其の墓を作り銘も作られました。私の參る前には韓盧という犬がいました。いずれも支那上代の強い犬で史子中に出ている有名な犬の名です。

二十年十二月に二千軒位の大火があって拙宅も類燒しましたが、其の際先生は直ちにお菊さんと弟子を連立って手桶と鮨と菜漬とを持ってお見舞下さいました。斯樣に人情に敦い點もありました。

毎月五日は水天宮の祭でしたが、先生は敬神家でしたから必ず參詣し、其の度に近處の拙宅へも立寄って話されました。ドウダこんな金魚を買って來たといって立派なものを得意で見せるようなこともありました。就中龜戸天神を崇拝され、よく菅公菅公といって毎月の祭を行われました。元旦、祭日は勿論、暇さえあれば必ず參詣されました。實に敬神又崇佛の念の敦い人でした。

外務省で一等百圓の懸賞論文を募集した時、之に淳平氏が當選したことがありました。其の時先生は、淳平の野郎は不都合だと仰しゃるので、何か惡いことでもしたのかと恐縮して聞いていると、此の閒外務省の懸賞に當選して百圓を儲けた。俺は五十年閒文章を書いているが、一度に百圓も貰ったことはないというのでした。是は先生得意の一面を表した話で、惡口の中に自慢を含めた所謂ヘラバリとかエラバリとかいうもので、私はこれを此の時始めて聞きました。畢竟先生は極めて子煩惱でした。怒りっぽい方面ばかりを見てとかくいうのは先生の全斑を見ないのでしょう。

先生は直情徑行、全く江戸ッ子のチャキチャキでした。非常に口が惡く、サウカ、アイツがといった調子で、然も大喝一聲するのでした。

十九年に大いにコレラが流行したが、其の時警官が堀井戸を濮えといって來た。すると先生は、内からは誰も病人は出ていない、内の井戸はそんな悪い井戸ではないから渫う必要はないとお斷りした。警官は規則だからと強いたところが、先生は、ナニ規則だと、それは暴政と謂うものだ、と玄關の眞中に坐って反駁された。警官は三人いて大分長らく押問答していた。其の場はどうなったか兎に角警官は歸った。すると先生は早速「虎列刺行《コレラこう》」という古詩を全紙三枚に書いて玄關に貼出されました。今となってみると此の詩を寫しておけばよかったのですが遺稿にも出ていません。何でも其の終に『誰か曰う苛政は虎よりも猛し』とあったと記憶します。實に先生の氣象辯論は三人の警官も煙に巻いてしまう程でした。

先生は中村敬宇・三島中洲・川田甕江・依田百川・小永井小舟等と親交があり、大沼枕山・鹽谷簀山とも往復しました。重野成齋は官僚主義の人で先生の如き癖のある人は嫌だったのでしょう。飼犬が吠えついたといって絶交した。其の他俳人小筑庵春湖、書家生方桂堂・雲峰等とも交わりました。就中敬宇は一番懇意で、淳平氏をその同人社へ托したこともありました。最後に一言申添えておきます。それは平井さんのお話に敬造君は今どうなっているか知らぬとありましたが、敬造氏は門司の鐵道局長から田端の局長に轉じ近年逝去されました。まだいろいろあるが、此の位にしております。

「東洋文化」第一四八號（昭和十一・十二）

杉山三郊翁談

川田甕江先生のことども

昭和十一年一月八日、私は川田甕江の詩文について話を聞くために、最もよくその人を知っている女婿の詩人杉山三郊翁を訪ねた。この稿はその時の聞書きである。ある雑誌に載せようと思って、翁に校閲をお願いしたところ、今これを發表すると、まだ關係の人も生存していて平地に波瀾を起すから、發表しないようにということであった。そのため今日まで筐底に藏していた。ただ先年「明治時代漢學史稿」で重野・川田の軋轢を書いた時、某翁の談としてその一部を記したことがあるに過ぎない。ところが三十餘年を經て昭和四十四年に、川田甕江遺德顯彰會から『甕江川田剛』と題する傳記が刊行された。その中には勿論三郊翁の談が色々と記されてある。そこで翁の依賴で今日まで發表を控えていたが、もうその必要もあるまいし、このまま捨ててしまうのも文苑のため惜しまれるので、ここに發表する次第である。

まずはじめに、甕江にはその纏った詩文集がないのでそのことを聞くと、翁が集めて淸書しており、いつか影印にして刊行するつもりだと語られたが、その後どうなっているであろうか。翁は書家としても定評があり、立派な字を書かれたから、原稿もさぞ美事な豪華なものであろうと思う。

さて、話は斷片的であったから、便宜上順序なく條書にしておく。

▲明治初年には文章家が多數いて、文會も盛大であった。そしてこれ等の會といえば、上野池の端の長酡亭（明治十四、五年頃から湖心亭と改めた）で開かれたものである。明治十三年一月十七日、ここである文會の發會式があった。私（杉山翁）は森槐南と一緒に參加した。この時重野成齋は、私のような田舍ペェーの文章を褒めて○○をつけ、評までも加えられた。そして重野に可愛がられたものである。

▲私の父は碁が六段で、重野は初段位を打ったので、父は重野に會うと懇意になり、私はますます可愛がられた。

▲私は詩文は最初重野についたので、それは依田學海よりも早かった。後に學海と懇意になり、それから川田と懇意になったのである。

▲この發會式の盛大な有樣は、今でも眼前に浮かんでくる。八疊二間にぐるりと人が列んでいたが、これが皆文を作った人々であった。床の間の前には重野と川田が竝んでいた。當時二人は文壇の兩大關であった。初はお互いに仲が惡いものではなかったが、門人たちがそうしたの

である。嘗て松本允恭が重野に、貴君と川田とは仲が悪いようですが、と伺ったところ、重野は、それは門下生がそうしたのである。川田の文は巍然たる殿堂の如きものだ、と曰ったと言うことである。

▲席上には藤野海南・岡鹿門・島田重禮・龜谷省軒・蒲生褧亭、詩林では小野湖山・鷲津毅堂・小山春山・小牧昌業・竹添井井の如き連中が竝んでいた。年長で湖山・毅堂が床の間に近かった。

▲當時島田はまだ龜谷と同列位で、位置もあまり上ではなかった。文學の格もそれ程ではなかった。島田は眼の玉が片方による斜視のようで、木綿の着物を着て、風采はあまり上らなかった。しかし何となく重野・川田が敬意を表しているようであった。實力があったかのように見えた。

▲重野は一々盃をもらい獻酬しながら話をしてゆく。森と私が末席で、向側には日下勺水がいた。勺水は私より七、八歳年長であった。私は時に二十三歳、森は十八歳であった。重野は森と私のいる末席まできて、足下の文を見たが、筋はよいがもっと堂々たる長文を作ってくるがよいと語られた。重野は鬚が眞黑で眼が涼しく、體格もよく、ちょうど關羽のようで、書家の日下部鳴鶴と共に容貌が秀れていた。

▲すると次に川田がきた。頭が頽げており、酒を飲んできたのか赤ら顔がますます赤く、重野

を指にて、おい君、この親父とどっちが年寄に見えるかと聞いた。何と答えようかと思っているると、この人はこんなに綺麗な顔付をしているが、俺より年寄だといった。重野は苦笑していたようであった。私が甕江と顔合せをしたのは、この時が始まりである。

▲若い者は重野の文會に入ると褒められるからそちらに入った。日下勺水は、初は川田の門人であったが、修史館で人數を定める時、川田の方は門人が多數であったが、重野の方は人數が足らないので、勺水は重野の方へ入った。それから重野の側についたのである。川田が死んだ時日下が取りもちにきていると、重野から日下を呼びにきた。聞くと日下は、私がここにきているのを重野は不愉快に思っているのです、と曰った。そこで私は、昔上杉謙信は武田信玄の死んだ時、好敵手の死を惜んだではないか。然るにもし重野がこういう事であるなら、武士の風上におけぬ。そちらに行く必要はない。もし君が頸になって生活に困るなら、生活費を與えようといったが、ついにコソコソと行ってしまった。このため日下は生涯私には頭が上らなかった。

▲私から曰わせると、重野は若い者を引立てるのに魔術を持っていた。田舍ぺェーにも圈點をつけて返す。これは誰でもいい氣になるものである。私もこの時の原稿を今日もなお藏っている。そこで第二世になると、重野に非常に褒められた人が多くなってくる。これに反して川田はなかなか人の文章を見ない。見ながら不愉快なような顔付をしている。濟むと默っておいて、

懇意な人でなければそのまま握り潰す。もし懇意な人であると、もう一度書直してこい、という工合である。自分の門下生を育てるのがこういう風であったから、門生の位置をすえることなどは一向構わなかった。

▲重野は早くから聖堂において、文才のある人という評判があった。川田は備中の田舎から出て、初は一向にその名は聞こえていなかった。それが重野と對抗し、重野を壓するようになったことは、世人を驚かしたようである。

▲川田の文章は藤森天山が正していた。當時天山の塾頭であった依田學海も兜を脱いでその弟分になった。安井息軒は經學文章いずれにも偉れて誰も許さなかったが、川田だけは許した。そして自分の碑文も書いてくれというし、何でも川田、川田という風になり、安井には門人もあったが、その文集の序も川田が書くことになった。川田が重野と竝ぶようになったのは、ほんとうは安井の力かと思う。

▲嘗て井上毅が——彼は川田側の人であった——田舎から上京した時、人物は誰かと聞くと、それは安井に限るという。そこで安井の處へ行くと、川田剛に會ったかと尋ねられる。しかし川田を知らないから、どんな人かと問うと、江戸で川田を知らぬ者はない。文學もできるし、人物も確かりしている。老人の俺に會うよりは川田に會うようにせよ、と話されたそうである。これと同様なことを竹添井井も曰ったそうである。

▲川田はある時千葉縣の佐久間という金持の家に、年末歳首に遊びに行ったが、眼を覺した時寝床の中で曰ったことがある。自分は敕任官として禮遇を蒙っている。百姓がこんなに出世したのは光榮の至りであるが、自分が生涯で一番嬉しかったのは、老先生たち（安井・鹽谷・芳野等でしょう）が文會を開かれた時、川田はこの中に入れるがよかろう、と曰われたことである。白髪頽頭の中に黑髪の私が入って文章をやった。この時ほど滿足に思ったことはない、と語った。こういう時に重野は入ることができなかったのである。

▲芳野金陵が文集を作った時、その序は川田が書いた。これを以てみると、川田は先輩が贔屓し、重野は後輩がいくらか贔屓したようである。重野は惡くいえば若手を上手に使うた。褒めていえば後進を引立てたのである。

▲鷲津毅堂は大沼枕山等と一緒の仲間で、詩人として有名であったが、藤森天山がある時毅堂に向って、大沼等と一緒になって詩人となるのはどうかと思う。できない事なら仕方がないが、田舍ペェーだが川田剛という男がいる。これと交際してはどうかといった。これが毅堂の儒者となった動機である。當時毅堂の文は川田が直し、川田の詩は毅堂が正していた。ところが不幸にして、川田の舊君板倉が徳川慶喜の失敗と同時に朝敵となり、自家が亡びるかどうかとなった時に、川田はその仕える板倉のために身命を賭して奔走した。その時毅堂は尾州の督學に抱えられて京都にいたので、川田は毅堂に會い頼んで主人の冤罪を訴えようとしたが、毅堂

は常にこれを門前拂した。甚だしきは川田は奴に身をやつし、毅堂が駕で通るのを途中で待って會おうとした。この時でさえ、ハタと扉を閉めて會わなかった。川田はこの時、怨み骨髓に徹したのである。後年川田は一等修史官になった時、毅堂は司法省の判事位であったが、詩會などで顔を合せると、酒を飲んで毅堂をいじめた。

ここにおいて終始一貫して友宜をとったのは學海であった。

▲甕江が口を極めて褒めたのは、島田重禮の「史記序」である。當時私は役人をしていたが、甕江翁が私の處へ一週間ばかり泊り、詩文を作ったが、これを讀んでみよ、今時これだけの文を書く人は他にはない、と語った。その褒めた結果か、娘(三郊夫人の妹)がその息子(鈞一)の嫁となった。

(『斯文』第七十四號)

三郊翁が甕江の聟となった話

嘗て重野成齋は三郊翁をその姪の聟にしようとしたが、三郊翁は成齋の人物に感心しなかったので、その一門とは結婚しない、川田甕江の娘ならばしてもいいと曰った。それを當時『明治詩文』を編集していた軍人上りの酒呑久留米の佐田白茅が聞いて、同感だと曰って之を川田に話したのである。佐田は川田にも重野にも懇意な男であった。佐田がこの話を知ったのは、上野不忍池の長酡亭（後の湖心亭の主婦〈ちよう た〉と聞いたが字が分からない）が之を聞いて、又佐田に話したということである。この主婦は當時五十歳位の女で、詩佛さん、五山さんなどといっていたから、菊池五山、大窪詩佛等が遊びに來た家のようであった。

甕江と松平天行先生

三郊翁と天行先生とは兄弟の如く親しい閒であった。それは御二人は共に米國に留學され、ここで初めて相知り、當時文學の方では三郊翁の方が天行先生のものを訂正していたという。ある時天行先生が三郊翁の夫人の妹（島田鈞一の夫人）を女房にしたいと暗に曰ったことがある。そこで三郊翁は、時があれば甕江に打聞きたいと思っていたが、未だ打明ける時がなかった。甕江はこんな事とは知らず、三郊翁の留守中天行先生を呼出し、某の娘を娶れよとすすめた。そこで天行先生は初め好きであった甕江が嫌になったのだと曰う。天行先生が三郊翁を訪ねて來ると、三郊翁の夫人は、幾らでも皮肉を仰しゃいと曰うと、天行先生は苦笑していたという。

甕江と宮中顧問官

明治二十八年十一月、甕江は葉山へ皇太子殿下の侍講に行った時、三郊翁の處に書生を以て迎えに來た。そこで三郊翁が行くと、甕江はこのようなことを話した。

　これはごく機密なことであるが、土方宮内大臣からこのような話があった。それは、皇太子に長らく侍講してご苦労である。ついては伊藤公がかく曰われた。

　川田は御用掛で進講しているが、これではいかぬ。東宮大學士を置こうと思う。そして大學士には川田をまつりこみ、その下に侍講をおく。然しこれは官制を書き變えねばならぬから時間を要す。その閒川田を宮中顧問官にして侍講とす。

こういう話であった。お互いの仲であるからお知らせするが、今發表できぬから誰にも話をするなと、土方が語ったというのである。

　ところが甕江は十二月頃から容態がよろしくない。そして十二、三日頃にはご奉公ができぬようになったので、暇をとって寝こんだ。皇太子から侍従が何度も來たが、ある時盆栽の松と梅を贈られた。

平井魯堂先生談

信夫恕軒先生

讀者の便宜の爲、初めに其の自撰の墓銘を掲げておく。尚お恕軒傳には、魯堂翁のお書きになったものが、竹林貫一編の『漢學者傳記集成』に収められてある事を附言しておく。

信夫恕軒（籾山衣州著明治詩話巻二抄）

恕軒翁以文章著名一時。嘗自撰墓銘。曰。粲字文則。號恕軒。晩更天倪。信夫氏。世仕因幡守池田侯。考諱正淳。母某氏。天保六年某月某日。生於江戸邸。生二歳。喪怙恃。又無雁行。幼好學。長作文。狷直不容乎世。明治中興。三仕三罷。家居教授。一世不遇知己。千歳豈保不朽。然至其守節不屈。則質諸鬼神而不疑也。乃買石自銘曰。貌陋性介。屯如邅如。犯世清議。缺鄉曲譽。寸心千古。白首蠹魚。人雖不用。天其舍諸。窮愁以死。噫命也夫。

先生名は粲、サンでなく、アキラと自ら曰っていた。初め恕軒と號していたが、晩年天倪と改めた。天倪は『莊子』の中にある語である。そこで私は何故號を更めたのですかと伺ったところ、石川五右衞門の部下に森恕軒と曰う者があるので、嫌氣がさして止めたと語られた。村山拙軒先生は、信夫が號を改めたそうだが、石川とか森とかでなくて幸せだったと皮肉に云われた。

先生は初め本所松坂町吉良義央宅址の隣りに居た。殊に義士の事が得意で、よくこの話をした。それから小泉町へ移った。その頃三遊亭圓朝が敎わりに來ていた。先生は「剪燈新話」から思いついて、牡丹燈籠を斯う言う風にしたらよかろうと趣向を敎えられた。圓朝は之に隨ってやって大當りであった。

圓朝は實名を出淵次郎吉と言った。私共は先生の用事で北雙葉町の圓朝の宅に行った事があるが、表札には出淵次郎吉と書いてあった。

圓朝等が出入していた物であろうか、兩國橋畔の中村樓で、亦有會と言って落語家、講談師、淸元、長唄、常盤津等の藝人を網羅した會を三、四回開いた事があった。中村樓は貸席であるから入場料を取った。先生はこの會の爲に先に立って色々周旋した。

先生は松坂町に居る時から塾を開いていた。奇文欣賞塾と曰ったが、是は頼支峰が陶淵明の詩からつけたと言うことである。

小泉町から次に龜澤町一丁目に地面を買って移った。其の時先生は私に、講義をする場所がない、百圓位金があれば長屋を造って講義が出來るのだがと曰われた。そこで私は、先生は日蓮宗の管長をしている新井日薩さん（文嘉上人のこと、宇陀那日輝の門人）と親しいのではないですか、一ッ此人に頼んでみては如何です、若し先生が行くのが工合惡ければ私が參りましょうと曰った。そして遂に二人で新井さんの居た二本榎の承教寺へ出掛けた。先ず私が口を切って、私から曰うのは變ですが、實は斯様斯様のわけで信夫先生が百圓入用だと曰う事ですが、如何でしょう拜借出來ませんでしょうかと切り出した。それから先生も段々と話された。新井さんは、それはお易い事で承知しました。が然し今手許にはないから後程お渡ししましょうと曰って別れた。二、三日して金が届いたと曰う事で、先生は、足下のお蔭で金が出來たと非常に喜んでおられた。爾後返金しようとした時新井さんは受取らなかったと言う事である。

私はこの時感心した事がある。それは、先生は金を銀行へ預けて居られなかった。そして百圓宛封をしてあって、其の包紙の上には皆天賜天賜と書いてあった。

『漢學者傳記集成』信夫恕軒傳（魯堂翁の作）に「尾州侯の世子、柳澤伯、津輕子等、前後贄を執る」とあるのはこの本所龜澤町時代の事であった。

それから後大學へ講師として出る事になり、『文章軌範』等を講義した。講義は上手でした。井上哲次郎氏等が當時學生であった。

先生は海保漁村・芳野金陵・大槻盤溪に就いたが、此の中でも漁村に一番長く就いた。島田篁村も漁村の門人であったから、最初二人は親しい仲であったが、先生が義士傳を講ずる時に篁村が、講釋師がするような品の惡い事は止めたがよいと曰った事が原因となって、後に絶交するようになった。

先生は短兵急な人で、小山春山にも絶交書を三度出したと言う。これは春山の噂が氣に入らぬからだと言う事であった。館森袖海翁の話によると、この夫人は潤筆料を貪ったと曰う事である。

菊地三溪は先生と懇意であった。そこで三溪は『本朝奇事異聞録』を作った時に之を先生に見せた。先生は、これは清の『虞初新志』に對して題名を『本朝虞初新志』とした方がよかろうと曰ったところ、三溪は手を拍って喜んだ。先生は後に之が出版されたのを見て怒られた。『本朝虞初新志』とつけてやった時は手を拍って喜んだのに、凡例を讀んでも一つも其の譯を書いてないと怒ったのである。

先生は大槻盤溪の子の如電と仲が惡かった。嘗て柳北の碑文を先生が書いたが、其の文中に面長三尺とあった。如電は之をみて横槍を入れた。併し柳北は實際長い顔であった。嘗て福池櫻癡が向島で、柳北が馬上ゆたかに乘って來るのに出會った。其の時詠んだ歌に、

是れは仕たり世は逆さまになりにけり
　乘った人より馬が圓顔

柳北は共濟五百名社の社長をしていたので、此の社でも向島長命寺に柳北の碑を建てることになり、是は大内青巒が書いた。如電はこの青巒の文は非常によく出來ていると褒めたが、先生の作はひどいと非難したのである。すると先生は、大内青巒十金を懷にして來って余に代作を乞うと曰うような書出しで、一文を發表された。先生は是で腹癒が出來たが、一番恥をかいたのは青巒で、如電も亦ガンと來た。

先生は中村敬宇・川田甕江・依田百川・小永井小舟・大沼枕山・鹽谷青山等とも交っていた。

先生は淡泊な人でした。そこで玄關には露骨に、謝禮は鷄卵菓子折の類はお斷り、阿堵物に限ると云う意味の文句が書いてあった。

或時束脩を持って大江敬香の處へ詩を教えて貰いたいと曰って來た。敬香は、當時先生は著名の先輩であったので、そんな事をされては困る、氣のついた所を御注意致しましょうと挨拶

したと言う。敬香は私より一つ年長で親しい友達であった。是は其の直話である。

先生はよく酒を飲んで怒るので、友人達は恕軒をもじって怒軒と曰った。

先生の内には禁杯と書いてはあった。或時私が訪ねて行くと茶碗で酒を飲んでいて、私に飲めと勸められたが、私は飲まぬのでお斷りした。そして先生禁杯と書いてはありませぬかと聞くと、ウムそうだ、禁杯と書いてある。杯を禁ずるのである。だから茶碗ならよかろうと曰って笑って居られた。

今日はないが、もと龜井戸に臥龍梅があった。先生は其の入口の茶屋の婆さんと懇意であった。先生と瓢簞に酒を入れて觀梅に行くと、その婆さんは私に、家の梅の枝を折る者があるのでどなるとそれが先生であった、と曰う事をよく話した。先生はその話が出ると、又婆さんが昔話を始めたと曰っていた。酒を飲むと斯んな惡戯もしたようである。

先生は相撲が好きで欠かさず見物に行った。「角觝行」も作っている。酒に醉って呼出し奴の眞似をしたが、それは實に上手でした。先生は一體俠客風の事が好きであったようだ。

先生は貧乏している時駒込の吉祥寺の僧侶に講義をしていた。所謂賣講をしていたので、僧侶達は天保錢を一、二枚持って來たと言うことである。

又金に困っている時寫字をやり、『日本外史』を數部寫したと曰う。但し字は極めて下手でした。

一時は屋敷等を買ったのですが、後には失職して生活に困り庭等も賣ったが、其の時には赤穗義士の城の明渡しと同感だと曰う詩を作られたことがある。

先生には淳平、敬造と曰う二人の男子があった。淳平君は御承知のように法學博士で早大の先生ですが、敬造君は今どうなっているか知らぬ。

先生は或時私に、子供の教育は如何したらよかろうかと聞かれたので、時勢だから英語を學ばさねばいけませぬと答えたが、然し先生は是非漢文をやらすと曰われた。そこで、父が漢文をやるからと曰って子にまで強いて漢文をやらすべきではない。時勢に隨って英語をさす方がよいと勸めた。私は先生の近所に居たので翌日使者が來て、一寸御足勞を乞うと曰うので行ってみると、昨晩色々と考えてみたが、足下の曰う事に道理があるから英語をさせようと思う、それに就いては學ぶには何所がよいか、足下に任すから心配して呉れとの話であった。そこで神田にあった共立學校（當時大岡育造が監事であった）に入學するようにした。其の後高等商業學校（商大の前身）を卒えた。淳平君はそれから外交官の試驗に合格して、メキシコの領事を振出しに外交官になったのである。

淳平・敬造兩君の母は松坂町に居る時離縁した。後妻は西山と云う家から貰ったが、此の人は骭をかくと云って骭婦說と言う文章を書き、又離縁したいと曰う話であった。ところが先生一番の親友柳北先生が不贊成であったので、私は柳北先生に此の間の周旋を依賴した。然し遂に此の夫人も娘一人を置いて離縁となった。

石崎篁園翁の話だが、この娘さんが病氣の時である。先生が龜井戸天神に參詣して何か書き物を置いて慇懃に禮拜しているので、神主が之を見ると、漢文で、私の生命を奪ってもよい、代りに娘の生命を永らえて呉れと云う意味が書いてあったと曰う事である。

文章が出來ると、どうして斯んなにうまく出來るのかと得意であった。

世間に文章はよいが品が惡いと評する者があるが、先生は慷慨悲憤家であったから其の樣な事をいうのでもあろう。是は岡崎春石翁の話だが、秋月新太郎が嘗て翁に向って馬鹿に先生の文を褒めて、世間では恕軒の文章は滑稽味を帶びているとか、品位が惡いとか曰う者があるが、よく筋が立って議論が確りして居るといったとの事である。

先生の門人には辻元默庵・太田華陰・山田天籟・石川觀瀾・渡邊存軒・脇田堯惇（號は三籟、本門寺貫主）等があったが皆故人となった。石崎篁園翁は小永井小舟の門下生であったが、是もよく先生の處へ出入していた。先生の晩年にはよく村山鶴堂が話相手になったと云う。鶴堂は今熊本に居る。

私は叔父の渡邊が松坂町に居て、其の持っている家作に先生が住まれた關係から、先生の所へ出入するようになったのである。

「東洋文化」第一四七號（昭和十一・十）

山田濟齋先生記

三島中洲の逸事

二松學舍に山田準先生を訪ね三島中洲の逸事を聞きたい旨を通すと、先生は直ちに草稿三島中洲略傳、日本赤十字社の『參考館報』を渡され、これで適當に文を作って載すがいいといわれた。よって本稿を作る。

先生は名は貞一郎、桐南と號したが、後に名を毅に更め、字は遠叔と曰い、中洲と號せられました。天保元年十二月九日備中窪屋郡中島村の名主、正昱の第二子として生れ、大正八年五月時疫に觸れ、十二月九十歳を以て歿せられ十五日洗足池畔に葬りました。先生は九十年の長壽を保たれましたがその爲には非常に攝生養生に努力を拂われています。中年から冷水にて頭を冷し清水で眼を洗われました。六十六歳の時に其の子桂の爲に左の如き座右銘を書いていられます。

塞流石上
一株松舎

始忍於色
中忍於心
終則無不
可忍
右明楊一清語余
少時狹隘不能忍
一日讀明史後此語
爲適症諳記自戒
久之方變氣質兒
桂亦有此疾因書
之充座右銘于時
明治乙未春
六十六翁　中洲

從五位	風流
三島毅	判事

晚年には

長眠少食多動寡思

更遠閨閣老後良規

と曰う養生箴を作って特に攝生に力められました。大正四年の冬(時に年八十三)より、冬は寒を大井街の繪原村莊に避け夏は番町の本邸に還り、優遊老を養われましたが、先生は天壽を全うするを以て天地に對する人間の本分となし、敢て死を思わず、又之を口にせられませんでした。詩を賦して「聊カ化育ニ贊スルハ唯ダ攝生、此躬老後ノ小天地」と曰って居られます。

先生は晚年朝は五、六時頃起床し、招魂社まで散歩し、夜は八、九時頃床に就かれました。食事には特別の嗜好はなく、朝はオートミール、晝晚は飯、野菜を主とし少量の肉類でした。酒は六十歲の時輕い腦溢血に罹られてからは一合位の晚酌も廢し、日本酒二、三杯、又は葡萄酒少量を用いられました。

先生の趣味は、作詩又は門人の處への旅行、或は時々義太夫を唸られる事でした。

先生は八歲の時孤となられましたが、母氏が戒めて、汝は父が無いからとて他家の子供に後るること勿れと曰われた事が深く心に銘し、その爲に先生は朝夕神佛に祈り、藝術を以て名を天下に掲げようと期したということです。父の正昱は山田方谷と同じく丸川松隠に學びました。方谷は後に松山藩（後の高梁藩）に仕えて名聲があったので、母氏は常に此を以て先生を激勵しました。そこで先生は十四歳の時、遂に方谷に從學せられました。

方谷の學は實用經濟を主とし、性理に於ては陽明を持していました。實に先生の學術は此に淵源しています。

先生は二十三歳の時、伊勢の津藩に遊び齋藤拙堂に師事せられました。津藩の文庫には多く清儒の著書を購入し、藏書の多い事も當時列藩に冠たるものであったので、先生は之を借覽し、博く經史を渉獵した爲、又其の識見も頗る長ぜられました。後に先生は、自分の學は半ばは津藩で成ったと常に人に語っておられました。先生は文才があり、拙堂に學んだ結果、文境は益進まれました。

二十七歳の時郷里に還られたが、翌年は江戸に遊び、又明年昌平黌に入って、業を佐藤一齋・安積艮齋等の諸儒に受けられました。江戸の水本成美、會津の廣澤安任、伊豫の藤野正啓、仙臺の岡千仞、龍野の股野琢、大村の松林漸等一時皆寮に居ましたが、先生は諸氏の閒に在って大いに重きをなしたと曰うことです。

先生は三十歳の時、其の師方谷の勸めに因って松山藩に仕え、藩學有終館會頭より學頭に進まれました。

文久中、藩主板倉公は幕老でしたが、尊王攘夷の論が起り、海内の人心は恟々としていましたので、先生は藩主の命で西國に漫遊して諸藩の情狀を探られました。又藩主が京攝の間に在る時、その側に侍って顧問となられました。尋《つい》で度支（會計官）に任ぜられ、財務を理《おさ》める事になりました。

戊辰の變に藩主は朝廷より譴責を蒙ったので、先生は諸老臣を輔けて奔走周旋した爲、藩封は再び續くことを得ました。先生はこれより子弟を敎養して後半生を終えたいと考え、虎口溪舍を設立せられました。

是より先き先生は淸儒の考證を喜び、漢儒の古註を奉じておられましたが、世途の艱險を經るに及んで、古學の事に無益なるを疑い其の師の方谷に質問せられました。すると方谷は沈吟の後徐に答えられて曰うに、道學なる哉、道學なる哉と。是に於て先生は豁然として悟る所があり、遂に道學に復歸し、朱子王陽明の學を折衷し、務めて公平に就かれました。そして專ら實用を主とせられました。

明治五年（時に先生年四十三）朝廷の徴に應じて上京し司法官となり、明年新治裁判所長となられました。十年に官を罷めて東京一番町に家塾を設けて漢學を教授されました。是が即ち二松學舍の起りです。庭に二松がある所より名づけたのです。其の時書生は四方より多數來り學びましたので、塾舍を數ケ所に設けましたが孰れも皆一ぱいでした。當時慶應義塾・同人社と相竝んで、三大塾と稱せられていました。

先生は次いで東京高等師範學校の請に應じ往いて教授せられました。又東京大學に古典科が設けられ、當代の鴻儒を招聘することがありましたが、先生は大學教授として、重野成齋・川田甕江・島田篁村・岡松甕谷・中村敬宇等の諸儒と共に教鞭を執られました。

二十九年三月（年六十七歳）に東宮御用掛を命ぜられ、次いで東宮侍講に任ぜられました。この時先生は非常に感激し、老軀を捧げて皇恩に報いんと心に期し、且師恩を憶う所より、次の如き詩を作って方谷の靈に告げられました。

經綸道載在遺書。萬物兼容似太虛。
泉下有靈應感泣。傳君學術獻皇儲。

先生が經書を進講するや、それは多く陽明の説を用いられました。一日、四句訣を講じた所、皇太子（大正天皇）は大いに其の簡易を稱し、命じて大書裝幅せしめて座右の銘に充てさせ給うた。陽明學が我が宮廷に入ったのは、蓋し先生に始まると云うことです。先生齢七十の時、門人は其の銅像を鑄て之を進呈致しました。翌年朝野の名士が壽筵を開かれました。凡そ三百人で、壽詩文數百篇、又皇太子壽詩及び菊花銀杯を賜わりました。其の詩は

師道文章天下魁。春風和氣笑顏開。
古稀猶講宣尼學。弟子爭呈萬壽杯。

と曰うのです。

大正元年七月、大正天皇踐祚し給う時、先生感ずる所あって左の詩を作られました。

何榮草莽一迂儒。承乏帝師慙濫竽。
啓沃涓涓洙泗水。或爲恩雨灑寰區。

時に年八十三でしたが、依然として故の如く侍講でした。

大正四年（八十六歳）の秋疾の爲に辭職せられましたが、其の時先生は宮中顧問官に任じ、且二松學舍の資として御內帑金一萬圓を賜わられました。又此の年の冬御大典の式を擧げさせられましたが、この時先生は勳一等に敍せられました。

大正八年齡九十に上られましたので、往昔石川丈山が九十の壽を獲て、終りに臨んで自ら碑銘を作ったのに倣って、「三島毅碑銘」を作られました。其の銘は左の如くです。

起身畎畝。列名翰林。是何所致。一片微忱。微忱所發。透石徹金。七千授徒。長樂書琴。謬辱帝知。江海恩深。涓滴未報。老痾來侵。青山爰卜。空葬赤心。

この年五月時疫に觸れ、十二月遂に歿せられました。先生は遺言して、墓石を皇城に向うて建てしめ、又、前日筆を洗うて訣別の詩一首を大正天皇に獻じ、悠然として逝かれました。

先生の文章は年と共に益〻老熟し、重野成齋・川田甕江と相竝んで明治の三大文宗と稱せられました。敕命があって、故の內閣顧問木戸孝允公の碑文を作られました。其の他王公大官文武名士の碑文で、先生の撰に成ったものは枚擧に遑なき程あります。

先生は晩年逐次文稿を撰次梓行せられ、第四稿までに及びました。

先生は詩を嗜まれました。太だ推敲はせられませんでしたが、口を衝いて成ったもので自然の如くでした。先生は嘗て、余平生心を詩に用いず、但だ興に觸れ志を曰うのみと言っておられます。其の詩は恐らく數千首あるでしょう。晩年門人に選抄を囑せられ、『中洲詩稿』二卷を世に公にされました。

先生の晩年の學術の詣る所は、其の自撰の碑銘にて知られます。即ち

毅、人ト爲リ、野朴ニシテ修飾ヲ喜バズ、孔學ヲ奉シ、古今諸家ヲ折衷シ、最モ姚江ヲ好

ム、徒ニ授クルニハ、常ニ義利合一説ヲ唱ヘ義ニ臨ンデ一歩ヲ進メ、利ニ臨ンデ一歩ヲ退ケバ、始テ能ク合一ス。

と曰っておられます。先生は又忠孝一致の說を唱え

忠ハ以テ我ガ萬姓治ヲ受クル所ノ君上ヲ奉シ孝ハ以テ我ガ萬姓出ヅル所ノ宗家ヲ奉ジ忠孝一致我ガ國體ヲ無窮ニ維持ス

と曰っておられますが、是れにて先生九十年の實學を察する事が出來るでしょう。

先生の著述には

詩書輯說、禹貢圖、三天圖、尙書古今文系表、漢書百官志圖、明史職官志圖、溫史通論、明史名臣及宰相品第、古今人文集、涉獵日記、權輿雜錄、問津稿、探梅日記、探邊日錄、觀風餘稿、皆夢文詩、霞浦遊藻、小圖南錄、南峽詩錄、三日文詩、歸展日誌、消夏漫言、論學三百絕、繪原有聲畫集、中洲詩稿、中洲文稿(自第一集至第四集)、孟子講義、老子講義、莊子內篇講義、史記論贊段解、正文章軌範評註、日本外史論文段解、日本政記論文段解、唐宋八家文段解。

があり、又、大學、中庸・論語・孟子・詩經・書經・易經・老子の私錄があります。

――山田方谷遺稿より――

三島遠叔内子始産、後旬餘而歿。兒亦尋殤。遠叔有悼亡詩。讀之潸然。

次其韵以弔慰。

不幸如君更有誰。東風吹涙濺花時。

忍看檐際雙飛燕。終日營巣欲育兒。』

泉路遙遙去伴誰。風光或有似生時。

三途河上春流碧。待渡陰花母乳兒。

次三島中洲韻　毅繼先生爲度支。故先生言及其在職中事

暴殘破債就官初。天道好還籌不疎。

十萬貯金一朝盡。確然數合舊券書。』

破債治財逐俗流。靦然自稱聖門儔。

爲邦剩得人情惡。勇且知方恥仲由。

「東洋文化」第一四〇號（昭和十一・三）

依田美狹古翁談

依田學海

父學海は當時文壇から依田南朝とまで曰われたぐらい、殊に南朝の忠臣楠公が大好きで、正行と辨内侍とを取扱った「吉野拾遺名歌の譽」という脚本がある。又のちに「後日の楠」と曰うのを書いた。これは正儀と伊賀局とを取扱ったもので、川上音次郎が上演したことがある。

この外、少年の讀みものとして楠正成をはじめとし、四代の傳記を正史に基いて面白く書き、『菊水源流』と曰う表題で、博文館發行の月刊雜誌「少年世界」に、明治三十一年七月から、同三十四年十二月まで連載したことがある。それで大尾になったのではない。博文館の都合で中絕したと曰うことであるが、まことに遺憾である。

父は老後に川尻寶吟という翁と、芝居好きが緣で親しく交った。寶吟翁はいわゆる江戸っ子であるので、ただ觀劇のみではなく脚本を作ることが上手で、その配役までこしらえた臺帳を父のもとへ持參した。聞きにお出でと曰われたので、かねてから翁の聲色の上手なのを聞いて知っていた私たちは、隣の部屋までおしかけた。サアこれからはじめますと、せき拂い一つして讀みはじめたのを聽くと、まるで新富座へでも行ったような氣持になって喜んだ。

翁と父と合作した脚本には、「文覺上人勸進帳」・「豊太閤裂封册」二編がある。父の歿後何年であったか、寶吟翁は夫人と夏箱根に避暑に行った時、その溫泉宿で暴風雨に遭い、川に流され溺死したと言うことである。

父は年寄っていながら老人たちと話すよりも、若い者と話すのが好きであった。それは新しいことが聞けるからである。それで硯友社員と親交があった。殊に紅葉山人と文書の往復は多かったようである。いつの年であったか、佐々木信綱博士がまだ神田の小川町におられた時、お住居の二階の落成祝に、紅葉山人も私の父も招かれてその席に列した。父が「學海先生一代記」と曰う昔の草紙になろうて繪入りの小册子を作ったのを、山人に見せたところ、これは面白い、私が頂戴しますといったので、それでは私が死んだら形見に進上しようと堅い堅い約束をしたところ、若い山人が先に死んで、老人の父が後に殘ったという話があった。

中根香亭は父と同様、きかぬ人と見え、文字上では往々爭ったことがあるようである。しかし人としての交際は厚かったようで、「香亭雅談」も父が相當骨折ったようである。嘗てある新年に、父が畫を描きそれに詩を書き入れて送ったところ、香亭もまた畫を描き次韻してきた。その後再び往復したようで、葉書ではあるが、香亭が二度次韻したものが今も殘っている。

父は菊池三溪と親しかった。ある時京都に行く際、父に送序を書いてくれというので、これを書いて與えた。ところが三溪は、これでは氣に入らぬからもう一度書き直してくれというので、また書き直したことがある。この送序二篇は『詩文詳解』第八十一集に載っている。そうしてその第二編の文末に、三溪は、

萬言送序一編、已加飽牢饌、今又辱賜第二序、前篇濃厚、後篇雅澹、已有此二序、亦可以盛此行色也、

と評して喜んでいる。

父はまた信夫恕軒ともなかなか懇意であった。一日恕軒が拙宅を訪ねてきたおり、父は玄關まで顏を出して座敷に入った。いくら待っても恕軒が入ってこないので、變に思って出てみるといない。女中に聞くと歸ったという。そこで直ちに女中に後を追わせて聞くと、君は出てきたが直ぐに内に入ったので、しかたがないから歸ったという。そこで父は、君は後からついてくるだろうと思って内に入ったのに歸ってしまった。君はそれがいけない。君は世人が恕軒を間違えて怒軒と書くと怒っているが、あんなことで腹を立てるところを見ると、それはそうかも知れぬよと曰ったことがある。

父は畫家とも交際があった。その日記を見ると、久保田米僊・福島柳圃・菅原白龍・野口小蘋などの名が見えている。米僊は國民新聞にいたので、その關係から近づきになったらしい。

あとがき

　このたび、汲古書院より、亡父　三浦叶著の「明治の碩学」を出版するにあたりましては、財団法人無窮会の國廣壽、濱久雄両先生の多大なご尽力を賜り、ここに無事出版の運びとなりました。又、汲古書院の方々にも御協力いただき、父の遺志を汲んで実現いたしました事は、筆者本人も、さぞかし喜んでいる事と思います。ここに謹んで厚く厚く御礼を申し上げます。

平成十五年六月六日

三浦　道子記

著者紹介　三浦　叶（みうら　かのう）

1911年、岡山市西大寺觀音院の祭「會陽」の日である１月14日に、奇しくも地元岡山市西大寺に生まれる。南北朝時代の武将三浦氏（近江源氏）の末裔。

早大・日本大・財團法人無窮會東洋文化研究所研究科卒、早大教授牧野謙次郎・同川田瑞穗先生助手、東洋文化學會委員『東洋文化』編集、帝國書院、高女勤務、歸國後高校大學奉職。

元就實女子大學文學部教授、財團法人無窮會理事。

西大寺文化資料館を創立し、館長として、1993年に文化廳より感謝狀を授與される。

「明治の碩學」「會陽」「西大寺の書人傳」等を執筆中、途中にて、2002年12月28日惜別のうちに逝去。

（著書）日本漢學史（牧野謙次郎述）を作る。

（私家版）近世漢文雜考。近世備前漢學史。

備前の漢學。岡山の漢文學。明治の漢學１・２・３集。

西大寺今昔物語ほか鄉土史著書３册。木蓮舍漫筆。

岡山の會陽（日本文教社）

平沼騏一郎回顧錄（平沼騏一郎編纂委員會代表小倉正恒）

明治の漢學（汲古書院）　明治漢文學史（汲古書院）

西大寺愛鄉會の機關紙「西大寺」１號～18號の發行

汲古選書34

明治の碩學

平成十五年六月　發行

著者　三浦　叶

發行者　石坂叡志

印刷所　モリモト印刷
中台整版

發行所　汲古書院

〒102-0072　東京都千代田區飯田橋二―五―四

電話〇三（三二六五）九七六四

FAX〇三（三二二二）一八四五

ISBN 4－7629－5034－3　C3323

KYUKO-SHOIN, Co.,Ltd. Tokyo

汲古選書

既刊34巻

1 一言語学者の随想　服部四郎著

わが国言語学界の大御所、文化勲章受賞・東京大学名誉教授故服部先生の長年にわたる珠玉の随筆75篇を収録。透徹した知性と鋭い洞察によって、言葉の持つ意味と役割を綴る。

▼494頁／本体4854円

2 ことばと文学　田中謙二著

京都大学名誉教授田中先生の随筆集。

「ここには、わたくしの中国語乃至中国学に関する論考・雑文の類をあつめた。わたくしは〈ことば〉がむしょうに好きである。生き物さながらにうごめき、またピチピチと跳ねっ返り、そして話しかけて来る。それがたまらない。」（序文より）

▼320頁／本体3107円　好評再版

3 魯迅研究の現在　同編集委員会編

魯迅研究の第一人者、丸山昇先生の東京大学ご定年を記念する論文集を二分冊で刊行。執筆者＝北岡正子・丸尾常喜・尾崎文昭・代田智明・杉本雅子・宇野木洋・藤井省三・長堀祐造・芦田肇・白水紀子・近藤竜哉

▼326頁／本体2913円

4 魯迅と同時代人　同編集委員会編

執筆者＝伊藤徳也・佐藤普美子・小島久代・平石淑子・坂井洋史・櫻庭ゆみ子・江上幸子・佐治俊彦・下出鉄男・宮尾正樹

▼260頁／本体2427円

5・6 江馬細香詩集「湘夢遺稿」

入谷仙介監修・門玲子訳注　幕末美濃大垣藩医の娘細香の詩集。頼山陽に師事し、生涯独身を貫き、詩作に励んだ。日本の三大女流詩人の一人。

▼⑤本体2427円／⑥本体3398円　好評再版

7 詩の芸術性とはなにか

袁行霈著・佐竹保子訳　北京大学袁教授の名著「中国古典詩歌芸術研究」の前半部分の訳。体系的な中国詩歌入門書。

▼250頁／本体2427円

8 明清文学論　船津富彦著

一連の詩話群に代表される文学批評の流れは、文人各々の思想・主張の直接の言論場として重要な意味を持つ。全体の概論に加えて李卓吾・王夫之・王漁洋・袁枚・蒲松齢等の詩話論・小説論について各論する。

▼320頁／本体3204円

9 中国近代政治思想史概説

大谷敏夫著　阿片戦争から五四運動まで、中国近代史について、最近の国際情勢と最新の研究成果をもとに概説した近代史入門。1阿片戦争 2第二次阿片戦争と太平天国運動 3洋務運動等六章よりなる。付年表・索引

▼324頁／本体3107円

10 中国語文論集　語学・元雑劇篇　太田辰夫著

中国語学界の第一人者である著者の長年にわたる研究成果を全二巻にまとめた。語学篇＝近代白話文学の訓詁学的研究法等、元雑劇篇＝元刊本「看銭奴」考等。

▼450頁／本体4854円

11 中国語文論集 文学篇
太田辰夫著
本巻には文学に関する論考を収める。「紅楼夢」新探／「鏡花縁」考／「児女英雄伝」の作者と史実等。付固有名詞・語彙索引
▼350頁／本体3398円

12 中国文人論
村上哲見著
唐宋時代の韻文文学を中心に考究を重ねてきた著者が、詩・詞という高度に洗練された文学様式を育て上げ、支えてきた中国知識人の、人間類型としての特色を様々な角度から分析、解明。
▼270頁／本体2912円

13 真実と虚構—六朝文学
小尾郊一著
六朝文学における「真実を追求する精神」とはいかなるものであったか。著者積年の研究のなかから、特にこの解明に迫る論考を集めた。
▼350頁／本体3689円

14 朱子語類外任篇訳注
田中謙二著
朱子の地方赴任経験をまとめた語録。当時の施政の参考資料としても貴重な記録である。「朱子語類」の当時の口語を正確かつ平易な訳文にし、綿密な註解を加えた。
▼220頁／本体2233円

15 児戯生涯 一読書人の七十年
伊藤漱平著
元東京大学教授・前二松学舎大学長、また「紅楼夢」研究家としても有名な著者が、五十年近い教師生活のなかで書き綴った読書人の断面を随所にのぞかせながら、他方学問の厳しさを教える滋味あふれる随筆集。
▼380頁／本体3883円

16 中国古代史の視点 私の中国史学(1)
堀 敏一著 中国古代史研究の第一線で活躍されてきた著者が研究の現状と今後の課題について全二冊に分かりやすくまとめた。本書は、1時代区分論 2唐から宋への移行 3中国古代の土地政策と身分制支配 4中国古代の家族と村落の四部構成。
▼380頁／本体3883円

17 律令制と東アジア世界 私の中国史学(2)
堀 敏一著 本書は、1律令制の展開 2東アジア世界と辺境 3文化史四題の三部よりなる。中国で発達した律令制は日本を含む東アジア周辺国に大きな影響を及ぼした。東アジア世界史を一体のものとして考究する視点を提唱する著者年来の主張が展開されている。
▼360頁／本体3689円

18 陶淵明の精神生活
長谷川滋成著
詩に表れた陶淵明の日々の暮らしを10項目に分けて検討し、淵明の実像に迫る。内容＝貧窮・子供・分身・孤独・読書・風景・九日・日暮・人寿・飲酒 日常的な身の回りに詩題を求め、田園詩人として今日のために生きる姿を歌いあげ、遙かな時を越えて読むものを共感させる。
▼300頁／本体3204円

19 岸田吟香—資料から見たその一生
杉浦 正著 幕末から明治にかけて活躍した日本近代の先駆者—ドクトル・ヘボンの和英辞書編纂に協力、わが国最初の新聞を発行、目薬の製造販売を生業としつつ各種の事業の先鞭をつけ、清国に渡り国際交流に大きな足跡を残すなど、謎に満ちた波乱の生涯を資料に基づいて克明にする。
▼440頁／本体4800円

20 グリーンティーとブラックティー
中英貿易史上の中国茶
矢沢利彦著　本書は一八世紀から一九世紀後半にかけて中英貿易で取引された中国茶の物語である。当時の文献を駆使して、産地・樹種・製造法・茶の種類や運搬経路まで知られざる英国茶史の原点をあますところなく分かりやすく説明する。
▼260頁／本体3200円

21 中国茶文化と日本
布目潮渢著
近年西安西郊の法門寺地下宮殿より唐代末期の大量の美術品・茶器が出土した。文献では知られていたが唐代の皇帝が茶を愛玩していたことが証明された。長い伝統をもつ茶文化－茶器について解説し、日本への伝来と影響についても豊富な図版をもって説明する。カラー口絵4葉付
▼300頁／本体3800円

22 中国史書論攷
澤谷昭次著
先年急逝された元山口大学教授澤谷先生の遺稿約三〇篇を刊行。東大東洋文化研究所に勤務していた時「同研究所漢籍分類目録」編纂に従事した関係から漢籍書誌学に独自の境地を拓いた。また司馬遷「史記」の研究や現代中国の分析にも一家言を持つ。
▼520頁／本体5800円

23 中国史から世界史へ　谷川道雄論
奥崎裕司著　戦後日本の中国史論争は不充分なままに終息した。それは何故か。谷川氏への共感をもとに新たな世界史像を目ざす。
▼210頁／本体2500円

24 華僑・華人史研究の現在
飯島　渉編　「現状」「視座」「展望」について15人の専家が執筆する。従来の研究を整理し、今後の研究課題を展望することにより、日本の「華僑学」の構築を企図した。
▼350頁／本体2000円

25 近代中国の人物群像
――パーソナリティー研究――
波多野善大著　激動の中国近現代史を著者独自の歴代人物の実態に迫る研究方法で重要人物の内側から分析する。
▼536頁／本体5800円

26 古代中国と皇帝祭祀
金子修一著
中国歴代皇帝の祭礼を整理・分析することにより、皇帝支配による国家制度の実態に迫る。
▼340頁／本体3800円　好評再版

27 中国歴史小説研究
小松　謙著
元代以降高度な発達を遂げた小説そのものを分析しつつ、それを取り巻く環境の変化をたどり、形成過程を解明し、白話文学の体系を描き出す。
▼300頁／本体3300円

28 中国のユートピアと「均の理念」
山田勝芳著　中国学全般にわたってその特質を明らかにするキーワード、「均の理念」「太平」「ユートピア」に関わる諸問題を通時的に叙述。
▼260頁／本体3000円

29
陸賈『新語』の研究
福井重雅著

秦末漢初の学者、陸賈が著したとされる『新語』の真偽問題に焦点を当て、緻密な考証のもとに真実を追究する一書。付節では班彪『後伝』・蔡邕『独断』・漢代対策文書について述べる。
▼270頁／本体3000円

30
中国革命と日本・アジア
寺廣映雄著　前著『中国革命の史的展開』に続く第二論文集。全体は三部構成で、辛亥革命と孫文、西安事変と朝鮮独立運動、近代日本とアジアについて、著者独自の視点で分かりやすく俯瞰する。
▼250頁／本体3000円

31
老子の人と思想
楠山春樹著

『史記』老子伝をはじめとして、郭店本『老子』を比較検討しつつ、人間老子と書物『老子』を総括する。
▼200頁／本体2500円

32
中国砲艦『中山艦』の生涯
横山宏章著　長崎で誕生した中山艦の数奇な運命が、中国の激しく動いた歴史そのものを映し出す。
▼260頁／本体3000円

33
中国のアルバ－系譜の詩学
川合康三著　「作品を系譜のなかに置いてみると、よりよく理解できるように思われます」（あとがきより）。壮大な文学空間をいかに把握するかに挑む著者の意欲作六篇。
▼260頁／本体3000円

34
明治の碩学
三浦　叶著

著者が直接・間接に取材した明治文人の人となり、作品等についての聞き書きをまとめた一冊。今日では得難い明治詩話の数々である。
▼380頁／本体4300円

〈既刊〉

ああ　哀しいかな－死と向き合う中国文学
佐藤保・宮尾正樹編　中国文学における「死を悼む諸相」を紡ぎ上げる19篇。佐藤保主催のお茶の水女子大学受業生による研究会「マルサの会」の成果。
▼A5判上製カバー／350頁／本体3800円

歐陽脩古文研究
東　英寿著

北宋の歐陽脩が目指した「文」がいかなるものであったかを事前運動である行巻に焦点を当てることから読み解く。
▼A5判上製箱入／450頁／本体12000円

魯迅・明治日本・漱石
－影響と構造への総合的比較研究－
潘　世　聖著

中国人研究者による初めての本格的「日本留学期の魯迅」研究。
▼A5判上製箱入／340頁／本体9000円

書生と官員－明治思想史点景
中野目　徹著

史料を博捜して明治知識人個々の思想像を提示する研究導論。
▼四六判上製カバー／234頁／本体2800円

汲古書院